二人で探偵を

アガサ・クリスティ

結婚して幸せな生活を送っていたトミーとタペンスは、上司のミスター・カーターからある提案を受ける。英国に対するスパイ活動が疑われる〈国際探偵社〉の経営者になりすまし、秘密情報部のために探偵業をやってみないかというのだ。そんなわけで探偵社を引きついだ夫婦のところには難事件、怪事件、そして珍事件の数々が持ちこまれ、トミーとタペンスは古今東西の名探偵の捜査法を真似て事件を解決する。ミステリの女王がおくるコンビ探偵ものの白眉、新訳決定版。

登場人物

トミー（トマス・ベレスフォード）……〈国際探偵社〉社長セオドア・ブラントになりすましている

タペンス……トミーの妻。〈国際探偵社〉の秘書

アルバート……〈国際探偵社〉の受付兼雑用係

ミスター・カーター……トミーの上司

マリオット……ロンドン警視庁の警部

二人で探偵を

アガサ・クリスティ
野口百合子訳

創元推理文庫

PARTNERS IN CRIME

by

Agatha Christie

1929

目次

二人で探偵を

1　フラットの妖精

ミセス・トマス・ベレズフォードは寝椅子の上で身じろぎして、フラットの窓から憂鬱そうに外を眺めた。眺望が開けているわけではなく、道の反対側に小さな共同住宅があるだけだ。ミセス・ベレズフォードはため息をつき、そしてあくびをした。

「あーあ、なにか起きないかな」

彼女の夫はたしなめるように顔を上げた。

「おいおい、タペンス、きみがそうやって低俗な刺激を待ち望むのはどうかと思うぞ」

タペンスはまたため息をついて、夢見るように目を閉じた。

「こうしてトミーとタペンスは結婚し、その後ずっと幸せに暮らしました。そして六年たっても、二人はまだ幸せに暮らしていました。なにもかもがつねに予想とはまったく違うのって、ほんとうに驚きよね」

「きわめて深遠な見解だよ、タペンス。でも、それを言ったのはきみが初めてじゃない。有名な詩人たちともっと有名な神学者たちが、すでに語っている――そして言わせてもらえば、もっとうまい表現でね」

「六年前はこう思っていたわ。ほしいものを買えるお金があって、あなたという夫がそばにいれば、人生はすばらしい甘美な歌のようであろう、って。あなたがよくご存じらしい詩人の表現をお借りすればね」

「きみを退屈させているのはぼく、それともお金？」トミーは冷ややかに尋ねた。

「退屈とは違うのよ」タペンスは穏やかに答えた。「恵まれた環境に慣れちゃっただけ。鼻風邪をひくまでは、鼻で自由に息ができるのがどんなにありがたいかわからないのと同じ」

「少しきみをほったらかしにしてみる？」トミーは提案した。「ほかの女とナイトクラブへ行くとか、そういうのはどうかな」

「むだね。ほかの男と一緒のわたしとクラブで出くわすだけだから。それに、あなたがほかの女に関心がないのは百も承知よ。だけどあなたのほうは、わたしがほかの男に関心がないと確信はできないでしょう。女のほうが、やるときはとことんやるものよ」

「男のほうが高評価を獲得できるのは謙虚さだけか」トミーはつぶやいた。「だけど、どうしたんだ、タペンス？　欲求不満の理由はなに？」

「わからない。なにかが起きてほしいの。わくわくすることが。またドイツのスパイを追いかけたくない、トミー？　前に二人で経験した、嵐のような冒険の日々を思い出して。もちろん、あなたがいまも秘密情報部とかかわりがあるのは知っているけれど、まったくのデスクワークでしょう」

「つまり、共産党員の密輸業者かなにかに化けて、ロシアの奥地へ送りこまれてほしいのか？」

「それじゃ意味ないわ。情報部はわたしを同行させてはくれないし、なにかしたくてしかたがないのはわたしなんだから。なにかしたい。一日中言いつづけているのはそれよ」

「女性の領分はどうなんだ」トミーは手振りで示唆した。

「毎朝、食事のあとの二十分で家事は完璧に片づけている。不満はないでしょう?」

「きみの家事は完璧だとも、ほぼ変わりばえしないけどね」

「感謝されるのは好きよ。あなたにはもちろん仕事がある。でもどうなの、トミー、わくわくする刺激へのひそかな憧れはない? なにか起きてほしいという気持ちはない?」

「ない」トミーは答えた。「ないと思う。なにか起きてほしいと思うのはかまわないが——そのなにかは愉快なことじゃないかもしれない」

「男ってほんとうに用心深いのね。ロマンス——冒険——本物の人生への狂おしいひそかな憧れを抱いたことはないの?」

「いったい最近どんな本を読んでいるんだ、タペンス?」

「どれほど刺激的か考えてみて」聞こえなかったかのようにタペンスは続けた。「ドアが乱暴にたたかれ、開けてみると死んだ男がよろめきながら入ってくる」

「死人はよろめきながら入ってこられないよ」トミーは指摘した。

「言いたいことはわかっているくせに。死ぬ直前によろめきながら入ってきて、あなたの足もとに倒れこみ、あえぎつつ謎の言葉を洩らすのよ。『まだらの豹(ひょう)』とか、そんなことを」

「ショーペンハウアーかイマヌエル・カントを読むことをお勧めするよ」

「その手の本はあなた向きね。最近太ったし、おくつろぎだもの」

「太っていないよ」トミーはむっとした。「きみだってやせる体操をしているじゃないか」

「みんなしているわ。太ったと言ったのは比喩的な意味よ。あなたはなにもかも順調で栄養たっぷりでくつろいでいる」

「いったいなにが、きみにとりついたんだ」

「冒険心よ」タペンスはつぶやいた。「ロマンスに憧れるよりはいいじゃない。ときには、わたしだってそういう気分になるけれどね。ある男と出会うのよ、とってもハンサムな男――」

「ぼくと出会っただろう。それじゃ不満？」

「日に焼けて引きしまった体格で、ものすごく強くて、なんでも乗りこなせて投げ縄で野生馬を捕まえるの――」

「シープスキンのズボンをはいてカウボーイハットをかぶっていれば完璧だね」トミーは皮肉った。

「――そして荒野で生きてきた。彼は狂おしいほどわたしに恋するの。もちろん貞淑なわたしは拒絶して、結婚の誓いを守るわよ。でも、心の中ではひそかに彼に惹かれていく」

「じつは、ぼくもきわめつきの美人と出会うことがあればとよく思うよ。彼女は淡い黄色の髪をして、ぼくへの恋に身を焦がすんだ。ただ、ぼくは拒絶するとは思えないな――うん、きっと拒絶はしない」

「それは品性下劣だわね」

「なあ、どうしたんだ、タペンス？　こんな話はいままで一度もしたことがないのに」

「ええ、でもずっと前から胸の内はたぎっていたのよ。望むものすべてを——なんでも買えるくらいのお金を含めて——持っているのはとても危険な状態だわ。もっとも、帽子はいつだってほしいけれど」

「もう四十くらい持っているじゃないか。みんな同じように見える帽子を」

「帽子ってそういうものよ。ほんとうは同じようじゃないの。ニュアンスが違うんだから。けさ、〈ヴァイオレット〉ですてきなのを見たわ」

「いりもしない帽子を買いにいくよりましな予定がないのなら——」

「そうよ」タペンスは勢いこんだ。「まさにそれ。もっとましな予定があったら。なにかいい仕事を始めるべきじゃないかしら。ああ、トミー、わくわくするような出来事が起きたらどんなにすばらしいか。思うのよ——本気で思うの、それはわたしたち二人にとっていいことだって。もし妖精でも見つけられたら——」

「おや、きみがそんなことを言うなんて妙な偶然だな」

トミーは立ちあがって部屋を横切った。書きもの机の引き出しを開けると、小さなスナップ写真をとりだしてタペンスのところに持ってきた。

「あら！　じゃあ、あの写真を現像したのね。これはどれ、あなたがこの部屋を撮ったやつ、それともわたしが撮ったほう？」

「ぼくが撮ったやつだ。きみのは失敗だった。露出不足。きみはいつもそうだね」

「わたしより自分のほうがよくできることが一つでもあると思えるのは、あなたにとってけっこうなことじゃないの」

「くだらないたわごとは、いまは聞き流しておこう。見せたかったのはここだ」

トミーは写真の小さな白い斑点(はんてん)を指さした。

「フィルムの傷よ」

「違うよ。タペンス、それは妖精だ」

「トミー、ばかじゃないの」

「自分で見てみろ」

彼は拡大鏡を渡した。タペンスは注意深く写真を観察した。こうして眺めると、ちょっと想像をふくらませれば、フィルムの傷は炉格子の上に止まった小さな翼のある生きものに見えないこともない。

「翼がある」タペンスは叫んだ。「すごい、わたしたちのフラットに本物の生きた妖精がいるなんて。コナン・ドイルに手紙を書いて知らせる？（ドイルは心霊学の研究者でもあった）驚いたわ、トミー。妖精さんは願いをかなえてくれると思う？」

「すぐにわかるよ。今日の午後ずっと、なにか起きてほしいと熱心に願いつづけていたからね」

そのときドアが開き、自分は執事なのか雑用係なのか決めかねているらしい十代後半の背の高い若者が、じつに堂に入った物腰で尋ねた。

「ご在宅でよろしいですか、マダム？　いま玄関の呼び鈴が鳴りまして」

在宅でよろしいと言われたアルバートが出ていったあとで、タペンスはため息をついた。

「アルバートがあまりしょっちゅう映画に行かないといいんだけど。いまはロングアイランドの高級住宅街の執事をまねているの。訪ねてきた人に名刺をもらって、それを銀のお盆にのせて持ってくるのをやめさせたばかりよ」

ドアがまた開き、アルバートが「ミスター・カーターがお見えです」と王族の来訪よろしくうやうやしく告げた。

「長官が」トミーは仰天してつぶやいた。

タペンスは喜びの叫び声を上げ、さっと立ちあがった。そして、疲れたような笑みを浮かべた、鋭いまなざしの背の高い銀髪の男にあいさつした。

「ミスター・カーター、お目にかかれてほんとうにうれしいわ」

「それはどうも、ミセス・トミー。さて、一つうかがいたい。どうです、近ごろの人生は？」

「満足しています、でも退屈」タペンスは目を輝かせて答えた。

「けっこう、けっこう」ミスター・カーターはうなずいた。「あなたがうってつけの気分のときにお邪魔したようだ」

「そう聞くとわくわくします」

まだロングアイランドの執事きどりのアルバートが、お茶を運んできた。無事に任務を完了したアルバートが部屋を出てドアを閉めると、タペンスはまた喜びを爆発させた。

「なにか計画を持っていらしたのね、ミスター・カーター？　わたしたちをロシアの奥地へ派遣するとか？」

「ちょっと違うな」ミスター・カーターは答えた。

「でも、なにかあるんですね」

「そう――あります。あなたは危険にしりごみするようなタイプとは思えないが、ミセス・トミー？」

タペンスは興奮で目をきらきらさせた。

「情報部のための仕事がある――そこで思ったんだが――ふとね――あなたたち二人ならぴったりかもしれないと」

「早く教えてください」タペンスはせかした。

「〈デイリーリーダー〉を購読しているね」ミスター・カーターはテーブルの上の新聞を手にとった。

広告欄のページを開き、ある広告を指で示して新聞をトミーのほうへ押しやった。

「声に出してこれを読んで」

トミーは従った。

〈国際探偵社〉、社長セオドア・ブラント。内密調査。口の堅い有能な調査員多数。秘密厳守。相談無料。ウエストセントラル、ヘイラム・ストリート百十八番地。

トミーは尋ねるようなまなざしをミスター・カーターに向けた。上司はうなずいた。「その探偵社はしばらく前から赤字で倒産寸前のところを、わたしの友人が二束三文で手に入れた。われわれは立て直して続けることを考えているんだよ――そう、半年ほど、試しにね。そして当然ながら、そのあいだ社長が必要だ」

「ミスター・セオドア・ブラントはどうなんです？」トミーは尋ねた。

「ミスター・ブラントは残念ながら分別に欠けていた。じつはロンドン警視庁が介入しなければならなかったんだ。ミスター・ブラントはお国のかかりで勾留されている。われわれの知りたいことの半分も話そうとしない」

「なるほど」トミーは言った。「どうやら、わかったと思います」

「きみは六ヵ月の休暇をとったらどうかな。健康上の理由でね。そしてもちろん、セオドア・ブラントの名前で探偵社をやりたければ、わたしの関知するところではない」

トミーは上司に視線を据えた。

「なにかご指示は？」

「ミスター・ブラントは海外の仕事もやっていたようだ。ロシアの切手が貼られた青い郵便物に注意したまえ。差出人は、数年前この国へ亡命してきた妻を探している食肉業者だ。切手を湿らせてはがすと、その下に数字の十六が書いてあるだろう。そういう手紙の写しをとり、オリジナルはわたしに送ってくれ。それから事務所に来ただれかが十六という数字に言及したら、ただちに知らせてほしい」

「了解しました」トミーは答えた。「ほかにご指示は？」

ミスター・カーターはテーブルから手袋をとり、帰り支度を始めた。

「自由に経営してくれてかまわない。思ったのだが」──ミスター・カーターはきらりと目を光らせた──「ちょっとした探偵仕事をやってみるのも、ミセス・トミーには楽しいのではないかな」

2　お茶を一杯

数日後、ベレズフォード夫妻は〈国際探偵社〉の事務所に入った。ブルームズベリーのいささかさびれた建物の三階にあった。狭い表の部屋でアルバートはしぶしぶロングアイランドの執事の役をあきらめて、受付兼雑用係の役に鞍替えしたが、お手並みは完璧だった。キャンディの紙袋、インクのしみのついた手、くしゃくしゃの髪というのが、アルバートの役作りだった。

受付から二つのドアが奥のオフィスにつながっている。片方のドアには〈事務室〉、もう片方には〈社長室〉と記されている。社長室はこぢんまりとして居心地がよく、大きないかにも仕事用の机、きちんとラベルが貼られたたくさんのファイル（中身はからっぽ）、革張りのしっかりした椅子数脚が置いてある。机の向こうには、あたかもずっと探偵社を経営してきたかのような態(てい)で、偽のミスター・ブラントがすわっている。もちろん、手近な場所に電話がある。タペンスとトミーは何度か電話の有効活用についてリハーサルをし、アルバートにも指示を出していた。

隣のオフィスにはタペンスがいて、タイプライター、お偉い上司の私室のものより質素ではあるが適切な机と椅子、それにお茶をいれるためのガスこんろが備わっている。

なにもかもが揃っていた、そう、依頼人以外は。

いよいよ始まった冒険に興奮して、タペンスは輝かしい夢想をいくつも抱いていた。

「すごいことになるわ」彼女は断言した。「わたしたち、殺人犯を追いかけて、失われた家族伝来の宝石を見つけて、行方不明になった人たちを発見して、横領犯を突き止めるのよ」

これを聞いて、トミーは彼女の気勢をそいでおく必要を感じた。

「落ち着いて、タペンス。そしてしょっちゅう読んでいる安っぽい小説のことは忘れるんだ。ぼくたちの依頼人は——そもそも依頼人がいればだが——奥さんを尾行してもらいたい旦那か、旦那を尾行してもらいたい奥さんぐらいのものだよ。離婚のための証拠集めが私立探偵社の稼業なんだ」

「やだ！」タペンスは鼻にしわを寄せた。「離婚訴訟にかかわるのはやめましょうよ。わたしたちの新しい仕事の水準を上げなくちゃ」

「まあねえ」トミーはあいまいに答えた。

そして一週間後、二人は沈んだ表情で話しあっていた。

「やってきたのは、夫が週末に帰ってこなかったのを騒ぎたてる愚かなご婦人が三人」トミーはため息をついた。「ぼくが昼食に出ていたあいだ、だれか来た？」

「妻の浮気に悩む太ったお年寄りが一人」タペンスも悲しそうにため息をついた。「離婚問題が増えているのは何年も前から新聞で読んでいたけれど、この一週間が過ぎるまで、それをちゃんと認識していなかったみたい。『わたしどもは離婚問題を扱っておりません』って断わるの、もううんざり」

「こんどは広告にその文言を入れただろう。これからはましになるはずだ」

「間違いなく、最高にそそる広告を出しているのに」タペンスは憂鬱そうな口ぶりだった。

「それでも、へこたれたりしないわ。いざとなったらわたしが犯罪をおかすから、あなたが捕まえて」

「それがなんになる？　ボウ・ストリートで、きみに愛をこめて別れを告げるときのぼくの気持ちを考えてみろよ――それともヴァイン・ストリートだったかな？」

「あなた、独身時代をなつかしんでいるんじゃないでしょうね」タペンスはあてつけがましく言った。

「要するにいま中央刑事裁判所のある通りだよ」

「とにかく、なんとかしなくちゃ。ここに才能あふれる二人が揃っているのに、才能を発揮するチャンスがないなんて」

「ぼくはいつだって、きみの明るい楽観主義が好きだよ、タペンス。発揮すべき才能があることをかけらも疑っていないようだね」

「もちろん」タペンスは大きく目を見開いた。

「だけど、きみにはなんの専門知識もないじゃないか」

「あら、過去十年間に出た探偵小説は全部読んでいるのよ」

「ぼくだってさ。しかし、たいして役に立たないんじゃないかという気がする」

「あなたはいつだって悲観主義なんだから、トミー。おのれを信じる――それが大事なことよ」

「そうだね、きみはちゃんと信じている」

「当然、探偵小説の世界ではすべてが簡単にいくわ」タペンスは考えながら言った。「なにしろ、逆からたどればいいんだから。つまり、謎の答えがわかっていれば、手がかりを仕込めるわけよ。ねえ――」

タペンスは間を置いて眉をひそめた。

「なに?」トミーは尋ねた。

「ちょっと考えが浮かんだの。まだぼんやりしているんだけど、じきにはっきりする」彼女は決然と立ちあがった。「あなたに話していた例の帽子、買いにいくわ」

「おいおい! また帽子か!」

「とてもすてきな帽子なのよ」タペンスはおごそかに告げた。

そして断固としたおももちで出ていった。

その後、浮かんだという考えについてトミーは好奇心から一、二度聞いてみた。タペンスは首を振り、時間をちょうだいと言うだけだった。

数日後のよく晴れた朝、一人目の依頼人が現れてすべては忘れ去られてしまった。

〈国際探偵社〉の玄関ドアがノックされ、酸味のあるキャンディを口に入れたばかりだったアルバートは不明瞭な発音で「どうぞ」と叫んだ。そのあと驚きと喜びで思わずキャンディを呑みこんだ。なぜなら、こんどこそ本物だという気がしたのだ。

非の打ちどころのない洗練された服装の背の高い青年が、ためらいがちに戸口に立っていた。

「これはまさに上客ってやつだ」アルバートはつぶやいた。こういうときの彼の判断は的確だった。

年のころは二十四、五、なめらかに後ろへなでつけられた髪、ピンクに染まった目の縁、ほとんどないも同然のあご。

有頂天のアルバートは机の下のボタンを押した。すぐさま事務室から猛烈な勢いでタイプを打つ音が聞こえてきた。タペンスが大急ぎで持ち場についたのだ。この効果音にあおられて、青年はさらに怖気づいたらしい。

「ええと、ここがあの――探偵社――〝ブラントの優秀(ブリリアント)な探偵たち〟でしたっけ？　たしかそういう広告でしたよね？」

「ミスター・ブラントに直接お目にかかりたいというご希望でしょうか？」そんなことはできかねるという雰囲気をにじませながら、アルバートは尋ねた。

「ああ、ええ、それがかなえばとてもありがたい。お会いできますか？」

「お約束はございませんよね？」

訪問客はますます申し訳なさそうな態度になった。

「じつはないんです」

「前もってお電話いただくとよろしかったんですが。ミスター・ブラントはたいへん忙しい方でして。いまは電話中です。ロンドン警視庁からの相談なんですよ」

青年は感銘を受けた様子だった。

アルバートは声を低め、打ち明け話でもするように言った。

「政府の省庁から書類が盗まれるという重要案件でしてね。警視庁はミスター・ブラントに調査を頼みたがっている」

「なんと！　それはまた。たいした方なんですね」

「ボスは大物です」

青年は来客用の椅子にすわり、巧妙に作られたのぞき穴から二人にじっくりと観察されているのにはまったく気づいていなかった——忙しくタイプするあいまを縫ってドアに走るタペンス、そしてしかるべきタイミングを見はからっているトミーだ。

ほどなくアルバートの机のベルが大きな音で鳴った。

「ボスの手があきました。あなたとお会いできるかどうか聞いてきます」アルバートは言って、〈社長室〉と記されたドアの向こうへ消えた。

彼はすぐに戻ってきた。

「こちらへどうぞ」

客は社長室へ通された。すると、赤い髪で感じのいい顔立ちの有能そうな青年が、きびきびと立ちあがって迎えた。

「おかけください。ご相談がおありとか？　ぼくがブラントです」

「ああ！　そうなんですか。あの、とてもお若いんですね？」

「老人たちの時代は終わりました」トミーは追いはらうように手を振った。「戦争を始めたのはだれか？　老人たちです。いまの就職難はだれのせいか？　老人たちです。あらゆる腐敗の元凶はだれか？　これもまた老人たちです！」

「あなたのおっしゃるとおりでしょう。知りあいの詩人が——少なくとも詩人を自称しています——いつも似たようなことを言っている」

「じつのところ、うちの高度に訓練されたスタッフのうち、二十五歳を超えている者は一人もいません。ほんとうです」

高度に訓練されたスタッフはタペンスとアルバートなので、それはほんとうだった。

「さて、では——お話をうかがいましょう」ミスター・ブラントは促(うなが)した。

「行方知れずになった人を探していただきたいんです」依頼人は切りだした。

「なるほど。くわしいことを教えていただけますか？」

「ええ、それがですね、なかなかむずかしいところでして。つまり、きわめてデリケートな部分があるんです。彼女はすごく怒るかもしれない。つまりその——説明するのがえらくむずかしいんです」

青年は困惑した顔でトミーを見た。トミーはいらだった。昼食に出ようとしていたところだったのに、この依頼人から事実を聞きだすのは時間のかかる退屈な仕事になりそうだ。

「その女性は自分の意思で姿を消したんですか、それともあなたは誘拐を疑っていらっしゃる？」トミーはてきぱきと尋ねた。

「わかりません。なにもわからないんです」

トミーはメモ帳と鉛筆に手を伸ばした。

「まずは、あなたのお名前を教えていただけますか？　受付の者にはお聞きしないように指示しておりまして。そうすれば、ご相談は完全にプライバシーが保たれますので」

「ああ！　たしかに。とてもいい方針ですね。わたしは――ええ――スミスと申します」

「それはいけません！　ご本名をお願いします」

客はすっかり感心してトミーを見た。

「その――セント・ヴィンセントといいます。ローレンス・セント・ヴィンセント」

「本名がスミスの人間がひじょうに少ないというのは、奇妙な事実でしてね。ぼく自身、スミスという知りあいは一人もいません。だが、本名を隠したい人は十中八九、スミスと名乗る。じつは、これをテーマにした研究論文を書いているんですよ」

そのときトミーの机のブザーが控えめに鳴った。タペンスが引き継ぎたがっている合図だ。昼食に出たい上に、ミスター・セント・ヴィンセントに対してまったく共感できないトミーは、喜んで主導権を譲ることにした。

「失礼」そう断わって電話をとった。

トミーの顔をさまざまな表情がたて続けによぎった――驚き、緊張、ちょっとした高揚感。

「まさか。首相ご自身が？　そういうことでしたら、もちろんすぐにうかがいましょう」

彼は受話器を戻して依頼人に向きなおった。

「申し訳ない、用事ができてしまいました。きわめて緊急の呼び出しで。わたしの個人秘書にお話しいただければ、彼女が対応いたします」

トミーは隣室とつながるドアに歩み寄った。

「ミス・ロビンソン」

黒髪をなめらかにととのえ、上品なえりと袖口のついたブラウスを着たタペンスが軽やかな足どりで入ってきた。トミーは青年を引きあわせてから出ていった。

「あなたが関心を持たれているご婦人が失踪した、ということですね、ミスター・セント・ヴィンセント」タペンスは穏やかな口調で言うと、腰を下ろして、ミスター・ブラントのメモ帳と鉛筆を手にした。「若いご婦人ですか?」

「ええ! そうです。若くて――そして――ええと――たいへんな美人なんです」

タペンスは真剣な顔つきになった。

「まあ、まさか――」

「彼女の身になにかあったなんてことはありませんよね?」不安に駆られた様子で、ミスター・セント・ヴィンセントは尋ねた。

「もちろん! 楽観的に考えなければね」タペンスのわざとらしい明るさに、ミスター・セント・ヴィンセントはひどく落胆したようだった。

「ああ、お願いします、ミス・ロビンソン。どうか探してください。金は惜しみません。彼女の身に、ぜったいなにごとも起きてほしくないんです。あなたはとても親身になってくださっているようだから打ち明けますが、わたしは彼女が歩く地面に接吻したいくらい崇拝している。最高の女性なんです、ほんとうに最高の」

「その女性のお名前、ご存じのことをすべて教えてください」

「名前はジャネット――名字は知りません。帽子店で働いている――ブルック・ストリートにあるマダム・ヴァイオレットの店で――でも、彼女はとてもきまじめで、わたしは何度もあれこれたしなめられているんですが――昨日も店へ行って――彼女を待っていました――ほかは全員出てきたのに、彼女は出てこなかった。すると、昨日は朝から出勤してこなくて――連絡もなかったとわかったんです。マダム・ヴァイオレットはカンカンでした。わたしは彼女が借りている住まいを聞いて行ってみました。そうしたら前の晩から帰宅していなくて、大家も彼女がどこにいるか知らなかった。わたしはもう心配でたまらなくなりました。警察へ行こうかとも思った。だが、なにごともなくて自分の用事で出かけているだけなら、わたしがそんなことをしたらジャネットは憤慨するとわかっていました。そのとき思い出したんですよ。前に彼女がこちらの探偵社の新聞広告を見せて、帽子を買いにくるお客さんがこちらの優秀さと口の堅さをほめちぎっていた、と言っていたのを。そういうわけで、すぐさまここへうかがったわけです」

「なるほど」タペンスはうなずいた。「その女性のお住まいはどちらです？」

青年は住所を書いた紙を渡した。

「お話は以上ということでしょうか」タペンスは考えながら続けた。「つまりその――あなたはその若いご婦人と婚約なさっていると理解してよろしいですか？」

ミスター・セントト・ヴィンセントは真っ赤になった。

「いや、その、違います――そういうわけではなくて。わたしはなにも口に出していないんです。でも、これだけは申し上げておきますが、彼女を見つけたら――もう一度会えたら――すぐに求婚するつもりです」

タペンスはメモ帳を脇に押しやった。

「わたしどもの二十四時間特別サービスをご希望になりますか？」事務的な口調で聞いた。

「それはなんですか？」

「料金は二倍になりますが、動員できるスタッフ全員をこの案件にあてます。ミスター・セント・ヴィンセント、もしそのご婦人が生きていらっしゃれば、明日のこの時間までには居所をお知らせできるでしょう」

「ほう？　それはじつにすばらしい」

「ここにいるのは熟練したスタッフばかりです――結果は保証しますわ」タペンスは快活に断言した。

「なんとねえ。最高のスタッフを揃えていらっしゃるにちがいない」

「もちろんですとも！　ところで、まだそのご婦人の容貌についてうかがっていませんね」

「とてもみごとな髪で――金色がかっているけれどもっと深い色なんです、美しい夕焼けのような――そう、美しい夕焼けだ。じつは、夕焼けなどに関心が向くようになったのは最近のことで。詩もそうです。考えていたよりも、詩にはじつに多くの意味がある」

「赤毛ですね」タペンスはあっさりと言ってメモした。「身長はどのくらいでしょう？」

「ああ！　やや高めです。すてきな目で、色は濃い青かな。そして毅然とした雰囲気があって――ときに男はそっけなくあしらわれてしまう」

タペンスはさらに書きたしてからメモ帳を閉じ、立ちあがった。

「明日の二時にいらしていただければ、ご報告できると思います。それではこれで、ミスター・セント・ヴィンセント」

トミーが戻ってきたとき、タペンスは英国貴族年鑑のページを繰っていた。

「全部調べた」タペンスは簡潔に告げた。「ローレンス・セント・ヴィンセントはチェリトン伯爵の甥で相続人よ。この件を解決できたら、わたしたち上流社会で評判になる」

トミーはメモ帳の内容に目を通した。

「ほんとうのところ、この若い女性はどうしたんだと思う？」彼は尋ねた。

「自分の意思で姿を消したんだと思う。あの青年を愛しすぎて、つらくなっちゃったのよ」

トミーは疑わしげにタペンスを見た。

「そういうのは本の中ではあるよ。でも、現実にそんなことをした女性は聞いたことがない」

「ないの？　まあね、あなたの言うとおりかもしれない。だけど、ローレンス・セント・ヴィンセントならその手の感傷的なお話をすぐさま信じそう。彼、いまはロマンティックな考えで頭がいっぱいだから。ところで、二十四時間で結果を出すって約束したの――うちの特別サービスで」

「タペンス――きみはどうしようもないおばかさんだな、どうしてそんなことを言った?」

「ぱっと頭に浮かんだのよ。なかなかいいサービスだと思って。心配しないでいいわ。まかせておいて、坊や。なにもかも心得ているから」

不満たらたらのトミーを残して、タペンスは部屋を出ていった。

トミーは立ちあがってため息をつき、タペンスの熱意が先走った思いつきを呪いつつ、とりあえずできることをやるために外出した。

四時半にへとへとに疲れた彼が帰ってくると、タペンスはファイルの一冊に設けた隠し場所からビスケットの袋をとりだしているところだった。

「あなた、暑そうだしやきもきしているみたいね。いままでなにをしていたの?」

トミーはうなった。

「例の女性と同じ特徴の患者はいないか、病院をまわっていた」

「わたしにまかせてって言ったでしょう?」

「明日の二時までにきみ一人で彼女を見つけるのはむりだよ」

「むりじゃない――そしてもう見つけたわ!」

「なに? どういうことだ?」

「単純な問題だよ、ワトスンくん。きわめて単純な」

「どこにいるんだ、その女性は?」

タペンスは肩ごしに指さした。

「隣のわたしのオフィスにいる」

「そこでなにをしているんだよ？」

タペンスは笑いだした。

「あのね、若いころのしつけは身にしみついているの。やかんとガスこんろと二百グラムの茶葉を目の前にすれば、やることは決まっている」タペンスはやさしく続けた。「知っているでしょう、マダム・ヴァイオレットのところはわたしの行きつけの帽子店なのを。で、そこで店員さんをしている病院勤め時代の同僚にばったり出くわしたのよ。彼女は戦後看護婦をやめて帽子店を始めたんだけど失敗して、マダム・ヴァイオレットの店に勤めはじめたわけ。こんどのこと、二人でなにもかも計画ずみだったの。彼女は若きセント・ヴィンセントにうちの社のことを吹きこんだあと、姿を消す。そして〝ブラントのブリリアントな探偵たち〟の有能ぶりがいかんなく発揮される。わたしたちにとっては格好の宣伝になるし、若きセント・ヴィンセントにとっては結婚を申し込むいいきっかけになる。ジャネットは申し込まれないんじゃないかと絶望していたの」

「タペンス、あきれてものが言えないよ！　ここまで職業倫理に反する商売は聞いたことがない。きみはあの青年が身分違いの結婚をするようにけしかけて手を貸していたわけだ――」

「ばかを言わないで。ジャネットはすばらしい女性よ――そしておかしなことに、彼女はあの意気地のない青年をほんとうに愛しているの。一目見れば、彼の家系になにが足りないかわかるでしょ。元気ではつらつとした新しい血よ。ジャネットが彼をしゃんとさせるわ。母親のように導いて、カクテルだのナイトクラブだのから足を洗わせ、田舎暮らしの貴族の健康的な生活を送らせる。さあ、彼女に会って」

タペンスは隣のオフィスに通じるドアを開け、トミーはあとからついていった。

美しい赤褐色の髪と感じのいい顔立ちの背の高い女が湯気の立つやかんを置き、白いきれいな歯並びを見せてにっこりした。

「勝手なことをしてごめんなさい、カウリー看護婦――じゃなくて、ミセス・ベレズフォード。あなたもきっとお茶を一杯飲みたいんじゃないかと思ったの。午前三時の病院で、あなたはよくわたしにお茶をいれてくれたわ」

「トミー、古いお友だちをご紹介するわね、スミス看護婦よ」

「スミスですって？　なんと！」トミーはジャネット・スミスと握手した。「え？　いや、なんでもありません――考え中の論文に関したことで」

「さあ、気をとりなおして、トミー」タペンスは言った。

そして彼にお茶をついだ。

「さあ、一緒にお茶にしましょうよ。〈国際探偵社〉の成功に乾杯。〝ブラントのブリリアントな探偵たち〟に！　これからも成功が続きますように！」

3　ピンクの真珠（ピンクパール）の謎

「いったいなにをしているの？」〈国際探偵社〉（謳（うた）い文句は〝ブラントの優秀（ブリリアント）な探偵たち〟）の奥の社長室に入りながら、タペンスは尋ねた。彼女の夫にして社長は、床に並べた何冊もの本の上にうつぶせになっていた。

トミーはなんとか立ちあがった。

「この本をあの戸棚のいちばん上に並べようとしていたんだが」彼はぶつくさ言った。「そうしたら、いまいましい椅子が倒れたんだ」

「どういう本なの？」タペンスは一冊を手にとった。「『バスカヴィル家の犬』。いつかもう一度読んでもいいわ」

「わかるかい？」トミーは慎重に服のほこりを払った。「偉大な巨匠たちと過ごす三十分――そういうやつだ。なあ、タペンス、ぼくたちはこの仕事ではアマチュアであることは否めない――もちろん、ある意味でアマチュアなのはいたしかたないよ。だが、いわゆる専門技術を習得してみても害はないだろう。ここにある本はこの分野の巨匠たちによる探偵小説なんだ。いろいろ違うスタイルを試して、結果を比較してみようと思ってね」

「ふーん。こういう探偵たちが現実にいたらどれほどの活躍をするんだろうって、よく考えるのよ」タペンスは別の本をとりあげた。「あなたがソーンダイク博士（オースチン・フリーマンの作品に登場する法医学者のアマチュア探偵）風にやるのはきっとむずかしいわ。医学はもちろん、ましてや法学はまったく経験なし。それにあなたが科学に強いなんて一度も聞いたことがない」

「まあ強くはないよ」トミーは認めた。「でもとにかく、とても性能のいいカメラを買ったから、足跡の写真を撮ったりネガを拡大したり、いろいろやってみる。さて、わが友（モナミ）、小さな灰色の脳細胞（クリスティ作品に登場するエルキュール・ポワロが自身の頭脳を指して言う）を使ってみたまえ——これを見てわかるかな？」

彼はいちばん下の棚を指さした。そこには、風変わりなガウン、つま先のとがったペルシャ・スリッパ（ホームズはつま先のとがった部分にパイプ煙草を保管していた）、ヴァイオリンが置いてあった。

「明白だよ、ワトスンくん」タペンスは答えた。

「ご名答。シャーロック・ホームズ風というわけさ」

トミーはヴァイオリンを肩にあて、つれづれに奏でてみせた。おかげでタペンスは苦悶のうめき声を上げるはめになった。

そのとき机のブザーが鳴った。表の受付に依頼人が来て、雑用係のアルバートが応接中という合図だ。

トミーは急いでヴァイオリンを戸棚にしまい、本を机の裏側へ蹴って隠した。

「そんなにあわてることはないんだ。ぼくはロンドン警視庁と電話中だとか言って、アルバートが受付に引き留めているだろう。きみは自分のオフィスに戻ってタイプを始めてくれ、タペンス。忙しげで活発な雰囲気が出るからね。いいや、このほうがいいな、きみはぼくの口述を速記でメモすることにしよう。アルバートがカモを送りこんでくる前に、ちょっと下見しようじゃないか」

二人は、受付が見えるように開けたのぞき穴に近づいた。

依頼人はタペンスと同じくらいの年の若い女だった。長身で黒髪、いささかやつれた顔、冷笑的なまなざし。

「服は安物だけど目を引くわね。通しましょうよ、トミー」

一分後には、その女は高名なミスター・ブラントと握手していた。タペンスは控えめな態度で、手にしたメモと鉛筆に視線を落としてすわっていた。

「ぼくの個人秘書のミス・ロビンソンです」ミスター・ブラントは手振りで紹介した。「彼女の前ではなにをお話しになっても大丈夫ですよ」それからトミーは半分目を閉じてしばし椅子の背にもたれ、物憂(ものう)げな口調で続けた。「この時間のバスはさぞかし混んでいたでしょうな」

「わたしはタクシーで来ましたけど」

「おや!」自尊心を傷つけられたように、トミーは女の手袋からのぞいている青いバスの切符に非難の目を向けた。彼の視線に気づいて、女は微笑(びしょう)して切符をさしだした。

「これですか? 歩道で拾ったんです。近所の子が切符を集めているので」

タペンスが咳ばらいし、トミーは険悪な目つきで彼女をにらんだ。

「さて、仕事の話をいたしましょうか」彼はてきぱきと話題を変えた。「わたしどもの調査をお望みなんですね、ミス——?」

「キングストン・ブルースと申します」女は名乗った。「家族でウィンブルドンに住んでいます。昨夜、うちに泊まっているご婦人が高価なピンクの真珠(ピンクパール)をなくしたんです。ミスター・セント・ヴィンセントもご一緒に食事をされていて、夕食のときにたまたまこちらの探偵社のことを話に出されましたの。この事件を調べていただけるかお聞きするために、けさ母に言われてここへ来ました」

女の口調は重苦しく、不愛想なほどだった。この件について彼女と母親のあいだに意見の相違があるのは間違いない。彼女はしぶしぶここへ来たということだ。

「なるほど」トミーはやや当惑した。「警察に通報はなさらなかったんですか?」

「しませんでした」ミス・キングストン・ブルースは答えた。「通報してから、その真珠が暖炉の下にころがっているのがわかったりしたら、ばかみたいでしょう」

「ほう! では、宝石はたんに紛失したかもしれないわけですね?」

ミス・キングストン・ブルースは肩をすくめた。

「なにかと騒ぎたてる人はいるものですわ」彼女はつぶやいた。トミーは咳ばらいした。

「もちろんです」彼はあやふやな口調で言った。「いまぼくはきわめて多忙でして――」

「よくわかります」女は立ちあがった。そして満足そうに目をきらめかせたのを、タペンスが見逃すはずはなかった。

「しかしながら、なんとか都合をつけてウィンブルドンまでおうかがいしましょう。ご住所を教えていただけますか?」

「エッジワース・ロードのローレルズという屋敷です」

「書き留めてください、ミス・ロビンソン」

ミス・キングストン・ブルースはためらったあと、ややつっけんどんに言った。

「ではお待ちしています。ごきげんよう」

「変わった女性だ」依頼人が出ていったあと、トミーは言った。「どうもよくわからない」

「彼女が真珠を盗んだのかもしれないわ」タペンスは考えながら言った。「さあ、トミー、この本を片づけて、車を出して現地へ向かいましょうよ。ところで、だれの流儀でやるつもりなの、やっぱりシャーロック・ホームズ？」

「それには練習が必要だな。バスの切符ではかなりのへまをやらかした、そうだろう？」

「そうね。わたしなら、あの女性にはあまりかまをかけないようにする――すごく頭が切れそうだから。それに幸せじゃなさそうだわ、かわいそうに」

「すでに彼女についてはなにもかもご存じのようじゃないか」トミーは皮肉った。「鼻の形を見ただけでそこまでわかるとはね！」

「ローレルズに行ったらなにを目の当たりにするか、わたしの考えを言うわね」タペンスは平然と続けた。「上流社会の仲間入りをしたくてうずうずしている俗物一家。父親がいるなら、きっと元軍人で士官以上よ。さっきの女性はそういう生活に同調している自分がいやでしかたがないの」

トミーは棚にきれいに並べなおした本を最後に一瞥した。そしてちょっと考えてから宣言した。「今日はソーンダイク博士でいくよ」

「この事件に法医学は必要ないと思うけど」

「たぶんね。だけど、とにかくあの新しいカメラを使いたくてたまらないんだ！　あとにも先にもないほどすばらしいレンズがついているんだよ」

「その手のレンズは知っているわ。あなたがシャッタースピードを調整してレンズを絞って露出を決めて被写体を見つめるころには、脳が疲弊（ひへい）して、簡単な箱型カメラが恋しくなっている」

「簡単な箱型カメラで満足できるのは意欲に欠ける人間だけだ」

「あら、わたしはぜったいそのカメラであなたよりいい結果を出してみせるわ」

トミーは挑発にはとりあわなかった。

「婉曲的にパイプ用コンパニオンと称されている、例の道具（ソーンダイク博士の助手ポルトンが作った錠前破り用の道具）があったらな」トミーは残念そうだった。「どこかで売っているんだろうか？」

「アラミンタ伯母さまがこの前のクリスマスにくださった、新案特許のコルク抜きがあるじゃない」タペンスは助言した。

「そうだった。あのときは、へんてこな見かけのあぶない道具で、絶対禁酒主義の伯母にしてはユーモラスな贈りものだと思ったが」

「わたしが博士の助手のポルトンというわけね」

トミーはばかにするようにタペンスを見た。

「ポルトンねえ。彼がやるようなことはきみにはむりだよ」

「できるわよ。ご機嫌のときには手をこすりあわせられる。とりあえずはそれでじゅうぶんじゃないの。あなたは足跡の石膏模型をとったりするんでしょうね？」

トミーは黙るしかなかった。コルク抜きを見つけてから二人はガレージへ行き、車に乗ってウィンブルドンへ出発した。

ローレルズは大きな屋敷だった。切妻屋根には小塔があり、ペンキは塗りなおしたばかりらしく、真っ赤なゼラニウムが咲き誇る花壇に囲まれていた。

トミーが呼び鈴を押す前に、短くととのえた白い口ひげをはやし、軍人らしい雰囲気をぷんぷんさせた背の高い男がドアを開けた。

「待ちかねておりましたぞ」男はせきたてるように切りだした。「ミスター・ブラントですな？　わたしはキングストン・ブルース大佐。書斎へおいで願えますか？」

彼は家の奥の小さな部屋へトミーたちを通した。

「セント・ヴィンセント青年があなたの探偵社をほめちぎっていた。わたしも新聞広告を見ましたよ。二十四時間以内の解決サービスがあると書かれていた――すばらしい。まさにわたしが必要としているものだ」

このすばらしすぎるアイディアを思いついたタペンスの無責任さを内心で呪いながら、トミーは答えた。「たしかにそういうサービスがあります、大佐」

「まったくもって困った事態でしてね、じつに困った」

「なにがあったかお話しいただけますか？」トミーは少々いらだちをこめて尋ねた。

「もちろん——すぐに。いまわが家には古くからの親しい友人が滞在しておりましてな、レディ・ローラ・バートンが。亡くなったキャロウェイ伯爵のご息女です。現伯爵は彼女の兄上で、先日上院でみごとな演説をなさった。言ったように、彼女はわが家の古くからの親しい友人でして。こちらへ来たばかりのわたしのアメリカの友人たち、ハミルトン・ベッツ一家がとても彼女に会いたがってね。そこでわたしは言ったんですよ。『わけもないことだ。レディはいまうちに滞在しているから、週末に訪ねてくるといい』と。アメリカ人が貴族の称号にいかに弱いかご存じでしょう、ミスター・ブラント」

「ときにはアメリカ人以外もそうですよ、キングストン・ブルース大佐」

「まことに！　おっしゃるとおりですな。俗物ほどわたしが忌み嫌うものはないんだが。ともあれ、ベッツ一家は週末に訪ねてきました。ゆうべ——ブリッジをしていたときに——ミセス・ハミルトン・ベッツがつけていたペンダントの留め金が壊れたので、彼女ははずして小さなテーブルの上に置いた。あとでそれを持って二階へ上がるつもりで。ところが、持っていくのを忘れてしまったんです。ミスター・ブラント、じつはペンダントはダイヤモンドでできた小さな二つの翼と、そこから下がった大粒のピンクパール一個でできていましてね。けさペンダントはミセス・ベッツが置いていった場所で見つかったんだが、真珠が、たいへん高価な真珠がとりはずされていたんですよ」

「ペンダントを見つけたのはどなたです？」

「小間使い——グラディス・ヒルです」

「彼女を疑う理由はなにかありますか？」

「ここに来て数年になりますが、真っ正直な娘です。しかしもちろん、ほんとうのところはわからない——」

「まさに。おたくの使用人について教えてください。それから、ゆうべの夕食の席にはどなたがいましたか？」

「料理人——雇ってまだ二ヵ月ですが、彼女には客間に近づく機会はなかったはずだ——台所の下働きの娘も同じです。それから家政婦のアリス・カミングズがいる。彼女もここに来て数年たちます。それにもちろん、レディ・ローラの小間使いがいる。フランス人なんですよ」

こう言ったとき、キングストン・ブルース大佐はそうとう感心している様子だった。小間使いの国籍を聞いてもいっこうに感銘を受けなかったトミーは言った。「なるほど。それで、夕食の席にいた方々は？」

「ベッツ夫妻、わたしたち——妻と娘——それにレディ・ローラ。セント・ヴィンセント青年も一緒でした。夕食のあと、ミスター・レニーがちょっと顔を出しました」

「ミスター・レニーとは？」

「まったくやっかいな男で——悪名高い社会主義者です。男前で、薄っぺらな弁舌は立ちますがね。言っておきますが、わたしはまったく彼を信用していません。危険なやつですよ」

「では、あなたが疑っているのはミスター・レニーですか？」トミーはそっけなく聞いた。

「そうです、ミスター・ブラント、彼の思想からすれば、どんな規範も持ちあわせていないのは確かだ。全員がブリッジに興じている隙にこっそり真珠をもぎとるのは、彼にとってはしごく簡単だった、そうでしょう？　ゲームに没頭していたときが何度もありましたからね——覚えています、切り札なしの一局でリダブル（点数を倍にするダブルに対してさらに倍の点数で戦う宣言）がかかったときとか。それに、わたしの妻がリードされたスートのカードを持っているのに別の札を出して、言いあいになったときとか」

「なるほど。一つお聞きしたいんですが——今回の件についてミセス・ベッツはどういう反応を？」

「わたしに警察に通報してほしいと」キングストン・ブルース大佐はしぶしぶ答えた。「それは、真珠が偶然どこかに落ちてしまったのではと、あらゆるところを探しまわったあとのことですが」

「だが、あなたは彼女を説得して思いとどまらせた？」

「おおごとになるのがどうにもいやでしたし、妻も娘もわたしに賛成しました。そのあと妻が、夕食のときセント・ヴィンセント青年があなたの探偵社について——二十四時間特別サービスについて話していたのを思い出したんです」

「そうですか」トミーは気が重くなった。

「どのみち、害はないでしょう。もし明日警察に通報するにしても、わたしたちは宝石がたんに紛失したものと考えて探していたと言えばいい。そうそう、けさからだれもこの家から出していません」

「もちろん、お嬢さんは別ですね」タペンスが初めて口を開いた。

「娘は別です」大佐は認めた。「自分があなたがたに依頼しにいくと、すぐに申し出ました」

トミーは立ちあがった。

「ご満足がいくように最善をつくします、大佐。客間を拝見できますか、それとペンダントが置かれていたテーブルを。それから、ミセス・ベッツにいくつか質問させていただきたい。そのあと、使用人たちに話を聞きます――あるいは助手のミス・ロビンソンに聞いてもらいます」

使用人たちに質問するなど、考えただけでトミーは怖気をふるった。

キングストン・ブルース大佐はドアを開け、二人の先に立って廊下を歩いていった。そのとき、向かっている部屋の開いたドアからはっきりと声が聞こえてきて、それはけさトミーたちに会いにきた娘のものだった。

「あなたもよくわかっているでしょう、お母さま。彼女はマフに隠してティースプーンを持ち帰ったのよ」

すぐにトミーたちはミセス・キングストン・ブルースに紹介された。気弱な態度の悲しげな婦人だった。ミス・キングストン・ブルースはトミーたちを認めてそっけなく会釈した。けさよりもっと険悪な表情だった。

ミセス・キングストン・ブルースはおしゃべりだった。

「――でも、だれがとったのかわかっているわ。あのとんでもない社会主義者の若者よ。彼はロシア人とドイツ人が大好きで、英国人を憎んでいる――ほかにだれがいるっていうの？」

「彼はさわってもいないわ」ミス・キングストン・ブルースは猛然と反論した。「わたしは見ていた――ずっとね。彼がとったのなら、見逃すはずないわ」

彼女はつんとあごを上げ、挑戦するように一同を見た。

ミセス・ベッツにお話を聞きたいと言って、トミーはその場をとりなした。ミセス・キングストン・ブルースが夫と娘とともにミセス・ベッツを探しにいくと、トミーは考えながら口笛を吹いた。

「マフにティースプーンを隠した女はだれかな?」

「わたしもそれを考えていたところ」タペンスは言った。

夫に伴われてミセス・ベッツが部屋に飛びこんできた。大柄な女で、言葉つきはてきぱきしていた。ミスター・ハミルトン・ベッツは気むずかしげで物静かだった。

「あなたは私立探偵なんですってね、ミスター・ブラント、そしてたいした確率で迅速に事件を解決しているとか?」

「スピードはぼくのモットーでして、ミセス・ベッツ。さて、いくつか質問させていただきたい」

そのあとはとんとん拍子に進んだ。壊れたペンダント、置いてあったテーブルをトミーは見せてもらい、寡黙なミスター・ベッツが口を開いて盗まれた真珠のドルでの価値を語った。

それにもかかわらず、トミーは手がかりのないもどかしさを感じた。

「お話はじゅうぶんうかがったと思います」ついにトミーは言った。「ミス・ロビンソン、廊下から特殊撮影器具を持ってきてもらえますか？」

ミス・ロビンソンは持ってきた。

「ぼく自身のちょっとした発明でして」トミーは説明した。「見たところは、ただのふつうのカメラみたいでしょう」

ベッツ夫妻が感心しているのを目にして、彼はいささか満足感をおぼえた。

トミーは、ペンダントと置かれていたテーブルの写真を撮り、室内の様子も何枚か撮った。そのあとミス・ロビンソンに使用人の話を聞きにいくように頼み、キングストン・ブルース大佐とミセス・ベッツの大いなる期待に満ちた顔を前にして、専門家としての発言を求められているのを感じた。

「可能性は二つです。真珠はまだお屋敷の中にあるか、あるいはないか」

「まさにそうですな」トミーの空疎な発言には過分の敬意をこめて、大佐は同意した。

「お屋敷にないなら、どこにあるのか、可能性は無限です――だがあるなら、かならずどこかに隠されている――」

「では捜索が必要だ」キングストン・ブルース大佐はトミーをさえぎって言った。「おっしゃるとおりです。白紙委任状をお渡ししますよ、ミスター・ブラント。屋根裏から地下室まで調べてください」

「まあ！　チャールズ」ミセス・キングストン・ブルースが涙ながらにささやいた。「それは賢明なことかしら？　召使いたちはいやがるでしょう。きっと辞めてしまうわ」

「彼らの部屋は最後に調べますよ」トミーはなだめた。「盗人はもっともありそうもない場所に宝石を隠すものです」

「そんなことを読んだような気がしますよ」大佐はうなずいた。

「そうなんです。大佐はおそらく国王対ベイリーの裁判を思い出されたのでしょう、あれが先例になりました」

「ああ――うむ――そうです」大佐は困惑した様子だった。

「さて、もっともありそうもない場所はミセス・ベッツの部屋の中です」

「驚いた！　目のつけどころが鋭すぎない？」ミセス・ベッツは感心した様子だった。

彼女はしのごの言わずにトミーを上の自室へ案内した。そこでもトミーは特殊撮影器具を使った。

その場にタペンスが合流した。

「ミセス・ベッツ、ぼくの助手が衣装戸棚を拝見してもよろしいでしょうか？」

「もちろんかまいませんわ。わたしはまだここにいるほうがいいかしら？」

引き留める理由はないとトミーは請けあい、ミセス・ベッツは出ていった。

「はったりを続けるしかないな」トミーは言った。「だが、ぼくとしては真珠を見つけるチャンスは万に一つもないと思う。きみときみが思いついた二十四時間解決サービスが呪わしいよ、タペンス」

「聞いて。使用人たちは問題ないわ、自信がある。で、フランス人の小間使いから話を聞きだしたの。レディ・ローラが一年前ここに滞在していたとき、レディはキングストン・ブルース夫妻の友人何人かとよそへお茶によばれたんですって。そして帰ってきたとき、レディのマフからティースプーンが一本落ちたそうよ。たまたまマフの中に入ったんだとみんな思ったって。でも、似たような盗みの事例を話したら、小間使いからもっと聞きだせたのよ。レディ・ローラはいつもいろいろな人の家を泊まり歩いているの。お金がないんだと思う、だから貴族の称号がものを言う人たちの快適な家をまわっているの。偶然かもしれない——でなければ意味深なんだけど、レディの滞在中にいろいろな家で五件のあきらかな窃盗事件が起きているのよ。ささいなものが盗まれるときもあれば、高価な宝石類のときもある」

「なんとね!」トミーは長い口笛を吹いた。「食えないご婦人の部屋はどこだろう?」

「廊下を隔てて真向かいよ」

「それじゃ、ちょっとしのびこんで調べてみようじゃないか」

　真向かいの部屋のドアは少し開いていた。入ると、広々とした続き部屋になっていた。白い琺瑯(ほうろう)びきの調度、ローズピンクのカーテン。部屋の中のドアはバスルームに続いていた。このドアから、きちんとした服装のほっそりとした黒髪の娘が現れた。

　タペンスは娘の唇から洩れかけた驚きの叫びをシーッと止めた。

「こちらはエリーズです、ミスター・ブラント」タペンスはすまして紹介した。「レディ・ローラの小間使いの」

　トミーはバスルームの中へ入り、豪華かつ最新の設備に感心した。そして、フランス人の娘のまなざしにこめられた疑いを晴らしにかかった。

「仕事で忙しいんですね、えーと、マドモワゼル・エリーズ？」

「はい、ムッシュー、奥さまのお風呂を掃除しています」

「ちょっと、写真を撮るのを手伝ってもらえませんか。ここに特別なカメラを持ってきていて、この屋敷のすべての部屋の中を撮影しているんです」

　トミーの背後で、寝室につながるコネクティング・ドアが突然大きな音とともに閉まった。

その音でエリーズは飛びあがりそうになった。

「どうして閉まったんでしょう？」

「きっと風じゃないかしら」タペンスは言った。

「そっちの部屋に行ってみよう」

　エリーズが二人のためにドアを開けにいったが、ノブをまわしてもガタガタ鳴るだけだった。

「どうしたんだ？」トミーは鋭い口調で尋ねた。

「ああ、ムッシュー、だれかが反対側から鍵をかけたのかもしれません」エリーズはタオルを持ってきてもう一度試した。こんどはノブはすんなりとまわり、ドアは大きく開いた。

「あら、変だこと（ヴォワラ・ス・キ・エ・キュリユー）。引っかかっていたにちがいありません」エリーズは言った。

　寝室にはだれもいなかった。

　トミーはカメラを手にした。タペンスとエリーズは彼の指示に従った。だが、トミーの視線は何度もコネクティング・ドアのほうへ向かった。

「どうしてあのドアは引っかかったんだろう?」彼は低い声でつぶやいた。

詳細にドアを調べ、閉めたり開けたりした。引っかかりはどこにもなかった。

「写真をもう一枚」トミーはため息をついた。「あのピンクのカーテンを開けてくってもらえますか、マドモワゼル・エリーズ? ありがとう。そのままにしてください」

耳慣れたカシャッという音がした。トミーはガラス板をエリーズに持っていてもらい、三脚をタペンスにゆだね、慎重に再調整してカメラを閉じた。

トミーはちょっとした口実をつくってエリーズを出ていかせると、タペンスをつかまえて早口で言った。

「なあ、一つ思いついたんだ。きみはここにいてくれる? 全部の部屋を調べるんだ——時間を稼げる。その食えないご婦人——レディ・ローラ——と話してみてくれ。だが、警戒させるなよ。小間使いを疑っていると言うんだ。しかし、どうあってもレディを家から出すな。ぼくは車で行くところがあるが、できるだけ早く戻ってくる」

「わかった。でもあまり一人決めしないで。あなたは一つ忘れているわ」

「なにを?」

「キングストン・ブルースの娘。彼女にはどこか妙なところがある。ねえ、けさ何時に家を出たのか調べたのよ。そうしたら、うちの社に着くまで二時間もかかっていた。ありえないわ。うちへ来る前にどこへ行ったのかしら?」

「それはなにかあるな」トミーは認めた。「よし、どんな手がかりでも好きに調べてくれ、でもレディ・ローラをこの家から出すな。あれはなんだ？」

彼の聡い耳は外の踊り場のかすかな衣ずれの音を捉えていた。彼は部屋を横切ってドアを開けたが、だれもいなかった。

「じゃあ、あとで。なるべく早く帰るから」

かすかな懸念を抱いて、タペンスは車で遠ざかる夫を見送った。トミーは確信に満ちていた――彼女自身はそこまで確信がなかった。よくわからない点が一つ二つあるのだ。

まだ窓辺に立って外を眺めていたとき、向かいの家の門口から男が現れて道を渡り、呼び鈴を鳴らすのが見えた。

たちまちタペンスは部屋を飛びだして階段を下りた。小間使いのグラディス・ヒルが家の奥から出てきたが、タペンスはきっぱりと手振りで下がらせた。それから自分で玄関へ行ってドアを開けた。

サイズの合っていない服を着た、情熱的な黒い目のひょろりとした若者が階段に立っていた。

ちょっとためらってから、若者は言った。

「ミス・キングストン・ブルースはご在宅ですか？」

「お入りになります？」

タペンスは脇に寄って彼を通し、ドアを閉めた。

「ミスター・レニーとお見受けしますが？」彼女は愛想よく言った。

若者はタペンスにすばやい一瞥を投げた。

「ええ——そうです」

「こちらへいらしていただけます？」

タペンスは書斎のドアを開けた。だれもおらず、彼に続いて部屋に入るとタペンスはドアを閉めた。若者は眉をひそめて彼女に向きなおった。

「ぼくはミス・キングストン・ブルースにお会いしたいんだが」

「それはどうでしょう」タペンスは冷静に答えた。

「ねえ、あなたはいったいだれなんだ？」ミスター・レニーはぶしつけに聞いた。

「国際探偵社の者です」タペンスは簡潔に告げ——ミスター・レニーが思わずびくっとしたのに気づいた。

「どうぞおかけください、ミスター・レニー。まず申し上げると、わたしどもはミス・キングストン・ブルースがけさあなたを訪ねたことを知っています」

大胆な推測だったが、大当たりだった。相手の狼狽を目にして、タペンスはすぐに続けた。

「真珠をとりもどすのが重要なんです、ミスター・レニー。この屋敷のどなたも——おおごとになるのは望んでいません。話しあいませんか？」

若者はじっと彼女を見つめた。

「あなたがどの程度知っているのかはわからないが」彼は思いに沈んでいた。「少し考えさせてもらいたい」

彼は両手に顔を埋めた——そして、予想もしなかった質問をした。

「なあ、セント・ヴィンセントが婚約したというのはほんとうだろうか?」

「ほんとうよ」タペンスは答えた。「相手の女性を知っています」

ミスター・レニーは突然打ちとけた態度になった。

「ひどいものだったんだ」彼はぶちまけた。「連中は朝昼晩とセント・ヴィンセントをここへ呼んで——ベアトリスを彼に押しつけようとした。すべては彼がいつか爵位を継ぐからなんだ。ぼくの意見としては——」

「政治の話はやめましょう」タペンスは急いで言った。「よかったら話して、ミスター・レニー、どうしてあなたはミス・キングストン・ブルースが真珠をとったと思うのか」

「ぼくは——そんなこと思っていない」

「思っているわ」タペンスは落ち着いて言った。「あなたは探偵が車で出ていくのを待って安全を確認してから、訪ねてきて彼女に会おうとした。それはあきらか。あなたが自分で真珠を盗んだのなら、こんなに動揺しないでしょう」

「彼女の態度はすごくおかしかったんだ。けさ来て窃盗事件の話をして、これから私立探偵社へ行くところだと説明した。なにか言いたそうだったが、口に出せない様子だった」

「ねえ、わたしが求めているのは真珠だけ。彼女と話しあったほうがいいわ」

ところが、そのときキングストン・ブルース大佐が書斎のドアを開けた。

「昼食の用意ができましたよ、ミス・ロビンソン。ご一緒にどうぞ。いま——」

そこで大佐は口を閉じ、客人をにらみつけた。

「ぼくが昼食に歓迎されないのは明白ですね。けっこう、失礼します」

「あとでまた来て」すれちがいざまにタペンスはささやいた。

そしてキングストン・ブルース大佐についていった。大佐は有害なあつかましい連中のことをまだぶつぶつつぶやいていた。広々としたダイニングルームにはもう家族が集まっていた。一人だけ、タペンスの知らない人物がいた。

「レディ・ローラ、こちらはミス・ロビンソン。われわれの手助けをしてくれています」

レディ・ローラは会釈し、鼻めがねごしにタペンスをじろじろと見た。背の高いやせた女だった。悲しげな微笑、やさしげな声、きびしく抜け目のない目。タペンスは見つめかえし、レディ・ローラは視線を下げた。

昼食のあと、レディ・ローラは穏やかな好奇心を示しつつ話しかけてきた。調査の進みぐあいはいかがなの？　タペンスは小間使いへの疑惑を適当にほのめかしておいたが、関心はレディ・ローラにはなかった。レディ・ローラはティースプーンやほかのものを服に隠したかもしれないが、彼女がピンクパールを盗んだのではないというかなりの確信が、タペンスにはあった。

やがて、タペンスはまた屋敷の中の捜索にとりかかった。時間が過ぎていく。トミーはいっこうに戻らず、タペンスにとってそれよりはるかに重要なのだが、ミスター・レニーも来ない。せかせかと寝室から出たところで、タペンスは階下へ向かおうとしていたベアトリス・キングストン・ブルースと鉢合わせした。ミス・キングストン・ブルースは外出のために、きちんと身なりをととのえていた。

「すみませんが、いまは出かけないでください」タペンスは声をかけた。

相手は尊大な態度で彼女を見た。

「わたしが出かけるかどうかは、あなたに関係ありません」ベアトリスは冷ややかに答えた。

「でも、警察に連絡するかどうかはわたし次第です」タペンスは言った。

ベアトリスはたちまち顔色を失った。

「だめ――してはだめ――出かけないから――それはしないで」彼女は懇願した。

「ねえ、ミス・キングストン・ブルース」タペンスはほほえんだ。「最初から、わたしにとって真相は完全にお見通しだったんです――わたしは――」

だが、そこで邪魔が入った。トミーが階段を駆けあがってきてびっくりさせられた上に、下の玄関広間で頑丈な大男が山高帽をぬいでいるのが見えた。

「ロンドン警視庁のマリオット警部だ」トミーはにやりとした。

叫び声を上げて、ベアトリス・キングストン・ブルースはタペンスの手をもぎはなすと階段を駆けおりた。同時に玄関のドアがまた開いてミスター・レニーが入ってきた。

「いま、あなたがめちゃくちゃにしてくれたわ」タペンスは苦々しく言った。

「そう?」トミーは急いでレディ・ローラの部屋へ飛びこんだ。バスルームへ行き、大きな化粧石鹼をとると両手で持って出てきた。警部は階段を上ってくるところだった。

「あの女はじつにおとなしく白状しましたよ」警部は告げた。「常習犯だ、引きぎわを心得ている。真珠はどうしました？」

「この中にあると思いますよ」トミーは警部に石鹼を渡した。

警部は目を輝かせた。

「古いが、いい手だな。化粧石鹼を二つに割って、真珠を入れる隙間を作り、また一つにくっつけてから熱い湯でつなぎ目をなめらかにする。あなたのお手並みはみごとなものですな」

トミーは謙虚に賛辞を受けとめた。そしてタペンスと階段を下りていった。キングストン・ブルース大佐が駆け寄ってきて、心をこめてトミーと握手した。

「いやまったく、感謝してもしきれませんよ。レディ・ローラも感謝したいと――」

「ご満足いただけてなによりです」トミーは言った。「しかし残念ながらもう行かないと。きわめて緊急の約束があるんです、大臣と」

トミーは車へ走っていって飛び乗った。タペンスも隣に乗りこんだ。

「でもトミー」彼女は叫んだ。「レディ・ローラを逮捕したんじゃないの？」

「ああ！　話していなかったっけ？　レディ・ローラは逮捕されていないよ。逮捕されたのはエリーズだ」

タペンスが啞然としてすわっている横で、トミーは続けた。「いいかい、ぼくも手に石鹼の泡をつけたままドアを開けようとしたことが何度もあるんだ。でも、できないんだよ――手がすべって。だから、エリーズは両手を石鹸の泡だらけにしてなにをやっていたんだろうと思った。覚えているね、彼女はタオルを持ってきて開けた、だからそのあとドアノブに石鹸は残っていなかった。だが、はっと思いあたったんだ。プロの泥棒なら、あちこちの家を泊まり歩いている盗癖が疑われるレディの小間使いになるのは、なかなかいい考えじゃないかってね。だから室内を撮ったときエリーズの写真も撮って、ガラス板を持たせ、古きよきロンドン警視庁へ向かったんだ。ネガを現像して引きのばし、ガラス板の指紋もうまく照合できた——顔写真もね。エリーズは長いこと指名手配されていたんだ。便利なところだよ、ロンドン警視庁は」

タペンスはようやくものが言えるようになった。「そして、あの若いおばかさん二人は、本でよくあるみたいに根拠もろくにないままおたがいを疑っていたなんてね。でも、車で出かけたときなぜあなたの考えを教えてくれなかったの？」

「まず、エリーズが踊り場で立ち聞きしていたんじゃないかと思った。次に——」

「なに？」

「博識なわが友は忘れているようだが」トミーは言った。「ソーンダイク博士は最後の瞬間まで決してなにも言わないんだ。それにね、タペンス、きみときみの相棒のジャネット・スミスはこの前ぼくに一杯くわせてくれた。これでおあいこってわけさ」

4　不審な来訪者

「まったくもって退屈な一日だったな」トミーは大口を開けてあくびをした。

「そろそろお茶の時間ね」タペンスもあくびをした。

国際探偵社は無聊をかこっていた。お待ちかねの食肉業者からの手紙は来ないし、まっとうな事件が起こりそうな気配もない。

そのとき、雑用係のアルバートが封印された小包を持って入ってくると、テーブルの上に置いた。

「『封印された小包の謎』だな」トミーはつぶやいた。「中身は、ロシアの皇女が所有していたすばらしい真珠か？　それとも〝ブラントの優秀な探偵たち〟をこなごなに吹き飛ばす偽装爆弾か？」

「じつはね」小包を開けながらタペンスは言った。「わたしからフランシス・ハヴィランドへ結婚祝いなの。なかなかすてきでしょう？」

さしだされた細い銀製の煙草入れをトミーは受けとり、〈フランシスへ、タペンスより〉という彼女の手書きの文字が彫られているのに気づいた。そして煙草入れを開け閉めして、いいねというようにうなずいた。

「きみはやけに気前がいいな。ぼくも来月の誕生日にこういうのがほしいよ、ただし金製のね。フランシス・ハヴィランドにこんなものをやってむだ遣いするとは。やつはこれまでもこれからも、神が造りたもうたもっとも完璧なばか野郎の一人なんだから」

「フランシスが将軍だった戦時中、わたしが彼の運転手だったのをあなた忘れているでしょう。ああ！　楽しかったあのころがなつかしい」

「楽しかったね」トミーは同意した。「美女たちが入院中のぼくを見舞いに来ては手を握ってくれたものだ。だが、ぼくは彼女たち全員に結婚祝いを送ったりしないよ。フランシスの花嫁はきみからのこの贈りものをあまり喜ばないんじゃないかな」

「形が細いからポケットに入れるのにぴったりよね？」タペンスは彼の言い分には耳を貸さなかった。

トミーは煙草入れを自分のポケットに入れた。

「ほんとだ」彼は好ましげに言った。「ほら、アルバートが午後の郵便物も持ってきてくれた。きっとパース公爵夫人から、愛犬のペキニーズを見つけてほしいという依頼だよ」

二人は一緒に郵便物を整理した。突然、トミーがヒューッと長い口笛を吹いて一通の手紙を掲げた。

「ロシアの切手が貼られた青い封筒だ。カーター長官が言ったこと、覚えている？　こういう手紙に注意することになっていた」

「すごい。ようやくね。開けて、中身が聞いていたとおりか見て。食肉業者だったわよね？

あ、ちょっと待って。お茶にミルクがいるわ。けさ、配達人が置いていくのを忘れたの。アルバートにとりにいかせる」

アルバートに用事を言いつけたあと、タペンスが表の受付から戻ってくると、トミーは青い手紙を持っていた。

「思ったとおりだ、タペンス。中身はほぼ長官が言っていた内容で間違いない」

タペンスは手紙を受けとって読んだ。

きちょうめんで堅苦しい英語で書かれ、妻の情報を熱心に求めているグリゴリー・フョードルスキーという男からだった。金に糸目はつけないから、国際探偵社は妻の捜索に全力を上げてほしいとのことだった。フョードルスキー自身は豚肉の売買で難儀していて目下ロシアを離れられないという。

「ほんとうはどういう意味なのかしら」タペンスは考えつつ、前のテーブルに置いた手紙の折り目をのばした。

「一種の暗号だろう」トミーは言った。「それはぼくたちの関知するところじゃない。こっちの仕事はできるだけ早くそれを長官に渡すことだ。切手をはがして下に十六という数字があるかどうか確認しよう」

「わかった。でも思うに――」

タペンスは唐突に口を閉じ、突然の沈黙に驚いたトミーが目を上げると、ドアの前に頑丈な男が立ちはだかっていた。

威厳のある雰囲気、がっしりした体格、形がまん丸の頭、力強いあご。年恰好は四十五といったところだ。

「失礼」男は帽子を手に部屋の中へ歩いてきた。「表にだれもいなくて、ドアが開いていたので入らせてもらいました。ここが国際探偵社ですね？」

「そうです」

「そしてあなたがミスター・ブラントですかな？　ミスター・セオドア・ブラント？」

「ぼくがブラントです。ご相談をご希望ですか？　こちらは秘書のミス・ロビンソンです」

タペンスはしとやかに会釈したが、伏せたまつ毛の下から男を観察していた。彼がどのくらい前からドアの前にいて、どの程度見たり聞いたりしたのか、考えていた。トミーに話しかけながらも男がちらちらと自分の手の中の青い手紙を見ているのを、タペンスの鋭い目は見逃さなかった。

注意を促す(うなが)トミーの声で、彼女はやらなければならないことを思い出した。

「ミス・ロビンソン、メモをとってください。さて、アドバイスをお望みの件について、お話しいただけますか？」

タペンスはメモ帳と鉛筆を手にした。

大柄な男はやや耳ざわりな声で話しはじめた。

「わたしはバウアーといいます。ドクター・チャールズ・バウアー。ハムステッドに診療所を兼ねた住まいがあります。ミスター・ブラント、あなたをお訪ねしたのは、最近いささか奇妙な出来事があいついでいるからでして」

「それで、ドクター・バウアー？」

「先週二回、電話で急患の呼び出しを受けて——二回ともそんな電話はしていないと言われました。最初はいたずらかと思ったんですが、二回目のあと帰宅すると、わたしの個人的な書類が荒らされていた。いまは、最初もきっとそうだったと確信しています。徹底的に調べたところ、自分の机がどこもかしこもかきまわされて、さまざまな書類があわただしく置きなおされていることがわかりました」

ドクター・バウアーは間を置いて、トミーを見た。

「さて、ミスター・ブラント？」

「ええ、ドクター・バウアー」トミーは微笑(びしょう)した。

「どう思われますかな？」

「そうですね、まずは事実を知りたい。机にはなにを入れていますか？」

「わたしの個人的な書類です」

「そうでしたね。で、その個人的な書類の内容は？　ふつうの泥棒——あるいは特定のだれかにとって、どういった価値があるのでしょう？」

「ふつうの泥棒にとって価値があるとは思えないが、あまり知られていないアルカロイドに関する覚え書きは、その分野に専門的な知識のある人なら興味を持つはずです。数年にわたって、この分野を研究しているんですよ。この種のアルカロイドは致死性の猛毒で、しかもほぼ痕跡が残らない。一般的に知られた反応が出ないんです」

「そのアルカロイドの秘密には金銭的な価値があるのでは？」

「よからぬ考えを抱く人々にとってはありますね」

「それで、あなたは――だれをお疑いです？」

医師はたくましい肩をすくめた。

「わたしの見たところ、外から家に押し入った形跡はない。ということは、身内のだれかのしわざのように思えるが、とても信じられません――」医師はふいに言葉をとぎらせ、ふたたび話しだしたときには重苦しい口調になっていた。

「ミスター・ブラント、わたしはすべてをあなたの手にゆだねなければならない。この件で警察に行くわけにはいかないんです。三人の使用人についてはほぼ間違いなく信頼しています。長年、忠実に仕えてくれていますから。とはいえ、万が一ということもある。彼らのほかに、二人の甥、バートラムとヘンリーが同居しています。ヘンリーはいい子――たいへんいい子で――一度もわたしを困らせたことがない。優秀でよく働く若者ですよ。残念ながら、バートラムはヘンリーとはかなり違う性格で――乱暴だし金遣いは荒いし、いつものらくらしている」

「なるほど」トミーは考えこんだ。「あなたは甥ごさんのバートラムがこの件に関係しているのではと疑っているんですね。だが、ぼくは同意できません。いいほうの若者――ヘンリーがあやしいと思う」

「それはまた、なぜです？」

「慣例、前例です」トミーは軽く手を振った。「ぼくの経験では、あやしげな人物はつねに無実だ――そして逆もまた真なりなんですよ。そう、ぼくはぜったいにヘンリーを疑いますね」

「お話し中失礼ですが、ミスター・ブラント」タペンスは丁重な口ぶりでさえぎった。「ドクター・バウアーはその――あまり知られていないアルカロイド――についての覚え書きを、ほかの書類と一緒に机にしまっていたということですわね?」

「机の中に置いてありますよ、お嬢さん、しかし秘密の引き出しで、場所を知っているのはわたしだけです。なので、いまのところ荒らされてはいません」

「それで、ぼくになにをお望みなのでしょう、ドクター・バウアー?」トミーは尋ねた。「このあとさらに家探しされると思われるんですか?」

「ええ、ミスター・ブラント、そう信じるべき理由がある。今日、わたしが二週間ほど前にボーンマスへ療養に送った患者の一人から電報が届きました。その患者は危険な状態で、すぐ来てほしいと書かれていた。お話しした事件のせいでこちらは疑い深くなっていたので、その患者に返信料前払いで電報を打って問いあわせたんです。そうしたら、彼は元気でわたしを呼んだりしていないというじゃありませんか。そこで思いついたんですが、わたしが電報を信じてすぐボーンマスへ向かうふりをすれば、犯行現場を押さえるチャンスになるはずだ。やつら――もしくはやつ――はきっと、家中が寝しずまるのを待ってから犯行に及ぶでしょう。今晩十一時に拙宅の外で待ちあわせて、一緒に捜査してもらえませんか」

「現行犯で捕まえるということですね」トミーは考えながらペーパーナイフで机をとんとんと

たたいた。「とてもいい計画のようだ、ドクター・バウアー。なにも支障は見当たらない。ええと、ご自宅の住所は――」

「ハングマンズ・レーンのラーチズという家です――いささか寂しい地区でしてね。だが、ハムステッド・ヒースの公園のすばらしい景色が望めます」

「そうでしょうね」トミーはうなずいた。

客は立ちあがった。

「では、今晩お会いしましょう、ミスター・ブラント。ラーチズの外で――そう、十一時五分前ではどうです――余裕をもって？」

「了解しました。十一時五分前に。ではのちほど、ドクター・バウアー」

トミーも立ちあがって机のブザーを押した。すぐにアルバートが現れ、依頼人を外まで見送った。医師はあきらかに足を引きずっていたが、それにもかかわらずその体格のたくましさは顕著だった。

「取っ組みあいはご遠慮したいお客さんだな」トミーはつぶやいた。「さて、タペンス、どう思う？」

「ひとことで言うわね。〝蟹足男〟よ！」

「え？」

「あの〝蟹足男〟！ ヴァレンタイン・ウィリアムズの古典推理小説を読んだのはむだじゃなかったわ。トミー、これはペテンよ。あまり知られていないアルカロイド――こんな説得力に欠ける話は初めて」

「ぼくもあまり納得のいく話だとは思わなかった」トミーは同意した。

「手紙をチラチラ見ていたのに気づいた？　トミー、彼は悪党の一味よ。あなたが本物のミスター・ブラントじゃないことを察していて、わたしたちを餌食にしようとしている」

トミーは脇の戸棚を開け、並んでいる蔵書を愛おしそうに眺めた。「じゃあ、ぼくたちの役割を選ぶのは簡単だ。オークウッド兄弟（ウィリアムズの作品に登場する情報部員。〝蟹足男〟は兄弟に敵対するドイツ人）だな。ぼくはデズモンドだ」きっぱりとした口調で告げた。

タペンスは肩をすくめた。

「いいわよ。好きにして。わたしはフランシスね。フランシスはデズモンドよりはるかに頭が切れるのよ。デズモンドはいつだって泥沼に足を突っこんで、フランシスはきわどいときに庭師とかに扮して登場し、その場を救うの」

「やれやれ！　でもぼくは優秀なデズモンドになるよ。ラーチズに着いたら――」

タペンスは無遠慮にさえぎった。

「あなたは今晩ハムステッドに行かないの」

「どうして？」

「目をつぶったまま罠に踏みこむも同然！」

「いやいや、しっかり目を開けて罠に踏みこむんだ。大きな違いがあるよ。われらが友、ドクター・バウアーはちょっとばかり驚くだろうね」

「わたしは賛成できない。デズモンドが上の命令にさからって一人でことに当たると、どうなるか知っているでしょう。わたしたちが受けた命令ははっきりしている。すぐに手紙の件を知らせて、起きたことすべてをただちに報告するのよ」

「きみはよくわかっていないね。何者かが来て十六という数字を口にしたら、すぐに報告するのが段取りだ。だれも来ていない」

「そんなの言いのがれよ」

「報告しても意味がない。ぼくはかねがね単独行動をしてみたかったんだ。なあタペンス、ぼくは大丈夫だから。しっかり武装していくよ。重要なのはこっちが用心していて、向こうはそれを知らないってことだ。一晩のみごとな働きに、長官も背中をたたいてほめてくれるさ」

「とにかく、わたしは反対。あの男はゴリラみたいに強いわよ」

「はん！　だが、ぼくには頼もしい拳銃があるからね」

外の受付に面したドアが開き、アルバートが入ってきた。ドアを閉めると、一通の封筒を手に二人に歩み寄った。

「紳士が一人来てまして」アルバートは告げた。「例によってあなたはロンドン警視庁との打ち合わせで忙しいと言ったら、それはよく知っているというんですよ。そして、自分はロンドン警視庁から来たって！　そのあと名刺になにか書くと、この封筒に入れたんです」

トミーは封筒を受けとって開けた。そして名刺を目にしてにやりとした。

「彼は真実を語ることで、きみをからかって楽しんでいるんだよ、アルバート。お通ししてくれ」

トミーは名刺をタペンスに渡した。そこには〈ディムチャーチ警部〉とあり、〈マリオットの友人〉と鉛筆で走り書きされていた。

すぐにロンドン警視庁の刑事が入ってきた。外見的には、ディムチャーチ警部はマリオット警部と似ていた。がっしりした体格で、目つきが鋭い。

「どうも」警部は快活に言った。「マリオットはサウス・ウェールズへ出張中ですが、出かける前に、あなたがた二人とこの探偵社に目を光らせるように言い残していきました。ああ、ご心配には及びません」口をはさもうとしたトミーを、警部はなだめた。「われわれはすべて知っています。こちらの管轄ではないので、干渉はしません。だが、どうやらなにかがきなくさいという事実に、最近気づいた者がいましてね。今日の午後、紳士が来訪したでしょう。なんと名乗ったのかはわからないし、本名も知らないが、わたしは彼について少しばかり情報を持っています。もっと情報がほしいんですよ。あなたは今晩ある場所で彼と会う約束をしましたね？」

「そのとおりです」

「そんなことだろうと思った。場所は、フィンズベリーパークのウェスタラム・ロード十六番地でしょう？」

「それは違います」トミーは微笑した。「まったく違う。ハムステッドのラーチズという家です」

ディムチャーチの驚きは本物のようだった。あきらかに予想外だったのだ。

「わからないな」警部はつぶやいた。「新しい家にちがいない。ハムステッドのラーチズですって?」

「ええ。そこで今晩十一時に会うことになっています」

「行ってはいけません」

「ほら!」タペンスが叫んだ。

トミーは赤くなった。

「あなたのお考えでは、警部——」興奮した口調で彼は言いはじめた。

だが警部は、落ち着かせるように手を上げた。

「わたしの考えていることを申し上げましょう。ミスター・ブラント。今晩十一時にあなたがいるべき場所はこのオフィスだ」

「なんですって?」タペンスは驚いた。

「このオフィスです。どうやってわたしが知ったかはお気になさらず——ときには管轄が重なることもある——だが、あなたがたは例の〝青い〟手紙を今日受けとりましたね。今日来た男は、それを狙っているんです。彼はあなたをハムステッドにおびきよせて邪魔できないようにしたあと、建物が無人になった夜にここへしのびこんで好きなように探しまわるつもりです」

「しかし、どうして彼は手紙がここにあると思うんですか? ぼくが持ち歩いているか、提出してしまっているかもしれないのに」

「失礼ながら、そこが彼にはわからないところなんですよ。あなたが本物のミスター・ブラントではないという事実に彼は気づいているのかもしれないが、たぶん事業を買収した善意のビジネスマンだと考えている。もしそうなら、手紙は通常どおりの扱いでオフィスに保管されているはずだ」

「なるほどね」タペンスはうなずいた。

「そして、彼にはそう思いこませなければ。今晩ここで現場を押さえられますからね」

「では、それが計画というわけですか？」

「ええ。またとない絶好の機会です。さあて、いまは何時かな？　六時だ。いつもは何時にここを出ますか？」

「六時ごろです」

「いつもどおりに出たと見せかけてください。じっさいには、できるだけ早く戻ってきましょう。やつらは十一時までは来ないと思うが、来る可能性もある。失礼して、ここの外の様子を見てきますよ。建物を見張っている者がいないか、確かめてきます」

ディムチャーチは出ていき、トミーとタペンスは議論を始めた。

言いあいは続き、激しくとげとげしいものになった。しまいに、タペンスが唐突に降参した。

「わかったわ。わたしの負け。あなたが悪者と取っ組みあいをして刑事たちと楽しくやっているあいだ、わたしは家に帰っていい子にしている――でも言っておくわよ。冒険からわたしを閉めだしたつけは払ってもらいますからね」

そのときディムチャーチが戻ってきた。

「安全のようだ。だが、油断はできない。いつもどおりに出るふりをするほうがいい。あなたがたが帰れば、ここの見張りを続けることはないでしょう」

トミーはアルバートを呼び、戸締りを命じた。

そのあと四人は、いつも車を止めている車庫まで歩いた。タペンスが運転し、アルバートは彼女の隣、トミーと刑事は後部座席にすわった。

ほどなく車は渋滞にはまりこみ、タペンスは振りかえってうなずいた。トミーと刑事は右側のドアを開けて、オックスフォード・ストリートのど真ん中に降りた。しばらくして、タペンスは車を進めた。

「まだ中には入らないほうがいい」ヘイラム・ストリートへ急ぎながら、ディムチャーチはトミーに言った。「鍵は持っていますね?」

トミーはうなずいた。

「だったら、夕飯でもどうです? 時間は早いが、真向かいにちょっとした店があるんですよ。窓辺のテーブルをとれば、あの建物をつねに見張っていられる」

刑事の提案どおりに、二人は軽く腹を満たした。ディムチャーチはなかなか楽しい話し相手だと、トミーは思った。警察での彼の仕事の大部分は国際諜報活動で、素朴な聞き手を驚嘆させるような逸話をいくつも披露した。

二人は小さなレストランに八時まで留まり、そのあとディムチャーチは行きましょうと促した。

「すっかり暗くなったから、だれにも気づかれずに建物に入れます」

たしかに、すっかり暗くなっていた。二人は通行のとだえた道をすばやく左右を見ながら渡り、入口にすべりこんだ。それから階段を上り、トミーは表側のドアに鍵を差しこんだ。

そのとき、ディムチャーチが隣で口笛を吹いたのを聞いたように思った。

「だれに向かって口笛を?」トミーは鋭い口調で尋ねた。

「わたしじゃない」びっくりした様子でディムチャーチは答えた。「あなたが吹いたのかと思った」

「じゃあ、だれかが——」トミーは言いかけた。

それ以上続けられなかった。力強い腕に後ろから羽交い絞めにされ、叫び声を上げる前に、口と鼻に甘く胸の悪くなる臭いの布が押しあてられた。

雄々しく抵抗したが、むだだった。クロロフォルムが効いてきた。頭がくらくらしはじめ、前の床が上下に揺れた。息が詰まり、彼は気を失った……

不快な気分で意識をとりもどしたが、体に異常はないようだ。クロロフォルムはほんの少量だったとみえる。さるぐつわをして、叫ばないようにする時間を稼げればよかったのだろう。

気がつくと、だらりとすわった姿勢で奥のオフィスの隅の壁にもたれかかっていた。二人の男が机の中身を忙しくあらため、戸棚の中をかきまわしながら、口ぎたなく罵っていた。

「なんてことだ、ボス」二人のうち背の高いほうがしわがれた声で言った。「全部徹底的に引っくりかえしたんだ。それなのにない」

「ここにあるにちがいないんだ」もう一人の男がうなるように答えた。「彼は持っていなかった。ほかに可能性のある場所はない」

そのとき振りかえった男を見て、トミーは驚愕した。だれであろう、ディムチャーチ警部その人だった。トミーの仰天した顔を目にした男は、にやりとした。

「おやおや、若きご友人がお目覚めだ。そしていささか驚いている――そう、いささかね。だが、ひじょうに単純なことだったんだよ。われわれは国際探偵社がどうもきなくさいとにらんでいて、わたしが調査役に立候補したんだ。新たなミスター・ブラントがほんとうにスパイなら警戒しているだろうから、まずはつきあいの古い友カール・バウアーを行かせた。カールの役目は疑いを招くようにふるまって、ありそうもない話をすることだった。彼は役目をこなし、次はわたしの登場だ。信用させるためにマリオット警部の名前を使った。あとは簡単だったよ」

男は笑った。

トミーは言いかえしたいことがいくつかあったが、さるぐつわに阻まれた。また、したくてたまらないことも――おもに手と足を使って――あったが、残念ながらそれもかなわなかった。しっかりと縛られていたのだ。

トミーがもっとも驚いたのは、自分を見下ろすように立っている男の極端な変貌ぶりだった。ディムチャーチ警部に扮していたとき、男は典型的な英国人だった。ところがいまは、訛りのない英語を完璧に話す教育のある外国人以外の何者でもない。

「コギンズ、友よ」かつての警部はならず者風の仲間に呼びかけた。「そのこん棒を持って捕虜のそばに立つんだ。わたしがさるぐつわをはずす。ミスター・ブラント、叫び声を上げるとかとんでもないばかなまねはしないだろうね？　だが、きっとよくわかっているはずだ。年のわりには、きみはなかなか賢い青年だから」

男はすばやくさるぐつわをはずして、あとじさった。

トミーはこわばったあごをさすり、口の中で舌をまわして二度つばを呑みこみ——そして黙っていた。

「たいした自制心だな」男は言った。「自分の立場を理解している。言いたいことはなにもないのか？」

「言うべきことはしまっておく」トミーは答えた。「あとにしても問題ないだろう」

「ほう！　わたしの言うべきことはあとまわしにはしない。率直に聞くが、ミスター・ブラント、あの手紙はどこだ？」

「さあね、知らないよ」トミーは陽気に言った。「ぼくは持っていない。だが、それはあんたもわかっているな。ぼくなら探しつづけるけどね。あんたとお友だちのコギンズが探しっこをするのを見たいんだ」

相手はけわしい顔つきになった。

「口達者がご自慢らしいな、ミスター・ブラント。そこの四角い箱が見えるだろう。あれはコギンズの道具一式でね。中には硫酸……そう、硫酸だ……それに、火で熱すると真っ赤に焼ける鉄棒が入っている……」

　トミーは悲しげにかぶりを振った。

「分析をあやまったな」彼はつぶやいた。「タペンスとぼくは今回の冒険を分類してみたんだが、これは〝蟹足男〟ものじゃない。ブルドッグ・ドラモンド（サパー作の冒険小説シリーズの主人公）ものだ、そしてそっちはまさに悪役カール・ピーターソンだ」

「なにをたわけたことを言っている?」男はどなった。

「おっと！　あんたは古典には明るくないようだね。残念だ」

「とぼけた愚か者め！　こっちの要求を呑むのか、呑まないのか？　コギンズに道具を出して始めるように命じようか?」

「そんなに焦るなよ。もちろん要求は呑むさ、それがなんなのか教えてくれればね。カレイみたいに三枚におろされて焼き網の上であぶられたいなんて、ぼくが思うわけがないだろう。痛いのはごめんこうむる」

　ディムチャーチは軽蔑するように彼を見た。

「なんと！　こいつら英国人はとんだ腰抜けだな」

「分別があるんだよ、分別があるだけさ。硫酸はしまっておいて、本題に入ろうか」

「手紙をよこせ」

「もう言ったじゃないか、持っていないと」

「それは知っている——だれが持っているかもな。あの女だ」

「あんたが正しい可能性は高い。もしかしたら相棒のカールがぼくたちを驚かせたときに彼女が自分のハンドバッグにすべりこませたかもしれない」

「ほう、否定しないんだな。それは賢明だ。よろしい、そのタペンスにすぐ手紙を持ってくるようにと一筆書きたまえ」

「それはできない——」

トミーが言いおわらないうちに、男はさえぎった。

「なんだと！　できない？　よろしい、すぐに気が変わるさ。コギンズ！」

「そう急ぐなって。最後まで聞けよ。いったん手を自由にしてもらわないとそれはできない、と言おうとしたんだ。ちくしょう、ぼくは鼻先やひじで書けるような器用な人間とは違うんだ」

「では、書くんだな？」

「もちろん。ずっとそう言っているじゃないか？　喜んでご指示に従うよ。当然ながらタペンスに手出しはしないだろうね。しないと信じるよ。とてもすてきな女性なんだ」

「われわれは手紙がほしいだけだ」ディムチャーチは答えたが、いちじるしく不快な笑みを浮かべていた。

彼がうなずくと、乱暴者のコギンズがひざまずいてトミーの腕を縛っていた縄をほどいた。

トミーは両腕をぶらぶらと振った。

「これでいくらかましだ」トミーはほがらかに言った。「親切なコギンズにぼくの万年筆をとってもらおうか？　テーブルの上にあると思う、ほかの雑多な品々と一緒にね」

コギンズはしかめつらで万年筆を持ってくると、一枚の紙も渡した。

「文面には気をつけろよ」ディムチャーチは警告した。「きみにまかせるが、失敗すれば――命はない――しかもたっぷり時間をかけて殺してやる」

「そういうことなら、しっかりと最善をつくすよ」トミーは請けあった。

彼は一、二分考え、すばやく書きだした。

「これでどうだ？」トミーはできあがった文章をさしだした。

タペンス
あの青い手紙を持ってきてくれないか？　ここですぐに解読したいんだ。
とり急ぎ
フランシス

「フランシス？」偽の警部は眉を吊りあげた。「彼女からそう呼ばれているのか？」

「あんたはぼくの洗礼式にいなかったわけだから、それがぼくの名前かどうかわからないだろうね。だが、あんたがポケットからとりだした煙草入れが、ぼくが真実を話している証拠になるんじゃないかな」

ディムチャーチはテーブルの前へ行き、煙草入れを手にとってかすかに微笑しながら〈フランシスへ、タペンスより〉と彫られているのを確認し、もとに戻した。

「聞き分けがよくて助かるよ。コギンズ、この紙をワシリーに渡せ。彼は外で見張りについている。すぐに届けるように言うんだ」

二十分間がのろのろと過ぎ、そのあとの十分間はさらにのろのろと過ぎた。大股で行ったり来たりしているディムチャーチの顔はどんどんけわしくなっていった。やがて、脅すようにトミーに向きなおった。

「もし裏切ろうという魂胆なら」彼は怒っていた。

「ここにトランプがあれば、ゲームでもやって時間をつぶせるのに」トミーはのんびりとした口ぶりで言った。「女っていうのはいつだって人を待たせるものだよ。タペンスが来たらやさしくしてくれるだろうね?」

「ああ、むろんだ。きみたちを同じ場所へ送ってやろう――一緒にな」

「そうかよ、このブタ野郎」トミーは声を殺してつぶやいた。

突然、表の受付で物音がした。トミーが見たことのない男が顔をのぞかせてロシア語でなにか言った。

「よし」ディムチャーチはうなずいた。「彼女はいま来る――一人で」

一瞬、かすかな不安がトミーの胸をよぎった。

すぐにタペンスの声がした。

「ああ! いらしたのね、ディムチャーチ警部。手紙を持ってきましたわ。フランシスはどこ?」

その言葉とともに彼女はドアから入ってきた。ワシリーが後ろから飛びかかって彼女の口を手でふさいだ。ディムチャーチは彼女の手からハンドバッグをひったくり、中身をぶちまけて夢中で探しはじめた。

ふいに喜びの叫びを発すると、ロシアの切手が貼られた青い封筒をかかげた。コギンズもしゃがれた歓声を上げた。

その勝利の瞬間、タペンスのオフィスにつながるもう一つのドアが音もなく開き、マリオット警部とリボルバーで武装した男二人が踏みこんできた。「手を上げろ!」鋭い命令が飛んだ。

争うまでもなかった。盗人たちは圧倒的に形勢不利だった。ディムチャーチの自動拳銃はテーブルの上だし、ほかの二人は武装していなかった。

「なかなかの大漁だ」マリオット警部は満足そうに言って、最後の手錠をかけた。「そして、このあともっと多くの獲物が期待できそうだ」

憤怒の形相で、ディムチャーチはタペンスをにらみつけた。

「この小悪魔め。警察を連れてきたのはおまえだな」

タペンスは笑った。

「全部わたしのお手柄ではないわ。ピンときてしかるべきだった、それは認める。今日の午後、あなたが十六番地と言った時点でね。でも、ゲームを決めたのはトミーからの伝言よ。マリオット警部に電話して、アルバートにここの合鍵を届けさせ、わたし自身はからの青い封筒をバッグに入れてやってきたの。今日の午後あなたたち二人と別れてすぐ、手紙は指示どおり送り届けたわ」

しかし、一つの言葉がディムチャーチの注意を引いた。

「ト、ト、トミー？」

縄をとかれたばかりのトミーが進み出た。

「お手柄だったな、フランシス」彼はタペンスの両手をとり、ディムチャーチに告げた。「言っただろう、ほんとうにあんたは古典を学ぶべきだぞ」

5　キングの裏をかく

国際探偵社は雨の水曜日を迎えていた。タペンスはぼんやりと〈デイリーリーダー〉紙が手から落ちるにまかせた。

「わたしがなにを考えていたかわかる、トミー？」

「わからないな」夫は答えた。「きみはとてもたくさんのことを考えるからね、それもいちどきに」

「そろそろまたダンスに行ったらどうかと思うの」

トミーは急いで〈デイリーリーダー〉を拾った。

「うちの社の広告はなかなかいいじゃないか」彼は軽く首をかしげた。「〝ブラントの優秀（ブリリアント）な探偵たち〟。わかっているかい、タペンス、きみだけが〝ブラントのブリリアントな探偵たち〟なんだってことを？　きみに誉れあれだ、ハンプティ・ダンプティも言っている（ルイス・キャロル『鏡の国のアリス』より）」

「わたしはダンスの話をしていたのよ」

「新聞に関して奇妙な事実がわかったんだがね。きみは気づいているかな。たとえばこの三部の〈デイリーリーダー〉。それぞれどう違うかわかる？」

タペンスは多少興味が湧いた様子で新聞を手にした。

「かなり簡単だと思うけど」彼女はそっけなく答えた。「一部は今日の、一部は昨日の、一部はおとといのよ」

「才気煥発だね、ワトスン。だが、ぼくが言いたかったのはそういうことじゃない。〈デイリーリーダー〉という題字を見ろよ。三つを比べるんだ——違いがあるのがわかる？」

「いいえ、わからない。それに、あるわけないでしょう」

トミーはため息をつき、いかにもシャーロック・ホームズ風に両手の指先を合わせてみせた。

「そうだね。しかもきみは新聞をよく読んでいる——じっさい、ぼくよりも。だが、ぼくは気づいてきみは気づかなかった。今日の〈デイリーリーダー〉を見れば、Dの縦線の真ん中に小さな白い点が一つあるのがわかるはずだ。そして同じ単語のLにも点が一つある。ところが、昨日の新聞のDAILYには白い点がまったくない。そしてLEADERのLに白い点が二つある。おとといはDAILYのDに点が二つある。じつは、点は毎日違う場所にあるんだよ」

「どうして？」

「それはジャーナリズム業界の秘密だろう」

「つまり、あなたは知らないし推測もつかないのね」

「これだけは言っておく——すべての新聞に共通している事実なんだ」

「賢いじゃない？　無関係な話を持ちだして人の注意をそらすなんて。その前に話していたことに戻りましょうよ」

「なんだっけ？」

「スリー・アーツ舞踏会（当時流行した仮装舞踏会）よ」

トミーはうめいた。

「だめだめ、タペンス。スリー・アーツ舞踏会なんか。ぼくはもう若くないんだよ。間違いなくもう若くはないんだ」

「わたしがすてきな若い娘だったころ、男——とくに夫——というのは道楽にいそしむもので、お酒を飲んだりダンスしたり夜ふかしするのが好きだと教わったわ。すばらしく美しくて賢い妻でないと、家に留めておけないって。それもまた幻想だったのね！　わたしの知っている奥さんはみんな出かけて踊りたくてたまらないのに、旦那さんが寝室用スリッパをはいて九時半には寝ちゃうって嘆いている。それに、あなたはダンスがとってもうまいじゃないの、トミー」

「やさしいお世辞を言ってくれるね、タペンス」

「じつのところ、行きたいのはただ楽しみたいからじゃないの。この広告にすっかり興味を引かれちゃって」

彼女はまた〈デイリーリーダー〉を手にすると、読みあげた。

「ビッドはスリー・ハートで。12トリック。スペードのエース。キングをフィネス（ブリッジで上位の札を残し、下位の札で場札をとろうとすること）する必要あり」

「ブリッジを習うには金のかかる方法だ」

「ばかなこと言わないで。ブリッジとは関係ない。いい、昨日〈スペードのエース〉である若い女性とランチをしていたの。チェルシーにある地下の変わった小さなお店。彼女が言うには、こういう大きな催しのある夜、抜けだしてベーコンエッグとチーズトーストの夕食をとりにその店へ行くのが流行（はや）りなんですって——ボヘミアン風ね。店じゅうに仕切られた小部屋があるのよ。かなり刺激的だわね」

「それで、きみの考えは——」

「スリー・ハートは明日の夜のスリー・アーツ舞踏会の意味、12トリックは十二時。〈スペードのエース〉はその店のこと」

「で、キングをフィネスする必要ありっていうのは？」

「そう、その意味を探りたいと思ったの」

「きみの考えはきっと正しいんだろう」トミーは寛大に言った。「だけど、なぜ他人の色恋に干渉したがるのかわからない」

「干渉はしない。わたしが提案しているのは、捜査上の興味深い実験よ。わたしたち、実地訓練が必要だわ」

「たしかに仕事はいまあまり忙しくない」トミーはうなずいた。「だが、タペンス、とにかくきみはスリー・アーツ舞踏会へ行ってダンスがしたいんだろう！　それこそ無関係な話で人の注意をそらしている」

　タペンスはずうずうしく笑った。

「お願い、トミー。自分が三十二歳で左の眉毛に白髪が一本あることは忘れて」

「女性の関心事は、昔からぼくの苦手とするところなんだ」トミーはつぶやいた。「仮装用の服を着るなんてまねをさせる気か？」

「もちろんよ、でもわたしにまかせて。すばらしいアイディアがあるの」

トミーは懸念の表情で妻を見た。かねてから、タペンスのすばらしいアイディアには深い不信感を抱いているのだ。

翌日の夜、彼がフラットに戻ると、タペンスが寝室から飛びだしてきた。

「来たわ」

「来たってなにが？」

「衣装よ。見て」

トミーはタペンスについていった。ベッドの上に広げてあったのはぴかぴかのヘルメットと消防士の制服だった。

「これはまた！」トミーはうなった。「ぼくはウェンブリー消防団に参加したのかな？」

「もう一度当ててみて。まだあなたはわかっていない。小さな灰色の脳細胞を使うのだ、友よ。」

才気を見せてくれ、ワトスン。闘技場で十分以上粘る牡牛になりたまえ」

「ちょっと待て」トミーは言った。「わかってきたぞ。これにはたくらみが潜んでいるな。きみはなにを着るんだ、タペンス？」

「あなたの古いスーツと、アメリカ製の帽子と角ぶちのめがね」

「あからさまだな。だが、アイディアはわかった。マッカーティ（イザベル・オストランダーの作品で活躍する元警官）の仮装だね。ぼくは消防士のデニス・リオーダンか」

「そうよ。英国式と同時に、アメリカ式の探偵術も練習しなくちゃと思ったの。一度くらい、わたしが主役になる。あなたはつつましい助手よ」

「忘れるなよ」トミーは警告した。「素朴なデニーのなんてことないひとことが、つねにマッカーティを正しい軌道に乗せるんだ」

だが、タペンスは笑っただけだった。彼女はうきうきしていた。

その晩は盛会だった。客、音楽、仮装——すべてが若い夫婦を楽しませた。トミーは、心ならずも引っ張りだされて退屈している夫の役を演じるのを忘れた。

十二時十分前に二人は有名な——悪名高い——〈スペードのエース〉へ車で向かった。タペンスが話していたとおり、地下の穴倉のような店で、見たところみすぼらしくて安っぽいが、それにもかかわらず着飾ったカップルで混雑していた。壁に沿って仕切られた小部屋が並び、トミーとタペンスもその一つに陣どった。外でなにが起きているかのぞけるように、わざとドアを少し開けておいた。

「どれかしら——くだんのカップルは」タペンスは言った。「あそこにいる、メフィストフェレスと一緒のコロンビーナはどう？」

「あの悪人面（づら）の中国の役人と、戦艦きどりの——ま、快速のモーターボート程度か——ご婦人かもな」

「ウィットに富んでるじゃない？　ちょっと飲んだだけで、すっかり陽気ね。ハートの女王の扮装をして入ってきたのはだれ――すてきなドレス」

その若い女は二人の隣の小部屋に相手の男と入った。相手の男は『鏡の国のアリス』に出てくる〝紙の服を着た紳士〟に扮していた。男女とも仮面をつけていた――〈スペードのエース〉ではそれがふつうのようだ。

「わたしたち、本物の悪の巣窟にいる」タペンスは満足げだった。「まわりじゅう、醜聞だらけよ。なんて騒ぎ」

隣の小部屋から抗議の叫び声がしたが、男の大きな笑い声に呑みこまれた。みんなが笑ったり歌ったりしていた。女たちの甲高い声が男たちの大声を圧倒していた。

「あの羊飼いの女は？」トミーが言った。「おどけたフランス男と一緒の。彼らがぼくたちのお目当てかもしれない」

「だれでもその可能性があるわ。もうどうでもいい。大事なのは、わたしたちが楽しんでるってこと」

「別の扮装だったら楽しめたんだが」トミーは不平を鳴らした。「これを着ているとどれほど暑苦しいか、きみにはわからないよ」

「元気を出して。すてきに見えるわよ」

「それはけっこう。きみよりましだよな。きみみたいな変な小男に会ったことないよ」

「口のききかたに気をつけてくれないかね、デニー。おや、新聞紙でできた服の紳士がご婦人を残して出ていく。どこへ行くんだと思う？」

「飲みものの催促だろう。ぼくも行きたいぐらいだ」

「彼、ずいぶん時間がかかっている」四、五分たってから、タペンスは言った。「トミー、わたしとんでもないばかかもしれ――」

突然、彼女は飛びあがった。

「ばかと言われてもかまわない、隣に行ってみる」

「おい、タペンス――それは――」

「なにかおかしいという気がするの。わかるのよ。止めたりしないで」

彼女はすばやく小部屋から出た。トミーも従った。隣の小部屋のドアは閉まっていた。タペンスは押し開けて中に入り、トミーもあとに続いた。

ハートの女王の扮装をした若い女は隅にすわっていたが、うずくまるような奇妙な姿勢だった。仮面の奥からしっかりと二人に目を向けていたが、女は動かなかった。赤と白の大胆なデザインのドレスは、左脇の模様がおかしかった。赤の部分が多すぎる……

一声叫んで、タペンスは駆け寄った。同時に、トミーも彼女が見たものを見た。心臓の真下に刺さった、宝石のついた短剣の柄。タペンスは女のそばにひざまずいた。

「急いで、トミー、まだ生きている。支配人をつかまえてすぐに医者を呼ばせて」

「わかった。短剣の柄にさわるなよ、タペンス」

「気をつける。早く行って」

トミーは急いで外へ出るとドアを閉めた。タペンスは女の体に腕をまわした。若い女のかすかな手振りから、仮面をはずしてほしいのだとタペンスは察し、そっとひもをほどいてやった。生き生きとした花のような顔が現れ、大きなきらきらした目には恐怖と苦痛と茫然としたとまどいが浮かんでいた。

「あなた」タペンスはやさしく声をかけた。「話せる？　できたら、だれがこんなことをしたのか教えてくれる？」

若い女の視線がタペンスの顔に注がれた。女はため息をついた。弱った心臓がやっとのことで吐きだす、深く震えるため息だった。それでもなお、彼女はじっとタペンスを見つめ、口を開いた。

「ビンゴのせい——」苦しい息の下で、ささやいた。

そのあと手から力が抜け、彼女はタペンスの肩にぐったりともたれかかった。

トミーが二人の男を連れて入ってきた。二人のうち大柄なほうが威厳のある様子で進み出た。一目で医者だとわかった。

タペンスは寄りかかっていた女を医者にゆだねた。

「残念ながら、亡くなったみたい」彼女は声を詰まらせて告げた。

医者はすばやく診察した。

「そう、できることはなにもない。警察が来るまでこのままなにも動かさないように。どういうなりゆきだったんです？」

タペンスはときどきつかえながら説明し、隣の小部屋に入った理由はごまかしておいた。

「妙だな」医者は言った。「あなたはなにも聞かなかったんですか?」

「この女性が叫び声のようなものを上げたのは聞きましたが、そのあと男が笑ったんです。だから、まさかこんなこととは――」

「ごもっともです」医者は同意した。「男も仮面をつけていたと言いましたね。顔はわからないでしょうね?」

「わかりません。あなたは、トミー?」

「わからない。でも、仮装はわかる」

「まず、この気の毒なご婦人の身元を突き止めないと」医者は言った。「そのあと、きっと警察が迅速に動いてくれるでしょう。むずかしい事件にはならないはずだ。ああ、警察が来た」

6　新聞紙の服を着た紳士

くたくたに疲れ、意気消沈した夫婦が家に帰りついたのは午前三時過ぎだった。タペンスはなかなか寝つけなかった。何度も寝がえりを打ち、恐怖に凍りついた目をした花のような顔がまぶたの裏から消えなかった。

よろい戸の隙間から夜明けの光が射すころ、ようやく眠りについた。興奮のあとの眠りは深く、夢も見なかった。目が覚めたときはもうすっかり昼間で、とっくに着替えを終えたトミーがベッドの横に立ち、そっと彼女の腕を揺すっていた。

「起きて。マリオット警部と男がもう一人ここに来て、きみに会いたがっている」

「いま何時？」

「ちょうど十一時だ。アリスに言って、すぐにきみのお茶を持ってこさせるよ」

「ええ、お願い。マリオット警部に、十分待ってくださいと伝えて」

十五分後、マリオット警部の待つ居間へタペンスが急いで入ってきた。警部は背筋を伸ばし、厳粛なおももちですわっていたが、立ちあがって彼女を迎えた。

「おはよう、ミセス・ベレズフォード。こちらはサー・アーサー・メリヴェイルです」

タペンスは背の高いやせた男と握手した。荒々しい目つきで、白髪が目立つ。

「昨夜の悲しい出来事の件です」マリオット警部は切りだした。「わたしが聞いた話を、あなたの口から直接サー・アーサーに話してほしい――亡くなる前に気の毒な女性が言ったことを。

サー・アーサーはどうしても納得がいかないんです」

「信じられません」サー・アーサーは言った。「信じたくないんです、ビンゴ・ヘイルがヴィアの髪の毛一本でも傷つけるなんて」

マリオット警部が話を引きとった。

「昨夜から進展がありましてね、ミセス・ベレズフォード。まず第一に、あのご婦人はレディ・メリヴェイルと判明し、われわれはこちらのサー・アーサーに連絡をとりました。彼はすぐに遺体を確認し、むろん動揺のあまり言葉も出ないほどでした。そのあと、ビンゴという人物を知っているかどうか、わたしが彼に尋ねたんです」

「おわかりいただきたい、ミセス・ベレズフォード」サー・アーサーは口をはさんだ。「友人たちのあいだではビンゴと呼ばれているヘイル大尉は、わたしの親友なのですよ。われわれと一緒に住んでいるようなもので、けさ逮捕されたときにもわたしの家にいました。あなたが聞き間違いをされたとしか思えない――妻が口にしたのは彼の名前ではなかったのでは」

「聞き間違えた可能性はありません」タペンスは同情をこめて答えた。「奥さまはこう言いました、『ビンゴのせい――』と」

「納得されましたか、サー・アーサー」マリオットが言った。

打ちのめされた男は椅子に沈みこみ、両手で顔をおおった。

「信じがたいことだ。いったいどんな動機がある？　ああ、あなたの考えはわかりますよ、マリオット警部。ヘイルがわたしの妻の愛人だと思っている。しかしたとえそうだとしても――わたしは一瞬だって認めないが――彼女を殺すどんな動機があるというんです？」

マリオット警部は咳ばらいした。

「申し上げにくいことですが、サー。ヘイル大尉は最近あるアメリカの若いご婦人に入れあげていて――かなり裕福なご婦人です。もしレディ・メリヴェイルが機嫌をそこねたら、彼の結婚の邪魔をしようとするかもしれない」

「そんなばかな、警部」

サー・アーサーは憤然として立ちあがった。マリオットはなだめるような仕草で相手を落ち着かせようとした。

「失礼ですが、確信があるんですよ、サー・アーサー。あなたとヘイル大尉はあの舞踏会に出席する予定だったとおっしゃいました。そのとき奥さまは別の場所を訪問中で、彼女があの場にいるとはあなたは思ってもいなかった、そうですね？」

「これっぽっちも思っていませんでした」

「あなたが話していた広告を彼に見せてください、ミセス・ベレズフォード」

タペンスが言われたとおりにすると、マリオット警部は続けた。

「かなり明白に思われます。これはあなたの奥さまの目に留まるようにヘイル大尉が出した広告です。二人はすでにそこで会うことになっていたんです。ところが、前日にあなたも行くことにした、だから奥さまに警告する必要がありました。それがこの文の意味しているところです。〈キングをフィネスする必要あり〉。あなたはぎりぎりになって舞台制作会社に衣装を注文されましたが、ヘイル大尉のは新聞紙による自作でした。大尉は〝紙の服を着た紳士〟として出かけた。ご存じですか、サー・アーサー、わたしたちが奥さまの握りしめた手の中になにを見つけたか？　ちぎられた新聞の切れ端です。部下たちに、あなたの家からヘイル大尉の衣装を押収するように命じました。戻ったらロンドン警視庁に届いているはずです。もし奥さまが握っていた新聞の切れ端にぴったり合うような破れ跡があれば――そう、事件は解決だ」

「あるはずがない」サー・アーサーは反論した。「わたしはビンゴ・ヘイルという男を知っている」

　手間をとらせたことをタペンスに詫（わ）びたあと、二人は辞去した。

　その晩遅く呼び鈴が鳴って、ベレズフォード夫妻が出ると、驚いたことに訪ねてきたのはまたもやマリオット警部だった。

「〝ブラントの優秀（ブリリアント）な探偵たち〟が最新の捜査情報を知りたいかと思いましてね」警部はちらりと微笑（びしょう）した。

「もちろん。飲みものでもいかがです？」トミーは言った。

　椅子にかけたマリオット警部に、彼は飲みものをさしだした。

「単純明快な事件でした」一口飲んだあと、警部は切りだした。「短剣はご婦人自身のものだった――あきらかな自殺に見せかけようとしたのだが、あなたがたお二人が現場にいたおかげでそうはいかなかったんですよ。われわれはたくさんの手紙を見つけ――ヘイル大尉とレディ・メリヴェイルはしばらく前から交際していたことが判明しました――サー・アーサーには悟られずにね。そのあと最後の輪を発見したんです――」

「最後の輪？」

「鎖の最後の輪です――〈デイリーリーダー〉の切れ端。ヘイルが着ていた衣装からちぎられていた――ぴったり合いました。いや、じつに単純明快きわまる事件だった。そうそう、この二つの証拠物件の写真を持ってきましたよ。ご興味があるだろうと思ってね。いや、これほど単純明快な事件はまったくめずらしい」

ロンドン警視庁の警部を見送った夫が戻ってくると、タペンスは言った。「なぜマリオット警部は、単純明快な事件とあんなに何度も口にしたんだと思う？」

「さあな。ひとりよがりな自己満足じゃないか」

「まさか。わたしたちをいらいらさせようとしていたのよ。ねえ、トミー、たとえば食肉業者は肉のことをよく知っているでしょう？」

「そうだが、いったい――」

「そして同じように、八百屋は野菜のこと、漁師は魚のことをなんでも知っている。プロの捜査官は犯罪者のことをなんでも知っているはずよ。犯罪者を見ればピンとくる――そうでなければ違うとわかる。マリオット警部の専門知識があれば、ヘイル大尉が犯罪者でないことはわかるはず――ところが、あらゆる事実が彼に不利に働いている。最後の手段として、警部はわたしたちをけしかけているんだわ。事件に違う角度から光をあてるちょっとしたなにか――ゆうべ起きたちょっとしたなにか――をわたしたちが思い出さないかと、一縷の望みを抱いているわけ。トミー、結局、あれが自殺だったとしたらどう？」

「彼女がきみに言ったことを思い出せよ」

「わかってる――でも、違う見かたをしてみて。ビンゴのせい――彼のしたことが彼女を自殺に追いやった。そういう意味にもとれるわ」

「そうだね。だが、それだと新聞の切れ端の説明がつかないよ」

「警部が置いていった写真を見ましょう。ヘイルがなんと話しているのか、警部に聞くのを忘れちゃった」

「いま玄関へ送りがてら聞いてみた。ヘイルは舞踏会で一度もレディ・メリヴェイルと口をきいていないと主張している。何者かが〈今夜はわたしに話しかけないで。アーサーが疑っている〉と書かれたメモを彼の手に押しこんだそうだ。しかし、ヘイルはそのメモを警察に提出できなかった。それに、ありそうもない話だよ。とにかく、きみとぼくは彼が〈スペードのエース〉にいたことを知っている、だって見たんだから」

タペンスはうなずいて、二枚の写真を詳細に見比べた。

一枚は、DAILY LE と記されて続きの部分はちぎりとられた小さな断片。もう一枚は最上部が小さく丸い形に欠けた〈デイリーリーダー〉の一面。これらについて疑いはない。断片と欠けた部分は完全に一致する。

「横にいくつもある印はなんだろう?」トミーは尋ねた。

「縫い目ね。ほかの新聞紙に縫いつけられていた跡よ」

「新たな点の出現かと思った」トミーはかすかに震えた。「驚いたよ、タペンス、その印がすごく不気味に感じられるんだ。きみとぼくが新聞の点について話していて、あの広告に想像をかきたてられたことを思うと――じつにのんきにね」

タペンスは答えなかった。トミーは妻を見て、彼女が軽く口を開け、とまどった表情で宙を凝視しているのを目にしてぎょっとした。

「タペンス」トミーはやさしく声をかけて彼女の腕を揺さぶった。「どうしたんだ? 発作でも起こしそうなのか?」

ところが、彼女は微動だにしなかった。やがて上の空の口調でつぶやいた。

「デニス・リオーダン」

「え?」トミーはタペンスを見つめた。

「あなたの言ったとおりよ。なんてことないひとことと! 今週の〈デイリーリーダー〉を全部持ってきて」

「なにをしようっていうの?」

「マッカーティ役になっているの。あれこれ悩んで、あなたのおかげで最後に思いつくのよ。この写真は火曜の新聞の第一面。たしか、火曜の新聞は、LEADERのLに点が二つあったのよね。でもこれはDAILYのDに点が一つ――Lにも一つ。新聞を持ってきて、確かめましょう」

二人は熱心に見比べた。タペンスの記憶は正しかった。

「ほらね？　この切れ端は火曜日の新聞からちぎられたんじゃないわ」

「だけどタペンス、はっきりとはわからないよ。たんに版が違うのかもしれない」

「そうかも――でもとにかく、ある考えが閃いたの。偶然のはずないわ――間違いない。わたしの考えが正しければ、可能性はただ一つ。サー・アーサーに電話して、トミー。そしてすぐにここへ来てほしいと伝えて。わたしから重大なニュースがあるからって。それからマリオット警部をつかまえて。帰宅していても、ロンドン警視庁が住所を知っているわ」

呼び出しに多大な関心を持ったサー・アーサー・メリヴェイルは、三十分後にフラットに到着した。タペンスは進み出て彼を迎えた。

「こんなふうに有無を言わせずお呼びたてして、申し訳ありません。でも、夫とわたしはただちにあなたに知らせるべきだと思うことを発見したんです。おかけください」

サー・アーサーは腰を下ろした。タペンスは話を続けた。

「あなたがお友だちの嫌疑をどうしても晴らしたがっているのは、知っています」

サー・アーサーは悲しそうに首を振った。

「そうでした。しかし、圧倒的な証拠を前にしてはあきらめざるをえない」

「お友だちのあらゆる嫌疑を晴らす証拠を、わたしが偶然手中にしたと言ったらどうです？」

「それならこのうえない喜びですよ、ミセス・ベレズフォード」

「昨夜の十二時にヘイル大尉と踊っていた女性と、わたしが出くわしたとしたら――彼が〈スペードのエース〉にいたとされている時間ですが」

「すばらしい！」サー・アーサーは叫んだ。「なにかの間違いだと思っていました。かわいそうなヴィアは結局のところ自殺だったにちがいない」

「いいえ」タペンスは否定した。「あなたはもう一人の男を忘れています」

「もう一人の男とは？」

「小部屋を出るところを夫とわたしが目撃した男です。よろしいですか、サー・アーサー、舞踏会には新聞紙を着た二人目の男がいたにちがいないんです。ところで、あなたはどんな衣装をお召しでした？」

「わたし？　わたしは十七世紀の処刑人の扮装でした」

「なんてふさわしい衣装かしら」タペンスはつぶやいた。

「ふさわしいですか、ミセス・ベレズフォード。ふさわしいとはどういう意味でしょう？」

「あなたの果たした役割にふさわしい。このことについてわたしの考えをお話ししましょうか、サー・アーサー？　新聞紙でできた服は処刑人の服の上から簡単にはおれます。その前に、あるご婦人と口をきかないようにという小さなメモが、ヘイル大尉に手渡されます。ところが、当のご婦人はメモのことをなにも知らなかったんです。彼女は約束の時間に〈スペードのエース〉へ行き、予定どおりの扮装の人物と会う。そして二人は小部屋へ入る。わたしが思うに、彼は彼女を抱きしめ、キスをする――ユダの裏切りのキスです。キスしながら、彼は短剣を突き刺す。彼女は一声小さく叫び、彼は笑い声を上げてそれを隠す。すぐに彼は立ち去り——彼女は恐怖ととまどいのうちに、最後まで恋人が自分を殺したのだと思いこむ。

でも、彼女は衣装の新聞から断片をちぎりとっていました。殺人者はそれに気づいた——こまかいことに慎重に注意を払う男なんです。ぬれぎぬを着せた相手が完全にクロに見えるようにするために、その断片はヘイル大尉の衣装からちぎられたように見せかける必要があります。その二人の男がたまたま同じ家に住んでいなかったら、それはきわめてむずかしいでしょう。同じ家に住んでいれば、簡単だったはずです。彼はヘイル大尉の衣装から正確に同じ部分を切りとり——自分の衣装は燃やして、誠実な友人役を演じる用意がととのったわけです」

タペンスは間を置いた。

「いかがでしょう、サー・アーサー?」

サー・アーサーは立ちあがり、タペンスに会釈した。

「小説を読みすぎのチャーミングなご婦人の、いささか豊かにすぎる想像力ですな」

「あなたはそう思うんですね?」トミーは言った。

「そしてあなたは妻に従う夫というわけだ」サー・アーサーは言った。「こんな話にまともにとりあう人間がいるとは思えませんね」

彼は大声で笑い、タペンスは椅子の上で身をこわばらせた。

「いまの笑い声を〈スペードのエース〉で聞いたと、わたしはどこへ出ようと誓えるわ。そしてあなたはわたしたち二人に対して考え違いをなさっている。ベレズフォードはわたしたちの名前ですが、名前はもう一つあるんです」

彼女はテーブルの上から名刺をとり、相手に渡した。サー・アーサーは読みあげた。

「国際探偵社……」彼ははっと息を呑んだ。「では、これがきみたちの正体か！　だから、マリオットがけさわたしをここへ連れてきたんだな。罠だった――」

彼はぶらぶらと窓に近づいた。

「ここからの眺めはすばらしい。ロンドンが一望だ」

「マリオット警部！」トミーがすばやく叫んだ。

あっというまに、マリオット警部が反対側の壁のドアから姿を現した。

おもしろがっているような微笑を、ちらりとサー・アーサーは浮かべた。

「こんなことだと思った。だが、今回ばかりはわたしを捕まえるわけにはいかないよ、警部。わたしは自分のやりかたで失礼する」

下枠に手をかけると、彼はさっと窓から飛びおりた。

タペンスは悲鳴を上げ、両手で耳をおおってすでに想像していた音を――下から聞こえる胸の悪くなるドサッという音を――閉めだした。マリオット警部は罵声(ばせい)を発した。

「窓のことを考えておくべきだった」警部は言った。「だが、まあ、これを立証するのはむずかしかったでしょう。わたしは下へ行って――様子を見てきます」

「哀れなやつだ」トミーはゆっくりと言った。「妻を愛していたのなら――」

だが、マリオット警部は鼻を鳴らしてさえぎった。

「愛していた？　そうかもしれません。しかし、彼は金の工面に困っていた。レディ・メリヴェイルは彼女だけの多額の資産を持っていた、そしてそれは全部彼のものになるはずだった。もし彼女が若いヘイル大尉と駆け落ちしたら、サー・アーサーには一ペニーも渡らなかったでしょう」

「そういうことでしたか」

「むろん、最初からわたしはサー・アーサーが悪人であってヘイル大尉は無実だと感じていました。ロンドン警視庁はいろいろと情報を把握していますのでね――だが、事実に立ち向かうのはむずかしいものでして。もう下に行きます――奥さんにブランディを一杯飲ませたほうがいい、ミスター・ベレズフォード――彼女にはショックな出来事だった」

「八百屋」冷静沈着な警部がドアを閉めて出ていくと、タペンスは低い声でつぶやいた。「食肉業者、漁師、捜査官。わたしが正しかったわね？　彼は知っていたのよ」

サイドボードの前で急いで酒を用意したトミーは、大ぶりのグラスを持って妻に歩み寄った。

「これを飲むんだ」

「なに？　ブランディ？」

「いや、カクテルだよ――マッカーティの勝利にふさわしい。そう、マリオット警部のやりかたは正しかった――警官らしい手法だったね。ゲームに勝つための大胆なフィネスだ」

タペンスはうなずいた。

「でも、失敗したわ」

「そうだね」トミーは言った。「キングをとり逃がしてしまった」

7　失踪した婦人の謎

ミスター・ブラント――国際探偵社社長、セオドア・ブラント――の机のブザーが警告を発した。トミーとタペンスは、それぞれ表の受付が見えるのぞき穴へ飛んでいった。そこではアルバートがさまざまな手管を使って、依頼人を引き留めていた。

「見てまいります。しかしミスター・ブラントは目下きわめて多忙でして。いまもロンドン警視庁と電話中なんです」

「待ちますよ」客は答えた。「名刺は持ちあわせていないが、わたしはゲイブリエル・スタヴァンソンです」

依頼人は男らしさの見本のような外見で、身長は六フィートを超えていた。赤銅色に日焼けし、風雨にさらされてきた顔に、真っ青な目がじつに対照的だ。

トミーはすぐに心を決めた。帽子をかぶって手袋をはめると、ドアを開けた。そしてその場で立ち止まった。

「こちらの紳士がお待ちなんですが、ミスター・ブラント」アルバートが声をかけた。

トミーは一瞬顔をしかめて、腕時計を見た。

「十一時十五分前に公爵をお訪ねすることになっているんだが」そう言って、鋭い目つきで客を見た。「こちらへどうぞ、数分ならお話をうかがいましょう」

　客はトミーのあとからおとなしく奥のオフィスへ入った。そこでは、メモ帳とペンを持ったタペンスがすましてすわっていた。

「ぼくの個人秘書のミス・ロビンソンです」トミーは紹介した。「さて、ご用件をお話しいただけますか？　緊急であること、あなたがここまでタクシーでいらしたこと、あなたが最近まで北極圏――あるいは南極圏におられたこと以外、ぼくはなにも知りませんので」

　客は驚嘆して彼を見つめた。

「これは鮮やかなものだな。探偵がそういうことをするのは、本の中だけかと思っていた！　受付の若者はわたしの名前をあなたに伝えていないのに！」

　トミーは謙遜するように舌打ちをした。

「チッチッ、すべてはとても簡単でしたよ。北極圏の真夜中の太陽は肌に独特の影響を及ぼす――化学線特有の性質があるんですね。近々そのテーマでちょっとした研究論文を書く予定です。だが、みなどうでもいいことだ。そのように動揺されてぼくのもとへ来られた理由はなんです？」

「まず、ミスター・ブラント、わたしはゲイブリエル・スタヴァンソンと申しまして――」

「ああ！　なるほど。高名な探検家でいらっしゃる。北極からお帰りになったばかりなんですね？」

「三日前、英国に上陸しました。北方の海を航海中だった友人がヨットに乗せて連れ帰ってくれたんですよ。さもなければ、あと二週間は戻れなかったでしょう。じつは、ミスター・ブラント、二年前この探検に出発する前に、わたしはたいへん幸せなことに、ミセス・モーリス・リー・ゴードンと婚約しまして――」

トミーはさえぎった。

「ミセス・リー・ゴードンは、ご結婚前は――?」

「ハーマイオニー・クレイン、ランチェスター卿の二番目のご令嬢ですね」タペンスがすらすらと答えてみせた。

トミーは感心した目つきで彼女を見た。

「最初のご夫君は戦死されました」タペンスはつけくわえた。

ゲイブリエル・スタヴァンソンはうなずいた。

「そのとおりです。言ったように、ハーマイオニーとわたしは婚約しました。もちろん、わたしは今回の探検をあきらめると申し出たのですが、彼女は聞きいれようとせず――ありがたかった! 探検家の妻にぴったりの女性ですよ。だから上陸してまず考えたのは、ハーマイオニーに会うことだった。サウサンプトンから電報を打って、始発列車でロンドンへ急ぎました。彼女の叔母にあたるレディ・スーザン・クロンリーのポント・ストリートの屋敷に滞在しているのを知っていたので、まっすぐそこへ行ったんです。しかし大いに失望したことに、ハーミーはノーサンバランドの友人を訪問していて留守でした。レディ・スーザンはわたしを見て最初は驚きましたが、親切に対応してくれました。さっきも言いましたが、本来帰国は二週間後でしたからね。ハーミーは二、三日で戻ってくるだろうと、レディは言った。そこでわたしは訪問先の住所を尋ねたんですが、老婦人は口ごもってしまい――ハーミーは数ヵ所場所を変えて滞在していて、その順番がどうだったかはっきりしないと言うんですよ。お話ししてさしつかえないと思うが、ミスター・ブラント、レディ・スーザンとわたしはうまくいったためしがなくて。例の二重あごの太ったご婦人というタイプでね。わたしは太った女性が嫌いなんです――昔から――太った女性と太った犬は神への冒瀆だ――そして残念なことに、その二つはたいてい一緒にいる！　自分のよくない性癖だとわかってはいますが――どうしようもない――太った女性とはぜったいにやっていけないんです」

「流行はあなたの見解に味方していますよ、ミスター・スタヴァンソン」トミーはそっけなく答えた。「そして、だれにでもそれぞれ苦手なものはあります――たとえば故ロバート卿は猫がだめだった」

「いやその、レディ・スーザンが魅力的な女性ではまったくないと言っているわけじゃないんですよ――魅力的なのかもしれない、だが、わたしは一度として好意を持ったことはない。わたしたちの婚約に彼女は賛成していないと、心の奥底で感じてきた。そしてできるならハーミーがわたしに反感を抱くように彼女はしむけてきた、と信じているんです。たいしたことじゃないでしょうが、いちおうお話ししています。なんなら偏見と考えていただいてもいい。で、話を続けると、わたしは我流を通す頑固者でして。ハーミーが滞在していそうな屋敷の場所と友人の名前を聞きだすまで、ポント・ストリートの屋敷で粘りました。そのあとすぐ北へ向かう郵便列車に乗りました」

「あなたは行動の人のようだ、ミスター・スタヴァンソン」トミーは微笑した。

「ところが青天の霹靂でした、ミスター・ブラント。滞在先の人々はだれ一人ハーミーと会っていなかったんです。三軒の家のうち、彼女が来るのを待っていたのは一軒だけでした——レディ・スーザンはほかの二軒については勘違いしていたんです——そして、ハーミーはぎりぎりになって訪問を延期するとその一軒に電報を打っていた。もちろん、わたしは急いでロンドンへ戻り、その足でレディ・スーザンを訪ねました。レディは動揺しているようでした、公平な目で見てね。ハーミーがどこにいるのか、見当もつかないと認めた。だが、警察に届けるのは頑強に拒みました。ハーミーは思慮の足りない若い娘ではなく、つねに自分で計画を決める一人前の女性だ、とレディ・スーザンは指摘しました。なにか彼女なりの考えがあって、行動しているにちがいない、と。

　ハーミーが自分のやることなすことすべてをレディ・スーザンに知られたくないと思うのはありそうなことだ、とわたしは考えました。だが、とはいっても心配だった。なにかがおかしいときのあの奇妙な感じがしたんですよ。わたしが辞去しようとしたとき、レディ・スーザンに電報が届きました。レディは読んでほっとした顔になり、わたしに電報を渡した。こんな文面でした。〈計画ヲ変更。一週間ノ予定デモンテカルロへ行ク——ハーミー〉」

　トミーは手をさしだした。

「その電報をお持ちですか?」

「いや。だが、電報が打たれたのはサリー州のモールドンだった。あのときそれに気づいて、おかしいと思ったんです。いったいハーミーはモールドンでなにをしているんです？　あそこに彼女の友人がいるとは聞いたことがない」

「急いで北へ向かったように、すぐモンテカルロへ発とうとは思わなかったんですか？」

「むろん思いましたよ。でも、考えなおした。おわかりでしょう、ミスター・ブラント、レディ・スーザンはその電報ですっかり安心したようだが、わたしは違う。手紙ではなくいつも電報で知らせてくるのは奇妙だと思います。彼女の自筆を一、二行でも目にしていれば、わたしの不安も解消したでしょう。だが、ハーミーの名で電報を打つのはだれにでもできる。考えれば考えるほど、わたしは心配になった。結局モールドンへ行きました。それが昨日の午後のことです。ほどほどの大きさの村で——いいゴルフ場があり——ホテルも二軒。思いつくかぎりの場所で聞いてみましたが、ハーミーがそこにいたという情報はつかめませんでした。帰途の列車の中であなたの会社の広告を見て、相談してみようと思ったんです。もしハーミーがほんとうにモンテカルロへ行ったのなら、警察に調べてもらいたくないし、スキャンダルにしたくない。しかし、自分自身であてのない捜索をする気もないんです。わたしはロンドンに留まる、もし——もしなんらかの犯罪がからんでいたときに備えて」

トミーは考えながらうなずいた。

「端的に言って、どういう疑いを持っていらっしゃるんです？」

「わかりません。だが、いやな予感がするんです」

スタヴァンソンはすばやくポケットから紙入れを出し、トミーたちの前で開けてみせた。

「これがハーマイオニーです。あなたがたにお渡ししておきましょう」

写真に写っているのは背の高いすらりとした女で、うら若いとはもう言えないが、魅力的であけっぴろげな笑顔と、美しい目が印象的だった。

「さて、ミスター・スタヴァンソン」トミーは言った。「まだ話していないことはありませんね？」

「なにもありません」

「どんな小さなことでも？」

「お話ししましたよ」

トミーはため息をついた。

「これで仕事はむずかしくなりました。犯罪について読んでいてよく気づくことですがね、ミスター・スタヴァンソン、たった一つの小さなことが、いかに偉大なる探偵を正しい推理の軌道に乗せるものか。今回の事件にはいくつか特異な点があります。ぼくはすでに一部を解明したと思いますが、もう少し時間がたてばわかるでしょう」

トミーはテーブルの上にあったヴァイオリンを手にとると、一、二度弦に弓をすべらせた。タペンスは歯をくいしばり、探検家でさえたじろいだ。演奏者は楽器を置いた。

「モスゴフスケンスキーの和音を手すさびにね」彼はつぶやいた。「あなたの連絡先を教えてください、ミスター・スタヴァンソン、進捗状況をご報告しますよ」

依頼人がオフィスを出ていくと、タペンスはヴァイオリンをつかんで戸棚にしまい、鍵をかけた。

「シャーロック・ホームズになりたいなら、いい注射器と、コカインのラベルを貼った瓶をあげる。でも、頼むからヴァイオリンには手を出さないで。あのすてきな探検家が幼稚な子ども並みでなければ、きっとあなたのもくろみに気づいたわよ。このあともシャーロック・ホームズ風にいくつもりなの？」

「これまでのところは鮮やかな手際だったと思うよ」トミーはご満悦だった。「推理はよかっただろう？　タクシーで来たというのは賭けだったが、結局ここへ来るのにいちばん常識的な方法だからね」

「けさの〈デイリーミラー〉で彼の婚約についてちょっと読んでいてよかったわ」

「ああ、〝ブラントの優秀(ブリリアント)な探偵たち〟の有能ぶりをアピールできたね。これはまさにシャーロック・ホームズ風の事件だよ。きみだって、この事件と、『レディ・フランシス・カーファクスの失踪』との類似点には気づいただろう」

「ミセス・リー・ゴードンを棺の中で見つける気？」

「論理的には、歴史はくりかえす。じっさいは——どうかな、きみはどう思う？」

「そうね。いちばんはっきりしているのは、なんらかの理由でスタヴァンソンが呼ぶところのハーミーが婚約者と会うのを恐れているってこと。それと、レディ・スーザンが彼女のあと押しをしているってことね。じっさい、単刀直入に言えば彼女はなにか大きな失敗をして、怯えているのよ」

「ぼくもそれは思った。だが、その説をスタヴァンソンのような男に伝える前に、よく確かめたほうがいいな。モールドンへ行ってみるっていうのはどう？　ゴルフ道具を持っていってもいいんじゃないかな」

タペンスは賛成し、国際探偵社は一時的にアルバートの手にゆだねられた。

モールドンはよく知られた住宅地だが、それほど広くはなかった。トミーとタペンスは知恵をつくして可能なかぎり聞きまわったが、まったくの空振りに終わった。タペンスにすばらしいアイディアが閃いたのは、ロンドンへの帰途につこうとしたときだった。

「トミー、なぜ電報にサリー州モールドンとあったのかしら？」

「モールドンはサリー州にあるからさ、おばかさん」

「おばかさんはそっちよ――そういう意味じゃないの。電報を――たとえばヘイスティングズとかトーキーから受けとったとするわよね、そのとき送り手側の住所に州は入っていない。でもリッチモンドからだったら、サリー州リッチモンドと記載される。なぜならリッチモンドという場所は二つあるから」

運転していたトミーは車の速度をゆるめた。

「タペンス」彼は愛情をこめて言った。「きみの考えもまんざら捨てたものじゃないな。郵便局に問いあわせてみよう」

二人は村の通りの中央にある小さな建物に車をつけた。モールドンという場所が二ヵ所あるという情報を得るのに数分しかかからなかった。サリー州のモールドンと、サセックス州のモールドンだ。サセックスのほうはごく小さな村だが電報局はあった。

「ほらね」タペンスは興奮して叫んだ。「スタヴァンソンはモールドンがサリー州にあると知っていたので、モールドンの前にあったSで始まる地名をろくに見なかったのよ」

「明日、サセックス州のモールドンへ行ってみよう」トミーは答えた。

サセックス州モールドンはサリー州の同じ名前の村とは大違いだった。鉄道の駅からは四マイル離れており、あるのはパブが二軒、小さな商店が二軒、菓子や絵葉書を売っている郵便局兼電報局、それに七軒ほどのコテージだけだった。タペンスは店をあたり、トミーはパブ〈コック・アンド・スパロー〉へ向かった。三十分後、二人は落ちあった。

「どうだった?」タペンスは尋ねた。

「なかなかうまいビールだったよ」トミーは答えた。「だが、手がかりはなにもなかった」

「もう一軒の〈キングズ・ヘッド〉へ行ってみたら。わたしは郵便局へ戻る。気むずかしいおばあさんがいたんだけど、夕食ができたって家族に呼ばれていたから」

タペンスは郵便局へ戻って絵葉書を物色しはじめた。まだ口をもぐもぐさせている若々しい顔の娘が奥から出てきた。

「これをいただきたいの」タペンスは言った。「あと、この滑稽画の葉書も見たいのでちょっと待ってくださる?」

ひととおり目を通しながら、タペンスはしゃべりつづけた。

「姉の住まいをこちらで教えていただけなかったのは、ほんとうにがっかりしたわ。姉はこのあたりに滞在してるんだけど、わたし彼女からの手紙をなくしてしまって。リー・ゴードンという名前なの」

娘はかぶりを振った。

「覚えていません。それに、ここにはあまりたくさん手紙は来ません──だから、そういう手紙を見ていたら気づくはずです。このあたりには、田舎屋敷(グレーンジ)を除けば、人が泊まるような大きな家はないですし」

「グレーンジって？　どなたのお宅？」

「ドクター・ホリストンの所有で、いまは私立の療養所になっています。ほとんどが神経的な病気の人じゃないかしら。安静療法だかなんだかをするために、ご婦人がたがいらっしゃいますよ。よくわからないけど、まあ、静かなところだから」娘はくすくす笑った。

タペンスは急いで数枚の葉書を選び、支払いをすませた。

「あそこにドクター・ホリストンの車が来ます」娘は叫んだ。

タペンスはあわてて局の入口へ向かった。二人乗りの小型車が目の前を通った。運転していたのは、強引そうで感じの悪い顔にきちんと手入れした黒いあごひげをはやした、背の高い黒髪の男だった。車は通りをまっすぐ進んでいった。そのときトミーが道をこちら側へ渡ってきた。

「トミー、わたし、わかったと思う。ドクター・ホリストンの療養所よ」

「〈キングズ・ヘッド〉で小耳にはさんで、そこでなにか聞けるかもしれないと思っていたんだ。だが、ハーミーが神経衰弱かなにかになったのなら、叔母さんや友だちは知っているはずだがな」

「もちろんよ。わたしが言ったのはそういう意味じゃないの。トミー、あの二人乗りの車を運転していた男を見た？」

「感じの悪い顔のやつだろう、ああ」

「あれがドクター・ホリストンよ」

トミーは口笛を吹いた。

「うさんくさいやつだったな。どう思う、タペンス？　行ってグレーンジとかいう場所を探ってみるか？」

二人がようやく見つけた療養所は不規則に広がった大きな家で、殺風景な敷地に囲まれ、水車のある小川が裏を流れていた。

「気がめいるような家だな」トミーは言った。「なんだか気味が悪いよ、タペンス。なあ、これは最初考えていたよりもはるかに深刻な事件になりそうだ」

「ああ、やめて、間に合うといいけれど。あの女性は恐ろしい危険にさらされている。直感的にそう思うの」

「想像に突っ走っちゃだめだぞ」

「どうしようもないのよ。さっきの男は信用できない。どうする？　こういう計画がいいんじゃないかしら。まずはわたしが一人で行って呼び鈴を押し、ミセス・リー・ゴードンに会いたいと大胆に頼んで向こうの出かたを見る。だって、結局それが正当でやましいところのない方法でしょ」

タペンスはこの計画を実行した。すぐに、無表情な顔つきの男の使用人がドアを開けた。

「ミセス・リー・ゴードンに面会したいんですが、もし加減がよくて会えるようなら」

使用人がかすかにまばたきしたように彼女は思ったが、よどみない答えが返ってきた。

「そのようなお名前の方はここにはいらっしゃいません、マダム」

「あら、そんな。ここはドクター・ホリストンの療養所ですよね。グレーンジでしょう？」

「さようです、マダム。ですが、ミセス・リー・ゴードンという方はおいでになりません」

途方に暮れて、タペンスは退散せざるをえず、門の外でまたトミーと相談した。

「もしかしたら使用人の言っていることはほんとうかもしれないよ。なにしろ、こっちにはわからないんだから」

「ほんとうじゃないわ。彼は嘘をついている。ぜったいに」

「医師が帰ってくるまで待とう。そうしたらぼくは熱心な記者を装って、彼の新しい安静療法の取材を申し込むよ。中に入れて、様子がわかるかもしれない」

医師は三十分後に帰ってきた。トミーは五分たってから玄関へ向かった。ところが、彼もまた途方に暮れて引きかえしてきた。

「先生はお忙しいから時間はとれないと言われた。そしてぜったい記者には会わないそうだ。

タペンス、きみの勘は正しいよ。この療養所はあやしい。悪事には理想的な場所だ――どこからも遠く離れている。どんなことだってここでは起こりうるし、なにがあっても外に洩れないよ」

「来て」タペンスはきっぱりと言った。

「なにをするつもりだ？」

「壁をよじのぼって、見られずにこっそり家へ近づけるかどうかやってみる」

「よし。ぼくも行こう」

庭は草ぼうぼうだったので、格好の遮蔽（しゃへい）物になってくれた。トミーとタペンスは見とがめられずに家の裏へまわった。

いまにも崩れそうな階段のある広いテラスがあった。中央にはテラスに面したフランス窓もいくつかあったが、二人は開けた場所へは出ないようにした。それに、しゃがんでいる彼らには窓は高すぎて、中をのぞけなかった。この偵察は役に立ちそうもないと思われたころ、突然タペンスがぎゅっとトミーの腕を握った。

近くの部屋でだれかが話している。窓は開いているので会話の断片が二人にはっきりと聞こえた。

「入れ入れ、ドアを閉めて」いらだったような男の声がした。「一時間ほど前にご婦人が来て、ミセス・リー・ゴードンに会いたいと告げたんだな？」

その問いに答えたのはさっきの無表情な使用人だ、とタペンスは気づいた。

「はい」

「もちろん、彼女はいないと答えたんだな？」

「もちろんです」

「そしてこんどは記者か」男は腹をたてているらしい。

男はふいに窓辺へ近づいてさらに窓を大きく開けた。草むらの隙間からのぞいている外の二人にもドクター・ホリストンだとわかった。

「わたしが気になるのは女のほうだ」医師は言った。「どんな女だった？」

「若くて器量よしで、垢ぬけた服装でした」

トミーはタペンスの脇腹をつついた。

「まさにわたしの恐れていたことだ」医師は歯ぎしりするように言った。「ミセス・リー・ゴードンの友人か。ひじょうに面倒なことになってきた。手段を講じないと――」

彼は最後まで言わなかった。トミーとタペンスはドアが閉まる音を聞いた。そのあとは静かになった。

トミーが先導して、二人は慎重に後退した。あまり遠くないが家からは声を聞かれない小さな空き地に着いたとき、トミーは口を開いた。

「タペンス、こいつはますます剣呑だぞ。あいつら、なにかたくらんでいる。すぐにロンドンへ戻ってスタヴァンソンに会うべきだよ」

彼が驚いたことに、タペンスは首を横に振った。

「ここにへばりついていないとだめ。手段を講じないと、って医師が言うのを聞いたでしょう――恐ろしい意味かもしれないわ」

「最悪なのは、警察に届けられるだけの証拠がほとんどないことだ」

「ねえ、トミー。村からスタヴァンソンに電話してくれない？　わたしはここに残っているから」

「それが案としては最善だろうな。だが――タペンス――」

「なに？」

「気をつけてくれよ――な？」

「もちろんよ、ばかね。さあ、急いで」

トミーが戻ってきたのは二時間後だった。タペンスは門のそばで彼を待っていた。

「どうだった？」

「スタヴァンソンはつかまらなかった。次にレディ・スーザンに電話したんだが、彼女も留守だった。そこで、ブレイディに電話しようと思いついたんだ。医学名鑑でもなんでもいいから、ホリストンについて調べてくれるように頼んだよ」

「それで、ドクター・ブレイディはなんて？」

「ああ、彼は名前にすぐピンときた。ホリストンはかつては本物の医師だったが、なにか失態をやらかしたんだ。ブレイディが言うには破廉恥（はれんち）きわまるはったり屋で、やつがなにをしたと聞いても驚かないそうだ。問題は、これからぼくたちがどうするかだが？」

「ここにいないとだめ」タペンスは即答した。「彼らは今晩なにかやろうとしている気がするの。ところで、庭師があの家のまわりの蔦を刈っていたのよ。トミー、彼がはしごを置いた場所を見たわ」

「よくやった、タペンス」トミーは賞賛した。「じゃあ今晩――」

「暗くなったらすぐに――」

「ぼくたちは――」

「偵察に出発」

トミーが見張りを交替しているあいだに、タペンスは村へ行って食事をとった。

彼女が帰ってきたあとは、かわりばんこに見張りをした。九時、作戦開始にはじゅうぶん暗くなった。二人はもう自由に家の周囲を歩きまわれる。ふいにタペンスはトミーの腕をつかんだ。

「聞いて」

彼女が聞いた音がまたかすかに夜気の中を漂ってきた。それは苦しむ女のうめき声だった。

タペンスは二階の窓を指さした。

「あの部屋からよ」

ふたたび低いうめき声が夜の静寂を破った。

二人はもともとの計画を実行に移すことにした。庭師がはしごを置いた場所へタペンスが先導した。二人で端を持ち、うめき声が聞こえた家の側面へ運んだ。一階の部屋の窓のブラインドはすべて閉まっていたが、二階のその窓だけは開いていた。

トミーはできるだけ音をたてずにはしごを家の外壁に立てかけた。

「わたしが上る」タペンスは言った。「あなたは下にいて。はしごを上るのは苦もないし、あなたのほうがしっかり支えていられる。それに万が一、医師が家の角を曲がってきてもあなたなら対抗できるわ、わたしはむりだけど」

タペンスはすばやくはしごを上り、用心深く頭をもたげて窓の中をのぞいた。そのあとさっと頭を引っこめ、一、二分してからまたゆっくりと上げた。彼女ははしごの上に五分ほど留まってから、下りてきた。

「彼女よ」息をはずませてささやいた。「だけど、ああ、トミー、ひどい状況。彼女はベッドに横たわってうめき、何度も寝がえりを打って――わたしが上に着いたとたん、看護婦の服装の女が入ってきたのよ。その女は彼女の上にかがみこんで腕に注射して、出ていった。どうしたらいい？」

「意識はあるのか？」

「あると思う。きっとね。もしかしたらベッドに拘束されているのかも。もう一度上るわ、そしてできたら部屋に入ってみる」

「おい、ちょっとタペンス――」

「もし危険な目にあったら、叫んであなたに知らせる。じゃあね」

それ以上トミーになにも言わせず、タペンスはまた急いではしごを上った。彼女が手探りし、音をたてずに窓を押し上げるのをトミーは見た。次の瞬間、タペンスは家の中に消えた。

そしてトミーにとって苦悩の時間が始まった。最初、彼にはなにも聞こえなかった。タペンスとミセス・リー・ゴードンは、もし話しているならひそひそ声でやりとりしているのだろう。すぐに低くささやきあう声がして、安堵のため息をついた。だが、突然声がやんだ。あたりは静まりかえった。

トミーは耳をそばだてた。なにも聞こえない。二人はなにをしているのだろう?

突然、肩に手が置かれた。

「行くわよ」闇の中からタペンスの声がした。

「タペンス! どうやってここへ下りてきた?」

「玄関を通ってきたの。引きあげましょう」

「引きあげる?」

「そう言ったわ」

「だが――ミセス・リー・ゴードンは?」

なんともいえない苦々しい口調で、タペンスは答えた。

「やせているのよ!」

なにかの皮肉かと思って、トミーは彼女を見つめた。

「どういう意味だ?」

「言ったとおり。やせているの。ほっそりとセクシーにね。体重を落としているのよ。太った女性は嫌いだとスタヴァンソンが言ったのを聞いたでしょう？　彼が留守の二年のあいだに、ハーミーは体重が増えてしまった。彼が帰ってくると知ったとき彼女はパニックになり、急いでドクター・ホリストンの新しい治療法に頼ることにしたの。なにかを注射するんだけど、医師は治療法を完全に秘密にしていて、大金をふんだくっている。たしかに彼ははったり屋よ――でもうんと繁盛（はんじょう）しているわ！　スタヴァンソンは二週間早く帰国した、彼女が治療を始めたばかりのときにね。レディ・スーザンは秘密を守ると約束して、お芝居をしているの。そしてわたしたちは、のこのここまで来たとんだおまぬけ二人組ってわけ！」

　トミーは大きく息を吸った。

「たしかね、ワトスン」彼はいかめしく言った。「明日クイーンズ・ホールでとてもいいコンサートがあるんだ。行く時間はたっぷりある。そしてこの事件をきみの記録には載せないでくれるかな。特異な点はなにもない事件だからね」

8　目隠し遊び

「了解しました」トミーは言って、受話器を戻した。

そしてタペンスに向きなおった。

「長官だった。ぼくたちのことを心配しているらしい。追っている相手が、ぼくが本物のミスター・セオドア・ブラントではないと気づいたらしい。いつ騒ぎが起きるかわからないから、用心しないと。長官はきみに家へ帰っておとなしくして、これ以上巻きこまれないでほしいと言っている。どうやら、ぼくたちがつついたスズメバチの巣はだれも想像しなかったほど大きいようだ」

「わたしが家へ帰るなんてナンセンスよ」タペンスはきっぱりと答えた。「わたしが帰ったら、だれがあなたの面倒をみるの？　それに騒ぎは大好きよ、いまは仕事も忙しくないし」

「まあ、毎日殺人だの強盗だのがあるはずはないんだからね。聞きわけてくれよ。ねえ、思うんだが、仕事がひまなときは毎日、家で訓練を積むべきじゃないか」

「あおむけに寝て空中で足をパタパタさせる？　そういうこと？」

「文字どおり受けとるなよ。ぼくが訓練と言ったら、探偵術のほうだよ。偉大な巨匠たちの模倣。たとえば――」

横の引き出しから、トミーは大きな深緑の眼帯をとりだし、両目をおおうと慎重に位置を調節した。そしてポケットから懐中時計を出した。

「けさガラスを割ってしまったんだ。だから、ガラスなしの時計をぼくの敏感な指先でそっと触れて時間がわかるわけでね」

「気をつけて。いま短針がはずれそうだった」

「手を出して」トミーは彼女の手をとり、指一本で脈を探った。「ああ！　静かなる鍵盤。このご婦人に心臓疾患はないようだ」

「どうやら、ソーンリー・コールトン（クリントン・スタッグの作品に登場する探偵）のつもりね？」

「そのとおり。盲目の探究者。そしてきみは、あの黒髪でほっぺたの赤い秘書で――」

「赤ん坊のとき川岸で拾われたのよね」

「そしてアルバートは報酬（ザ・フィー）、つまりシュリンプ少年の役だ」

「アルバートに『おや（ジー）』って言わせなくちゃね。彼の声、甲高くないけど。すごいしわがれ声よ」

「ドアのそばの壁に、細い空洞の杖があるだろう。ぼくの敏感な手に握られると多くのことを教えてくれるんだよ」

トミーは立ちあがり、勢いよく椅子にぶつかった。

「くそ！　そこに椅子があるのを忘れていた」

「目が見えないのはとてもたいへんでしょうね」タペンスは同情をこめて言った。

「まったくだ」トミーは心から同意した。「だれよりも戦争で視力を失った気の毒な連中に、よりいっそうの同情を感じるよ。だが、闇の中で生活すると、とくべつな感覚が発達するらしい。そこがどうなのか、ぼくはためしてみたいな。暗闇でも動けるようになればうんと便利じゃないか。さあ、忠実な秘書のシドニー・テムズになってくれ。杖まで何歩だ？」

タペンスはけんめいに推測した。

「まっすぐに三歩、左へ五歩」

トミーはあぶなっかしい足どりで進み、左への四歩目で壁にぶつかってしまうと気づいたタペンスは警告の叫びを発した。

「これは容易じゃないわ。何歩かを判断するのがどんなにむずかしいか、あなたにはわからない」

「すごく楽しいよ。アルバートを呼んでくれ。きみたち二人と握手して、どっちがどっちかわかるかどうかやってみる」

「いいわよ。でもアルバートはまず手を洗わなくちゃ。いつも舐めているあのひどい味のキャンディで、べたべたに決まっているから」

ゲームに加わったアルバートは興味津々だった。

握手を終えたトミーは、悦に入って微笑した。

「静かなる鍵盤は嘘をつかない。最初がアルバートで、次がタペンスだ」

「はずれ！」タペンスは叫んだ。「静かなる鍵盤が聞いてあきれる！　あなた、わたしの指輪で判断したんでしょ。アルバートの指にはめておいたのよ」

ほかにもさまざまな実験がおこなわれたが、ぱっとしない結果に終わった。

「だけど上達しているよ」トミーは言い張った。「そんなにすぐ間違えないようになれるものじゃない。さて、そろそろ昼飯どきだ。〈ブリッツ〉へ行こう、タペンス。盲目の男と彼の守護者だ。あそこなら有益な情報をいくつか拾えるかもしれない」

「ねえ、トミー、面倒なことになるんじゃないの」

「いや、ならないさ。紳士の探偵らしくちゃんとふるまうよ。昼飯が終わるころには、きみを驚かせてみせる」

こうして抗議は退けられ、十五分後にはトミーとタペンスはホテル〈ブリッツ〉の〈ゴールドルーム〉の隅のテーブルでくつろいでいた。

トミーはメニューの上に軽く指を走らせた。

「オマールエビのピラフとグリルド・チキンを」彼は低い声で注文した。

タペンスも注文を終えると、ウェイターは下がった。

「いまのところは上々だ」トミーは言った。「こんどはもっと高度な試みをやってみよう。あの短いスカートの娘はきれいな脚をしているね――いま入ってきたばかりの」

「どうしてわかったの、ソーンリー？」

「きれいな脚は床に特有の振動を起こすんだ、それがぼくの空洞の杖に伝わるのさ。あるいは、正直に言うと、大きなレストランではたいてい脚のきれいな娘が入口に立って友だちを探しているものだ。それから短いスカートについては、そういう娘ならきっとはいていると思ってね」

料理が来た。

「二つ向こうのテーブルにいる男は金持ちの悪徳商人じゃないかな」トミーはなにげない口調で言った。「外国人だろう?」

「なかなかね」タペンスは賞賛した。「どう推理したのかわからないわ」

「いちいち説明はしないよ。ショーがだいなしだからね。ウェイター頭が右側の三つ先のテーブルでシャンパンをついでいる。黒いドレスのでっぷりした女が、ぼくたちのテーブルの横を通り過ぎるところだ」

「トミー、いったいどうやって——」

「ああ、ぼくになにができるか、きみもわかりはじめたようだ。きみの後ろのテーブルで、茶色の服のすてきな娘が立ちあがった」

「はずれ! 灰色の服の若い男よ」

「あれ!」トミーは一瞬困惑した。

そのとき、そう遠くないテーブルにすわってじっとこちらを観察していた二人の男が席を立ち、隅のテーブルへ近づいてきた。

「失礼」年かさのほうが声をかけた。片めがねをかけて白髪まじりのちょびひげをはやした、長身で身なりのいい男だ。「あなたがミスター・セオドア・ブラントとお聞きしたのだが。間違いないでしょうか?」

トミーは不意打ちをくらってちょっとためらったが、会釈した。

「そうです。ブラントです」

「なんと予想外の幸運だ！　ミスター・ブラント、わたしは昼食のあと、あなたをお訪ねしようと思っていたんです。やっかいなことに――ひじょうにやっかいなことになっておりまして。だが――失礼ながら――目をどうかされたようですね」

「じつは」トミーは憂い（うれ）を含んだ声で答えた。「ぼくは目が見えないんです――まったく見えない」

「なんですと？」

「驚かれましたね。しかし、あなたも盲目の探偵についてはお聞き及びでしょう？」

「小説ではね。現実には一人も知りません。それに、あなたが盲目だと聞いたことはありませんよ」

「その事実に気づかない人が多いんです」トミーは低い声で言った。「強い光から目を守るために今日は眼帯をつけています。だがこれがなければ、ぼくの障害――と、あなたが思われればの話だが――はほとんど悟られない。ほら、見たことに惑わされることがぼくにはありませんからね。だが、この話はもういいでしょう。すぐにぼくのオフィスへ行きますか、それともここでお話をうかがいましょうか？　ここのほうがいいと思いますが」

ウェイターが追加の椅子を持ってきて、二人の男は腰を下ろした。まだ口を開いていない二人目の男はもう一人より背が低く、がっしりとした体格で肌が浅黒かった。

「たいへんデリケートな問題でして」年かさの男はひそひそと声を落とした。彼は不安そうな視線をタペンスに送った。ミスター・ブラントはそれを察した。

「ぼくの個人秘書をご紹介します。ミス・ガンジスです。インドの川のほとりで拾われました——赤ん坊のときに。たいへん悲しい過去です。ミス・ガンジスはぼくの目でしてね。どこへ行くにも一緒です」

紹介を受けて男は会釈した。

「では、お話しして大丈夫ですね。ミスター・ブラント、十六歳になるわたしの娘が奇妙な状況で誘拐されまして。三十分前に発覚したばかりです。ことの性質上、わたしはあえて警察に連絡しなかった。そうはせずに、あなたの会社に電話したんです。すると、あなたは昼食に出ているが二時半にはお戻りになると言われた。そこで友人のハーカー大尉とこの店へ来たわけです——」

背の低い男はうなずいてみせ、なにかつぶやいた。

「なんと運のいいことに、あなたもたまたまここで食事されていた。一刻の猶予(ゆうよ)もなりません。すぐにわたしの家へおいでいただきたい」

トミーは慎重に異議を唱えた。

「三十分後にご一緒できます。いったんオフィスへ戻らないと」

タペンスを一瞥(いちべつ)したハーカー大尉は、彼女の口の端に一瞬微笑が浮かびかけたのを見て、驚いたかもしれない。

「いやいや、それはだめだ。わたしと来てください」白髪の男はポケットから名刺を出し、テーブルごしに渡した。「そこにわたしの名前が」

トミーは名刺を指でなでた。

「ぼくの敏感な指をもってしてもむりだな」彼は微笑して、名刺をタペンスに渡した。彼女は低い声で読みあげた。「ブレアガウリー公爵」

タペンスは大いなる関心をもって依頼人を見た。ブレアガウリー公爵はきわめて傲慢(ごうまん)でとっつきにくい貴族として有名だった。自分よりはるかに若いシカゴの豚肉製造業者の娘と結婚しているが、彼女の激しい気性が原因で先行きが危ぶまれていた。つい最近も不和が伝えられていた。

「すぐに来ていただけますね、ミスター・ブラント?」とげとげしさが感じられる口調で公爵は促(うなが)した。

避けられないと見て、トミーは降参した。

「ミス・ガンジスと一緒にうかがいましょう」彼は静かに答えた。「ブラックコーヒーをたっぷり飲むあいだだけ、待っていただきたい。すぐに持ってきてくれます。ぼくは目の障害が原因の深刻な頭痛に悩まされているんですが、コーヒーが神経を鎮めてくれるんですよ」

トミーはウェイターを呼んで注文してから、タペンスに言った。

「ミス・ガンジス——明日ここでフランスの警視総監と昼食をとる。コースの予定をメモしてウェイター頭に渡し、いつものテーブルをとっておくように伝えてくれ。ある重要な事件で警視総監に協力しているんだ。報酬（ザ・フィー）は」——間を置いた——「かなりのものだ。用意はいいかな、ミス・ガンジス？」

「どうぞ」タペンスは万年筆を手にした。

「まずはここの定番、小エビ（シュリンプ）のサラダで始める。そのあと——そうだな、あとに続くのは——うん、ブリッツ風オムレツ、それに異国風牛ヒレ肉（トゥアネドゥ・ア・レトランジェ）を二人前だ」

トミーは男たちに申し訳なさそうにささやいた。

「お時間をとらせてすみませんね。ああ！　それと驚きのスフレ（スフレ・アン・シュープリーズ）を。これが締めくくりだ。たいへんおもしろい人物でしてね、フランスの警視総監は。ご存じですか？」

公爵は知らないと答えた。タペンスは立ちあがってウェイター頭に話をしにいった。ほどなく彼女は戻ってきて、コーヒーも運ばれてきた。

トミーはゆっくりと飲んでから席を立った。

「ぼくの杖は、ミス・ガンジス？　ありがとう。指示してくれるか？」

タペンスは一瞬悩んだ。

「右へ一歩、まっすぐ十八歩。五歩目ぐらいの左側のテーブルでウェイターが給仕しています」

軽やかに杖を振りながら、トミーは歩きはじめた。タペンスは彼の横にぴったりとくっついて、苦労しながらそっと誘導しようとした。うまくいったのは、出入口を通るところまでだった。男が急ぎ足で入ってきて、タペンスが警告する前に盲目のミスター・ブラントはその男に正面からぶつかってしまった。ひとしきり言い訳と謝罪が続いた。

〈ブリッツ〉の玄関には、折りたたみ式の幌がついたしゃれた小型自動車が待っていた。公爵自身が、乗りこむミスター・ブラントに手を貸した。

「きみの車は、ハーカー?」公爵は振りむいて尋ねた。

「ええ。そこの角を曲がったところに」

「ミス・ガンジスを乗せてくれたまえ」

大尉の返事を待たず、公爵はトミーの隣に飛び乗り、車は静かに発進した。

「ひじょうにデリケートな問題でして」公爵は言った。「すぐに詳細をお話ししますよ」

トミーは頭に手をやった。

「もう眼帯をはずしますよ」彼はうれしげに言った。「レストランの人工的なギラギラした光を避けるためにつけていたので」

ところが、その手を乱暴につかまれ、下ろされた。同時に硬くて円いものがトミーの脇腹に押しつけられた。

「だめだ、ミスター・ブラント」公爵の声がした——だが、その声は突然違って聞こえた。「その眼帯をとるな。おとなしくすわって、動くな。こっちも撃ちたいわけじゃないんだよ。わかるだろうが、わたしはブレアガウリー公爵なんかじゃない。今回、彼の名前を拝借したんだ。こういう有名な依頼人に同行するのはきみも断わらないと知っていたのでね。わたしはもっと平凡な男だ——行方不明の妻を探している食肉業者だよ」

トミーはぴくりとした。

「ピンときたようだね」男は笑った。「若いの、きみは信じがたく愚かだった。残念ながら――たいへん残念ながら、もうこの先の任務はないと思ってくれたまえ」

最後のほうの言葉は不吉な響きを帯びていた。

トミーは動かず、相手のあざけりに答えようとしなかった。

やがて車は速度を落とし、止まった。

「ちょっと待て」偽公爵はトミーの口にすばやくハンカチを押しこみ、その上にスカーフを巻きつけた。

「助けを求めて大声を上げるような、愚か者だと困るのでね」いんぎんな口調で説明した。

車のドアが開き、運転手がそばに立った。運転手と主人がトミーを両側からはさみ、急いで階段を上らせ、家の玄関へ連れていった。

三人は中へ入り、ドアが閉まった。家の中には東洋風の濃厚な香りが漂っていた。トミーの足はふかふかのビロードのじゅうたんに沈んだ。そのまま階段を上らされ、家の奥のほうの部屋に連れていかれた。そこで二人の男はトミーの両手を縛った。運転手は出ていき、偽公爵がさるぐつわをほどいた。

「もうしゃべっていいぞ」男は陽気に告げた。「なにか言いたいことはあるかな、若いの？」

トミーは咳ばらいして口の端の痛みをやわらげた。

「ぼくの空洞の杖を忘れてこなかっただろうね」彼は穏やかに言った。「作らせるのにかなり金がかかったんだ」

「度胸はあるな」しばらく黙ったあと、男は言った。「さもなければ、ただのばかか。捕われの身になったこと——わたしの手中に落ちたことはわかっているのかね？　完全にわたしのなすがままだと？　知りあいと会うことはもはや二度とないと？」

「そういうメロドラマは省けないものかな？」トミーは悲しげだった。「言わなくちゃいけないのか、『この悪党め、覚えていろよ』とか？　その手のやつはもうとうに時代遅れだぞ」

「あの娘はどうなんだ？」男はトミーを見つめた。「気にならないか？」

「むりやり黙らされていたあいだに推理したよ。おしゃべりなハーカーもこの無茶な計画の一味だから、まもなくこの小さなお茶会にぼくの不運な秘書も加わるという必然的な結論に至った」

「一つは合っているが、あとは間違っている。ミセス・ベレズフォード——ほら、きみたちのことはよく知っているんだ——彼女はここへは来ない。わたしが予防措置を講じておいた。きみのお偉方の友人たちが尾行をつけているかもしれないと思いついたんだ。その場合、追跡を二手に分かれさせれば、きみたち両方とも尾行することはできなくなる。一人はいぜんとしてわが手中にあるわけだ。いまは待っているところだよ——」

ドアが開いたので、男は口をつぐんだ。運転手が入ってきた。

「こちらはつけられていませんでした。大丈夫です」

「よし。行っていい、グリゴリー」

ドアが閉まった。

「いまのところは上々だ」偽公爵は言った。「さて、きみをどうしたものだろう、ミスター・ベレズフォード・ブラント？」

「この邪魔な眼帯をとってくれないかな」トミーは言った。

「だめだ。つけていれば、きみはまったく盲目同然だ――はずせばわたしと同じだけ見えるようになる――それはわたしのささやかな計画に不都合なんでね。そう、計画があるんだ。きみは煽情的な小説がお好みだな、ミスター・ブラント。今日、きみと奥さんがやっていたこのちょっとしたゲームでわかるよ。さて、わたしもまたちょっとしたゲームを用意したんだ――もっと独創的なやつをね、説明すればきみもきっと認めてくれるだろう。

さて、きみが立っている床は金属でできていて、表面にはところどころ小さな突起がある。わたしがスイッチに触れると――ほら」鋭いカチッという音がした。「いま電流が通じた。突起の一つを踏むと――死だ！　わかったか？　きみの目が見えれば……だが見えない。きみは暗闇の中にいる。これがゲームだよ――死の目隠し遊びってわけさ。無事にドアまでたどりつけたら――自由だ！　だが、たどりつくずっと前にきみは危険な突起の一つを踏むだろう。楽しい見ものになるな――わたしにとっては！」

男は進み出てトミーの両手のいましめをほどいた。それから彼に杖を渡し、あざけるようにおじぎした。

「盲目の探究者よ。この問題を解決できるかどうか見せてくれたまえ。わたしはここで銃を構えている。もしきみが手を上げて眼帯をとろうとしたら撃つ。わかったか？」

「よくわかったよ」トミーは少し青ざめていたが、覚悟を決めていた。「わずかなチャンスもないってわけだな?」

「ああ! それはね——」男は肩をすくめた。

「じつにもって、いまいましいほど独創的じゃないか? でも、一つだけ忘れているぞ。ところで煙草を一本吸ってもいいか? ぼくの哀れな心臓がドキドキしているんでね」

「煙草に火をつけるのはいい——だがトリックはなしだ。忘れるな、銃で狙っているからな」

「ぼくは芸をする犬じゃない。トリックはやらないよ」彼は煙草入れから一本抜き、マッチを探した。「大丈夫だ。リボルバーを探しているんじゃない。だが、こっちが丸腰なのはあんたもよく知っているよな。そして、さっきも言ったが、あんたは一つだけ忘れている」

「なにをだ?」

トミーは箱からマッチを一本出し、擦ろうと持ちあげた。

「ぼくは盲目であんたは見える。それは明白だ。有利なのはあんたのほうだ。だが、二人とも暗闇にいるとしたらどうだ——え? あんたの有利な立場はどうなる?」

トミーはマッチを擦った。

「照明のスイッチを撃とうとでも思っているのか? 部屋を真っ暗闇にする? それはむりだ」

「ああ。あんたを暗闇に置くのはむりだな。だが、両極端は相通じるんだよ。光はどうだ?」

話しながら、トミーは手の中にあったものにマッチで火をつけ、テーブルの上に放った。

目もくらむ光が部屋じゅうを満たした。

強烈な白い光に一瞬視力を失い、偽公爵はまばたきして後ろへよろめき、銃を下げた。目を開けると、なにか鋭いものを胸に突きつけられていた。

「銃を捨てろ」トミーは命じた。「早くしろ。空洞の杖なんぞ役に立ちゃしないっていう点は、あんたと同意見だ。だから作らなかったよ。だが、いい仕込み杖はとても役に立つんだ。そう思わないか？　マグネシウムのワイヤと同じくらい役に立つ。銃を捨てるんだ」

鋭い切っ先にいやおうなく、男は銃を捨てた。そして笑い声を上げるとさっと飛びのいた。

「それでも、まだわたしのほうが有利だ。なぜなら、こっちは見えてきみは見えない」

「そこが間違っているんだよ」トミーは答えた。「ぼくは完全に見えているんだ。眼帯は見せかけだけ。これでタペンスをからかうつもりだった。手始めに一つ二つどじを踏んでみせて、そのあと昼食が終わるまでにみごとなお手並みを披露する予定だったんだよ。だからね、そこのドアまで歩いていって、やすやすと全部の突起を避けることだってできた。だが、あんたがスポーツマンシップを守るとは信じられなかったんだ。ぼくを生きてここから出すつもりはなかったはずだ。おっと、気をつけろ――」

というのも、憤怒に顔をゆがめた偽公爵は、足もとへの注意を怠ったまま飛びかかってきたのだ。

突然青い火花が爆ぜて、男はしばしふらつき、そのあと丸太のようにどさっと倒れた。焦げた肉のかすかな臭いが部屋に漂い、もっと強烈なオゾンの臭いと混ざりあった。

「ヒュー」トミーはつぶやいた。

そして顔の汗をぬぐった。

それから万全の注意を払って慎重に歩き、壁まで行ってさっき男がつけたスイッチを切った。部屋を横切って用心深くドアを開け、あたりの様子をうかがった。だれもいなかった。トミーは階段を下り、玄関のドアから外へ出た。

安全な通りに立つと、身震いして家を見上げ、番地を確認した。それから急いで近くの電話ボックスへ行った。

胸を締めつけるような不安の一瞬が過ぎ、よく知った声が応答した。

「タペンス、ああ、よかった！」

「ええ、わたしは大丈夫。あなたの言った意味はすべてわかったわ。報酬（ザ・フィー）、つまり小エビ（シュリンプ）に〈ブリッツ〉へ来させて、二人のよそ者をつけさせろ。アルバートは間に合うように来て、わたしたちが別々の車に乗るとタクシーでわたしを追ってきて、どこへ連れていかれたか見たあと警察に電話したの」

「アルバートはいい若者だ。騎士道精神に富んでいる。きっときみのほうを追うだろうと思っていたよ。だがやはり心配だったんだ。話さなくちゃならないことが山ほどある。すぐに帰るよ。帰ったらまず、セント・ダンスタン・ホステル（戦争で失明した軍人に技能訓練を施した）宛に多額の小切手を切るつもりだ。いやまったく、目が見えないのは、ほんとうにたいへんなことにちがいないからね」

9　霧の中の男

トミーは人生に満足していなかった。〝ブラントの優秀な探偵たち〟は懐ではないとしてもプライドが痛む敗北を喫していた。アドリントンにある屋敷、アドリントン・ホールで盗まれた、真珠のネックレスの謎を解明するために専門家として呼ばれた〝ブラントのブリリアントな探偵たち〟は、役立たずに終わった。トミーが賭けごとに夢中の伯爵夫人に目をつけて、ローマ・カトリック教会の司祭のふりをしてけんめいに追い、タペンスが屋敷の主人の甥を疑ってゴルフ場で親しくしているあいだに、地元警察の警部があっさりと屋敷の従僕を逮捕した。従僕は各警察本部では有名な窃盗犯であることがわかり、彼は正直に罪を認めた。

ゆえにトミーとタペンスはほぼ面目を失って退場し、いまは〈グランド・アドリントン・ホテル〉でカクテルに慰めを求めていた。トミーはまだ司祭平服を着たままだった。

「とてもじゃないが、ブラウン神父（チェスタトンの作品に登場する神父探偵）というわけにはいかなかったな」彼は憂鬱な口調でつぶやいた。「ぴったりの傘まで持っていたのに」

「ブラウン神父的な事件じゃなかったわ」タペンスは言った。「最初からある種の雰囲気が必要なのよ。ごくふつうの日常を過ごす中で、風変わりな事件が起きはじめるの。あれはそういう話でしょう」

「残念だが、ロンドンへ戻らないと。駅までの道で風変わりな事件に出くわすかもしれない」

彼はグラスを口もとへ持っていったが、がっしりした手に肩をたたかれて中身がこぼれた。そして手にふさわしい大声で呼びかけられた。

「これはなんと！　トミーじゃないか！　そしてミセス・トミーも。どこから現れたんだ？　何年もご無沙汰で、噂も聞かなかったぞ」

「やあ、太っちょ（バルジャー）か！」トミーはカクテルの残りを置き、闖入者（ちんにゅうしゃ）のほうを向いた。三十前後の大柄で肩のたくましい男で、丸い赤ら顔いっぱいに笑みを浮かべ、ゴルフ用の服を着ていた。

「なつかしいな、バルジャー！」

「しかし、きみ」バルジャー（本名はマーヴィン・エストコート）は言った。「聖職者になったとは知らなかったよ。さぞかしひどい神父さんだろうな」

タペンスは爆笑し、トミーは当惑した顔になった。そのとき、夫婦はふいに四人目の人物の存在に気づいた。

背が高くほっそりとした体つき、みごとな金髪、大きな青い目。信じがたいほどの美しさは、高価な黒のドレス、上等なアーミンの白い毛皮、大粒の真珠のイヤリングによって、さらにきわだっていた。そして、その微笑（びしょう）。彼女の微笑は多くのことを物語っていた。たとえば、英国では間違いなく、そしておそらく世界でも、自分はもっとも注目に値する女であるとよく知っている。決してうぬぼれではなく、確信と自信を持ってそうと知っているのだ。

トミーもタペンスも、すぐに彼女がだれなのかわかった。『心の秘密』で三回、大ヒット映画『炎の柱』でも三回、そして数えきれないほどのほかの作品で彼女を見ていた。おそらくミス・ギルダ・グレンほど、英国の大衆に確固たる人気を博している女優はいない。英国一の美女と報道されていると同時に、英国一知性に欠けるとも噂されていた。

「おれの古くからの友人たちです、ミス・グレン」たとえ一瞬でもこんな輝かしい存在を忘れていたことへの謝罪をこめて、エストコートは言った。「トミー、そしてミセス・トミー、ミス・ギルダ・グレンをご紹介しよう」

エストコートの声にはあきらかに誇らしげな響きがあった。一緒のところを目撃されるだけで、ミス・グレンは彼に多大なる栄光をもたらしているのだ。

女優は開けっぴろげな関心を示してトミーを見た。

「ほんとうの神父さん？」彼女は尋ねた。「ローマ・カトリック教会の？　だって、妻帯はしないって思っていましたわ」

エストコートはまた大声で笑った。

「こいつはいい。トミー、このいたずら者め。彼があなたと縁を切らなくてよかったですね、ミセス・トミー、ほかの虚栄や慢心と一緒にね」

ギルダ・グレンはエストコートにはまったくとりあわなかった。当惑したまなざしでトミーを見つめつづけた。

「神父さんですの？」

「見かけどおりの人間はわずかしかいないものです」トミーは穏やかに答えた。「ぼくの仕事は神父と似た一面もありまして。罪の赦しは与えませんが――告白は聞きます――ぼくは――」

「彼の言うことに耳を貸しちゃだめですよ」エストコートがさえぎった。「あなたをからかっているんです」

「聖職者でないなら、どうしてそんな服を着ていらっしゃるのかわからないわ。つまり、もし――」

「法の正義から逃亡中の犯罪者ではありませんよ。逆の立場です」トミーは言った。

「あら！」彼女は眉をひそめ、とまどいの浮かんだ美しい目でトミーを見た。

(彼女にはわからないかな)トミーは思った。(簡単で直接的な言葉でないとだめだ)

声に出してはこう言った。

「ロンドンへ戻る列車がいつ出るか知っているか、バルジャー？　急いで帰らなくちゃならないんだ。ここから駅までどのくらいかかる？」

「歩いて十分だ。だが、あわてなくていいよ。次の上り列車は六時三十五分で、いまはまだ六時二十分前だ。いま一本行ったばかりなんだよ」

「駅はどっちの方向？」

「ホテルを出たらすぐ左。それから――ええと――モーガンズ・アヴェニューを行くのがいちばんじゃないかな？」

「モーガンズ・アヴェニュー？」ミス・グレンはぎょっとして、驚いたような目でエストコートを見つめた。

「あなたがなにを考えているかわかりますよ」エストコートは笑った。「幽霊でしょう。モーガンズ・アヴェニューの片側は墓地になっていて、暴行で殺された警官が担当区域のモーガンズ・アヴェニューをいまも巡回しているという言い伝えがある。警官の幽霊とはね！　信じられますか？　だが、大勢の人たちが彼を見たと言っている」

「警官？」ミス・グレンは小さく身震いした。「でも、幽霊なんかいないでしょう？　だって——そんなものいないわよね？」

彼女は毛皮をきっちりと巻きなおした。

「それじゃ」だれにともなく告げた。

女優はタペンスを終始無視していたが、いまも彼女のほうをちらとも見なかった。だが、振りむくと、不思議そうな問いかけの視線をトミーに送った。

出口付近で、彼女は白髪まじりで丸顔の背の高い男とばったり出会い、相手は驚きの声を上げた。男は彼女の腕に手をかけ、興奮した様子で話しながら外へ連れだした。

「美人だろう？」エストコートは言った。「おつむのほうはウサギ並みだけどね。噂では、ルコンベリー卿と結婚するそうだ。出口にいたのがルコンベリーだよ」

「あまりいい結婚相手には見えなかったわ」タペンスは言った。

エストコートは肩をすくめた。

「貴族の称号はいまだに魅力的なんだろう。それにルコンベリーは決して貧乏貴族じゃないからな。ぜいたくな暮らしができるよ。彼女がどういう出身なのか、だれも知らないんだ。きっと社会のどん底近くにいたんだろう。ここに来た理由もひどく謎めいている。ホテルに滞在しているわけじゃない。どこに泊まっているのか聞こうとしても、無視された——彼女ならではだな、かなりぶしつけに無視されたよ。どういうことなのか知りたいものだ」

彼は時計を見てあっと声を上げた。

「行かないと。また二人に会えてとてもうれしかったよ。そのうちロンドンで夜の飲み会といこうじゃないか。では、また」

エストコートはせかせかと離れていき、そのときボーイが盆にのせた手紙を渡そうとトミーに近づいてきた。手紙に宛名はなかった。

「でも、あなたにです、お客さま」ボーイはトミーに言った。「ミス・ギルダ・グレンからです」

トミーは好奇心を感じて手紙を開いた。のたくるような乱雑な字で、数行書かれていた。

なんとなく、あなたならわたしを助けてくれるのではと思います。駅まであの道を行ってください。モーガンズ・アヴェニューのホワイトハウスに六時十分でいかがでしょう？

ギルダ・グレン

トミーは立ち去るボーイにうなずき、手紙をタペンスに渡した。

「驚いた！　これって、彼女がまだあなたを神父だと思っているから？」

「違うよ」考えながらトミーは答えた。「ようやくぼくが神父じゃないとわかったからだと思う。おい！　あれはなんだ？」

〝あれ〟とは、真っ赤な髪とけんか早そうなあごが特徴的な、ひどくみすぼらしい服装の若者のことだった。若者はホテルのロビーへ入ってくると、ひとりごとを言いながら行ったり来たりしはじめた。

「ちくしょう！」赤毛の若者は大声で叫んだ。「まったく――ちくしょう！」

彼はトミーたちの近くの椅子にどさっと腰を下ろし、不機嫌そうに二人をにらみつけた。

「女どもときたら、まったく」若者は獰猛な目つきでタペンスをにらんだ。「ああ、けっこう、なんなら抗議してくれ。おれをホテルからつまみださせるといい。初めてじゃないんだ。考えを口に出してなにが悪い？　どうして感情を封じこめたり、にやにや笑ったり、ほかのみんなと同じことを言ったりしなくちゃならない？　おれは愉快じゃないし、礼儀正しくする気分じゃないんだ。だれかの首根っこをつかまえてじわじわと絞め殺してやりたい気分さ」

若者は口をつぐんだ。

「特定のだれか？」タペンスは聞いた。「それとも、だれでもいいの？」

「特定のだれかだよ」若者はきっぱりと答えた。

「とても興味深いわね。もう少しくわしく話してくれない？」

「おれはライリーだ」赤毛の男は言った。「ジェイムズ・ライリー。聞いたことがあるかもしれないな、小さな反戦詩集を出している――いい本だよ、自分で言うのもなんだけど」

「反戦詩?」

「ああ——いけないか?」ミスター・ライリーはけんか腰で突っかかってきた。

「いいえ! 別に」タペンスは急いで答えた。

「おれはずっと平和を求めてきた」ミスター・ライリーは激しい口調で言った。「戦争なんか、くそくらえだ。それに女ども! 女どもときたら! さっきまでこのへんにいたあの女を見たか? ギルダ・グレン、そう名乗っている。ギルダ・グレン! ああ! おれはどんなにあの女を崇拝してきたことか。そしていいか——彼女に少しでも心があるなら、その心はおれのものなんだ。かつて彼女はおれを愛していた、もう一度愛させることはできる。だが、あのクソ貴族に身を売るなら——そう、神よ彼女を救いたまえ。この手で絞め殺したほうがましだ」

そして、若者は突然立ちあがるとロビーから駆けだした。

トミーは眉を吊りあげてみせた。

「なんとも血の気の多い男だな。さて、タペンス、行こうか?」

ホテルからひんやりとした外へ出ると、うっすらと霧が出ていた。エストコートに教えられたとおり、二人はすぐ左へ曲がった。二、三分で〈モーガンズ・アヴェニュー〉と記された曲がり角に着いた。

霧は濃くなっていた。ふんわりと白い霧で、流れる小さな渦巻きのように次々と二人を包んでは過ぎていく。道の左側は墓地の高い塀になっており、右側には小さな家が並んでいた。ほどなく家並はつき、高い生垣がとってかわった。

「トミー、なんだか怖くなってきたわ。霧――そして静けさ。どこからも遠い場所にいるみたい」

「そんな感じだね」トミーはタペンスに同意した。「世界に二人だけみたいだ。霧のせいと、この先が見通せないせいだよ」

タペンスはうなずいた。

「わたしたちの足音が歩道に響いているだけ。あれはなに？」

「あれって？」

「後ろから足音が聞こえたように思うんだけど」

「そんなにビクビクしていると、幽霊を見ることになるよ」トミーはやさしく諭した。「神経過敏になっちゃだめだ。警官の幽霊がきみの肩に手をかけるとでも思うの？」

タペンスは金切り声を上げた。

「やめて、トミー。ほんとうにそう思っちゃうじゃないの」

彼女は肩ごしに後ろを見て、二人の周囲にたちこめる白いヴェールの向こうをうかがおうとした。

「また音がした。ううん、こんどは前から。ちょっと！　トミー、聞こえないなんて言わないわよね？」

「たしかになにか聞こえる。うん、後ろで足音がするな。列車に乗ろうとこの道を歩いているほかの人だよ。おや――」

トミーはふいに立ち止まり、ぴたりと動きを止めた。タペンスはあえぎ声を洩らした。前方の霧のカーテンが突然人の手を介したように分かれ、二十フィートも離れていないところに大きな警官がぬっと現れた。まるで、霧が生みだしたかのようだ。そこにいないと思えば、次の瞬間また出現する――ゆえに、見ている二人には行き過ぎた想像力の産物ではないかと感じられた。そのあと霧がさらに引いていくと、舞台のセットを思わせる光景が出現した。

青い制服の大きな警官、赤い郵便ポスト、道の右側に白い家の輪郭(りんかく)。

「赤、白、青か」トミーはつぶやいた。「まるで絵みたいだ。おいで、タペンス、なにも怖いものはないよ」

彼がすでに見てとったとおり、警官は本物の警官だった。それに、最初に霧の中からのしかかるようにぼうっと現れたときほど、大きくはなかった。

だが、二人が歩きだすと背後から足音が迫ってきた。一人の男が急ぎ足で彼らを追いこしていった。白い家の門の中へ入り、階段を上ると、耳を聾(ろう)するほどの勢いでノッカーを打ち鳴らした。警官が立って男を見守っている場所に二人が着いたとき、訪問者は家に招き入れられた。

「あの紳士は急用らしいな」警官は言った。

考えが決まるまで時間がかかる人間の、ゆったりとした思慮深い口調だった。

「いつも急いでいるタイプなんでしょう」トミーは言った。

警官のいささか疑い深げなまなざしが、ゆっくりとトミーの顔に向けられた。

「あなたのご友人ですか?」警官は尋ねた。あきらかに疑惑を含んだ声音だ。

「いや。友人ではないが、たまたまだれなのか知っています。ライリーという男です」

「ああ！　では、わたしは先へ行ったほうがよさそうだ」

「ホワイトハウスという家はどこか教えてもらえますか？」トミーは聞いた。

警官は頭を横にかしげてみせた。

「ここですよ。ミセス・ハニーコットのお宅です」警官は間を置き、貴重な情報を提供することにしてつけくわえた。「神経質な人でね。つねに泥棒がうろついているのではないかと警戒している。いつもわたしに周囲を見張ってくれと頼むんですよ。中年の女性はえてしてそうなりがちだが」

「中年？　ここに若いご婦人が滞在していないか、知りませんか？」トミーは尋ねた。

「若いご婦人」警官は思いをめぐらせた。「若いご婦人ねえ。いや、そのことについてはなんとも」

「彼女はここに泊まってはいないのかもしれないわ、トミー」タペンスは言った。「それにどのみち、まだ着いていないかも。彼女が出たのはわたしたちの少し前だもの」

「そうだ！」警官は唐突に言いだした。「いま思い出したが、若いご婦人がこの門をたしかに通りました。向こうから歩いてきたときに見たんです。三分か四分ほど前ですよ」

「アーミンの毛皮を巻いていました？」タペンスが勢いこんで尋ねた。

「首のまわりに白いウサギの皮みたいなものを巻いていました」警官は認めた。

タペンスは微笑した。警官は二人が来た方向へ歩きだし、彼らはホワイトハウスの門から入ろうとした。

突然、家の中からかすかなこもったような叫びが聞こえ、一瞬後に玄関のドアが開いてジェイムズ・ライリーが階段を駆けおりてきた。顔は真っ青でゆがみ、目はなにも見ていないかのように前に据えられていた。そして酔っぱらいよろしくふらついていた。

二人の姿など視界に入っていない様子でトミーとタペンスの横を通り過ぎ、ひとりごとのように怯えた言葉をくりかえしていた。

「神よ！　神よ！　おお、神よ！」

彼は門柱をつかんで体を支えたあと、パニックに襲われたらしく、警官が行ったのとは反対の方向へ全速力で走り去った。

トミーとタペンスは唖然(あぜん)として顔を見あわせた。

「どうやら、あの家の中でなにかが起きて、われらが友人ライリーを死ぬほど動揺させたらしい」

タペンスは上の空で門柱に指を走らせた。

「彼、どこかで乾いていない赤ペンキにさわったにちがいないわ」タペンスはぼんやりとつぶやいた。

「ふむ。急いで中へ入ったほうがいいな。いったいどうなっているんだ」

家の戸口には、白いキャップをかぶったメイドが立っており、怒りのあまり声が出ない様子だった。

「あんなの見たことあります、神父さま?」口を開くなり、メイドは階段を上ってくるトミーに叫んだ。「あの男はここへ来るなりお嬢さんに面会を求め、許しも得ずに階段を駆けあがったんです。お嬢さんはヤマネコみたいな悲鳴を上げて——なんとまあ、お気の毒に。男はこんどは階段を駆けおりてきました。幽霊でも見たみたいに顔は真っ青で。どういうことでしょう?」

「玄関でどなたと話しているの、エレン?」奥のほうから鋭い声が問いただした。

「奥さまです」エレンはトミーたちに言わずもがなの説明をした。

メイドは下がり、トミーの前に白髪まじりの中年の女が立った。鼻めがねで一部が隠れた冷たい青い目、ガラスの管玉飾りのついた黒い服、やせた体つき。

「ミセス・ハニーコット? ミス・グレンに会いにきました」トミーは言った。

ミセス・ハニーコットはじろりと彼を一瞥（いちべつ）して、次にタペンスに目を向け、上から下まで検分した。

「あら、そうでしたか。では、中へお入りください」

彼女は廊下の奥へ進み、庭に面した部屋へ案内した。かなり広いが、椅子やテーブルがあちこちに置かれているためにじっさいより狭く感じられた。暖炉では炎が勢いよく爆（は）ぜており、そばには木綿更紗（さらさ）のかかったソファがある。壁紙はグレーの細い縞模様で、上部にバラの花づな装飾があしらわれている。壁にはたくさんの版画や油絵が飾られていた。

ミス・ギルダ・グレンのぜいたく好きな性格とはとうてい結びつかない部屋だった。

「おかけになって」ミセス・ハニーコットは言った。「失礼ながらまず申し上げますけれど、わたくしはローマ・カトリックの信者ではありませんの。わが家にローマ・カトリック教会の神父さんをお迎えしようとは、夢にも思っていませんでした。でも、ギルダが緋色の女（スカーレット・ウーマン）（聖書中の淫婦。ローマ・カトリック教会の蔑称）になったとしても、ああいうふしだらな生活をしていればそれは目に見えていました——もっとひどいことにだってなりかねなかったわけですからね。なんの信仰ももたないはめになったかもしれません。聖職者が結婚するなら、わたくしもローマ・カトリックにもっと好意的になれるのですが——なんでも率直に話すたちですのよ、わたくしは。それにあの修道院を思うと——美しく若い娘たちが閉じこめられて、なにをされているかわかったものじゃない——ほんとうに、考えるだけで耐えられませんわ」

ミセス・ハニーコットは話を終え、大きく息を吸った。

聖職者の純潔や物議をかもしているほかの事柄について擁護はせず、トミーは要点に入った。

「ミセス・ハニーコット、ミス・グレンはこちらにいらっしゃるんですね」

「います。でもよろしいですか、わたくしは賛成していません。結婚は結婚、夫は夫です。自業自得なのですから」

「ちょっとわかりかねますが——」トミーはとまどった。

「そんなことだろうと思いました。だからあなたがたを家に入れたのです。わたくしの考えをお話ししたあとで、二階にいるギルダにお会いください。彼女はわたくしのところに来た——

長い年月の果てにようやく！――そして助けを求めた。あの男に会って、離婚に同意するように説得してほしいと言うのです。わたくしにはなんの関係もないことだと、はっきりと告げました。離婚は罪です。とはいえ、実の妹を家に匿わないわけにはいきません、そうでしょう？」

「あなたの妹なんですか？」トミーは叫んだ。

「ええ、ギルダは妹です。彼女から聞きませんでした？」

トミーはぽかんとして相手を見た。あまりにもとっぴで信じられなかった。それから、ギルダ・グレンの天使のような美しさは長年にわたって変わっていないのだと思い至った。子どものころから彼女の演技を見てきた。そう、ありえないことではない。だが、なんと痛烈なまでに対照的な姉妹だろう。では、ギルダ・グレンはこの下層中産階級の出身なのだ。みごとに秘密を隠してきたということか！

「まだよくわからないんですが、妹さんは結婚しているんですか？」トミーは聞いた。

「十七歳のときに駆け落ちしました」ミセス・ハニーコットは簡潔に答えた。「彼女よりはるかに卑しい生まれの男と。わたくしたちの父は牧師でした。とんでもない不名誉でしたわ。そのあと彼女は夫のもとを飛びだして舞台に立ったのです。芝居だなんて！　わたくしは一度も劇場に足を踏み入れたことはありません。邪悪なものにはかかわりませんの。そしてあげくのはてに、ギルダは相手と離婚したいと言うのです。どこかの大立者と結婚するつもりなのでしょう。でも、彼女の夫の決意は揺るがない――脅しにも賄賂にも屈しない――その点、彼には感心しますわ」

「その夫の名前は？」トミーは唐突に尋ねた。

「奇妙なことですけれど、思い出せませんの！　二十年も前ですからね、駆け落ちのことを聞いたのは。父は相手の男の名を口にするのを禁じました。それに、わたくしはその件についてギルダと話すのを拒んできました。彼女はわたくしの考えをわかっている、それでじゅうぶんでしょう」

「名前はライリーでは？」

「そうだったかもしれません。断定はできないわ。きれいさっぱり、わたくしの頭から消えているもので」

「そのライリーはほんのさっきまでここにいました」

「あの男！　精神病院から逃げだしてきた患者かと思いました。わたくしはキッチンでエレンに指示を出していたところだったのです。そしてこの部屋に戻ってギルダはまだ帰っていないのかと——妹は玄関の鍵を持っているので——思っていたら、帰ってきた物音がして。廊下でちょっとぐずぐずしていたあと、彼女は上階へ行きました。三分後ぐらいに、ドンドンとノッカーを鳴らす音がして。わたくしが廊下に出ると、ちょうど男が階段を駆けあがっていくところでした。それから上で叫び声がして、すぐ男が下りてくると気がふれたみたいに外へ走りだしていったんです。たいへんな騒ぎでしたわ」

トミーは立ちあがった。

「ミセス・ハニーコット、すぐに上へ行かせてください。心配なんです——」

「なにが？」

「家の中に赤いペンキを塗りたての場所はないですよね」

ミセス・ハニーコットは彼を見つめた。

「もちろん、ありません」

「そこがぼくの恐れている点です」トミーは真剣な顔で言った。「ただちに妹さんの部屋へ案内してください」

さすがのミセス・ハニーコットも黙って二人の先に立った。三人は廊下でエレンの姿をちらりと見たが、メイドはさっと部屋の中へ引っこんだ。

ミセス・ハニーコットは階段の上の最初のドアを開けた。トミーとタペンスは彼女のすぐあとから中に入った。

突然、ミセス・ハニーコットはあえぎ声を洩らして後ろへよろめいた。

ソファの上に、黒いドレスとアーミンの毛皮をまとった姿がぴくりともせず横たわっていた。顔は無傷で、熟睡している子どものような美しい死に顔だった。傷は側頭部にあり、鈍器で強く一撃されて頭蓋骨を砕かれていた。血はゆっくりと床に滴っていたが、傷そのものはとっくに出血が止まっていた……

トミーは横たわった体を調べた。彼の顔は蒼白だった。

「では、あの男は絞め殺しはしなかったわけだ」ようやくつぶやいた。

「なんのこと？　だれですって？」ミセス・ハニーコットは叫んだ。「彼女、死んでいるの？」

「ええ、そうです、ミセス・ハニーコット、亡くなっています。殺されたんですよ。問題は――だれが殺したか？　それほど難問ではありません。おかしいですね――あれだけわめきちらしていたが、あの男がほんとうに殺す気だとは思わなかった」

トミーはちょっと黙ってから、きっぱりとタペンスに向きなおった。

「外へ行って警官を呼んできてくれ、でなければどこかから署に電話できるかな？」

タペンスはうなずいた。彼女も顔面蒼白だった。トミーはミセス・ハニーコットを階下へ連れていった。

「この件についてどんな間違いもあってほしくない」彼は言った。「妹さんが帰ってきた正確な時刻はわかりますか？」

「わかります」ミセス・ハニーコットは答えた。「毎晩やらなければいけないことで、柱時計を五分進めていたところでしたから。一日五分遅れるので。わたくしの懐中時計では正確に六時八分過ぎでした。わたくしのは一秒たりとも遅れも進みもしませんの」

トミーはうなずいた。これは警官の話とも一致する。白い毛皮をまとった女が門を入っていくのを警官が見た約三分後に、トミーとタペンスは同じ場所に着いた。そのときトミーは自分の時計を見て、約束の時間を一分過ぎていると知ったのだ。

二階の部屋で何者かがギルダ・グレンを待ち伏せしていた可能性もなくはない。だが、もしそうなら、犯人はまだ家の中に隠れているはずだ。出ていったのはジェイムズ・ライリーだけだ。

トミーは階段を駆けあがり、すばやく、だが効率的に捜索をおこなった。どこにもだれも隠れていなかった。

そのあと彼はエレンと話した。事件を知らせ、メイドの嘆きと聖人たちへの祈りが終わるまで待ってから、いくつか質問した。

今日の午後、ミス・グレンを訪ねてきた者はほかにいなかったか？　だれもいませんでした。夕方二階へ行ったか？　はい、いつものように六時にカーテンを閉めにいきました――六時を少し過ぎていたかもしれません。とにかく、あの乱暴な男がノッカーをドンドン鳴らしはじめる少し前です。下りていって応対しました。あの男はやっぱり腹黒い殺人者だったんですね。

トミーはそれにはとりあわなかった。しかし、なおもライリーに奇妙な憐憫を感じており、彼が殺したとは信じたくなかった。とはいえ、彼以外のだれがギルダ・グレンを殺すことができただろう。ほかに家にいたのはミセス・ハニーコットとエレンの二人だけなのだ。

廊下で声がして、トミーが行ってみると、タペンスが巡回中だったさっきの警官を連れてきていた。警官は手帳と先の丸い鉛筆をとりだし、こっそり芯を舐めていた。警官は上階へ行って被害者をぼんやりと眺め、なにかに触れたら警部に怒られると言っただけだった。それからミセス・ハニーコットのヒステリックなわめきと混乱した説明に耳を傾け、ときどきなにか書き留めた。警官の存在によって、家の中はいくらか落ち着いて雰囲気も和らいだ。

警官が署に電話しにいく前に、トミーは彼と外の階段で一、二分話をした。

「ねえ、あなたは被害者が門を入っていくのを見たと言った。間違いなく彼女は一人だけでしんでしたか？」

「ええ！　一人だけでしたよ。だれも一緒ではなかった」

「それから、そのときとぼくたちが着くまでのあいだに、だれも門から出てはこなかったんですね？」

「ええ、だれも」

「もちろんです。あなたは気がつくはずですよね？」

「出てきたら、あの取り乱した男が飛びだしてくるまで、だれも出てこなかった」

警官はもったいぶって階段を下りていき、白い門柱のそばで立ち止まった。門柱には赤い手形がついていた。

「犯人は素人だったんだな」あわれむように言った。「こんなものを残していくとは」

そのあと、警官は通りへと歩きだした。


その翌日のこと。トミーとタペンスはまだ〈グランド・アドリントン・ホテル〉にいたが、トミーは聖職者の変装はやめるのが賢明と判断していた。

ジェイムズ・ライリーは逮捕され、留置されていた。彼の弁護士であるミスター・マーヴェルは、事件についてトミーと長い話を終えたところだった。

「ジェイムズ・ライリーがまさかあんなことをするとはとても信じられません」弁護士は簡潔に言った。「彼はいつも乱暴な口をききますが、言葉だけなんです」

トミーはうなずいた。

「言いたいことを言って発散すれば、行動に出るほどの怒りは残らないものです。どうも、ぼくは検察側の重要証人の一人になりそうだ。事件の直前にぼくがライリーとかわした会話はのっぴきならない証拠として扱われるでしょう。しかし、それにもかかわらず、ぼくはあの男が好きなんですよ。もしほかに疑うべき人間がいるなら、彼は無実だと信じたい。彼自身はなんと供述しています?」

弁護士は口もとを引きしめた。

「自分が彼女を見つけたときにはもう死んでいた、と主張している。だが、むろんそれはありえない。ライリーはまっさきに頭に浮かんだ嘘を言っているのです」

「なぜなら、彼の話が真実だとすると、あのおしゃべりなミセス・ハニーコットが殺したことになりますからね――それは現実離れしている。うん、やはり彼の犯行で間違いないのかな」

「メイドがギルダの悲鳴を聞いていますからね」

「メイド――そうだ――」

トミーはしばし黙りこんだ。そして考えながら続けた。

「人間というのは、じつにだまされやすい生きものだ。証拠を動かしがたい真実だと信じこんでしまう。だがじっさいに証拠とはなんです? 五感によって脳にもたらされた印象にすぎない――もし、印象が間違っていたとしたら?」

弁護士は肩をすくめた。

「まさに！　信頼できない証人がいることはみんなわかっています。時が過ぎるにつれて、次から次へと思い出す証人とかですね。偽証しようなどというつもりはまるでないんですが」

「言いたいのはそれだけじゃありません。われわれ全員のことです――現実ではないことを口にしながら、そうしていることに決して気づかない。たとえば、あなたもぼくも、『郵便が来た』と疑いもなく言う。ほんとうのところは、二回ノックされる音と郵便受けがカタンという音を聞いたということです。十回に九回はわれわれが正しくて、郵便物が来ています。でも十回目は、もしかしたらいたずらっ子がふざけているだけかもしれない。ぼくの言う意味がわかりますか？」

「もちろんですとも」ミスター・マーヴェルはゆっくりと答えた。「だが、その先がどういう展開になるのかわかりませんが？」

「そうですか？　ぼく自身もそれほど確信があるわけじゃないんです。だが、どうやら見えはじめた。ブラウン神父が言っている棒みたいなものだよ、タペンス。覚えているだろう？　片方の先はある方向を指している――しかし、もう片方はつねに反対の方向を指している。正しいほうの端を握るかどうか、それ次第なんだ（『ブラウン神父の知恵』中の短編「機械のあやまち」より）。ドアは開く――だが、ドアは閉まる。人は階段を上るが、下りもする。箱は閉じるが、開くこともある」

「いったいなんの話？」タペンスは尋ねた。

「じつは、ばからしいほど簡単なことなんだ」トミーは言った。「だけど、ぼくもたったいま気づいた。人が家の中に入ってきたと、きみはどうやって知る？　ドアが開いて閉まる音を聞いて、だれか来るのがわかっていれば、その人が入ってきたと考えるよね。だが、それはだれかが出ていった音かもしれないんだ」

「でもミス・グレンは出ていかなかったでしょう？」

「ああ、彼女が出ていかなかったのはわかっている。ところが、別のだれかが出ていったんだ——殺人者が」

「じゃあ、ミス・グレンはどうやって家に入ったの？」

「ミセス・ハニーコットがキッチンでエレンと話していたときに入ったんだ。二人はその音を聞かなかった。ミセス・ハニーコットは客間へ戻り、そろそろ妹が帰るころだと思い、それから掛時計の狂いを直しはじめた。そのあと、妹が帰ってきて二階へ行く音を聞いたと彼女は思ったんだ」

「じゃあ、なんだったの？　ミセス・ハニーコットは階段を上る足音を聞いたんでしょ？」

「それはエレンだったんだ、カーテンを閉めに二階へ行った。覚えていないか、妹は階段を上る前に少しぐずぐずしていた、とミセス・ハニーコットは言っていた。ぐずぐずしていた時間というのは、エレンがキッチンから廊下へ出るまでにかかった時間なんだよ。彼女はもうちょっとで出ていく犯人を目撃するところだった」

「でも、トミー」タペンスは叫んだ。「ギルダが上げた悲鳴は？」

「それはジェイムズ・ライリーだったんだ。彼の声が甲高いのに気づかなかった？　動揺すると、男も女のように金切り声を上げることがある」

「だって、殺人者は？　わたしたち、見ていたわけ？」

「見たとも。彼と話さえした。あの警官の出現が突然だったのを覚えている？　あれは、霧が道から消えた直後に彼が門から出てきたからなんだ。ぼくたち、ぎょっとしただろう？　結局、われわれは日頃は意識していないが、警官だってほかのみんなと同じただの人間なんだ。愛しもし、憎みもする。結婚もする……

　ギルダ・グレンは門の外でばったり夫と出くわして、離婚問題を話しあうために一緒に家の中へ入ったんだ。彼はライリーみたいな言葉のはけ口を持っていなかった。かっとなって――手もとには警棒という凶器があったわけだ」

10　ぱりぱり屋

「タペンス、ぼくたち、もっと広いオフィスに引っ越さなくちゃ」トミーは言った。「ばかばかしい。びっくりするような幸運のおかげで小さな事件を二つ三つ解決したからって、いい気になって百万長者気分にひたるなんて」

「幸運と呼ぶ者もいるが、技能と呼ぶ者もいる」

「もちろん、あなたが自分をシャーロック・ホームズ、ソーンダイク博士、マッカーティ、オークウッド兄弟が一つになったみたいな存在だと本気で思っているなら、もうなにも言わない。わたしとしては、世の中のすべての技能よりも幸運のほうがずっとほしいのよ」

「一理あるかもな」トミーは譲歩した。「それでも、タペンス、もっと広いオフィスがいるよ」

「どうして?」

「古典小説。エドガー・ウォーレス（二十世紀でもっとも多産なスリラー作家の一人と称される）をちゃんと揃えるなら、うんと大きな本棚が必要だ」

「まだエドガー・ウォーレス風の事件とは遭遇していないわね」

「遭遇することはないんじゃないかな。彼は素人(しろうと)探偵にあまりチャンスを与えないだろう。活躍するのはだいたいが、いかめしいロンドン警視庁の関係者だ——本職ばかりで、俗な模倣者は出てこない」

　雑用係のアルバートがドアから顔をのぞかせた。

「マリオット警部がみえています」

「ロンドン警視庁の謎の男だ」トミーはつぶやいた。「刑事（ビジーズ）中の最多忙（ビジエスト）刑事ね。それとも〝警察の犬（ノーズイズ）〟だった？　いつもどっちかわからなくなっちゃう」

　警部はにこやかな顔で二人のオフィスへ入ってきた。

「さて、ご機嫌はいかがかな？」彼は快活に尋ねた。「先日のちょっとした冒険で気落ちしていませんか？」

「いいえ、そんなことは。とても、とてもおもしろかったですわ」

「まあ、わたし自身はしかとそう言えるかどうかわかりませんが」マリオット警部は慎重に答えた。

「今日はどういったご用件で、マリオット警部？」トミーは尋ねた。「ぼくたちのご機嫌うかがいってだけじゃないでしょう」

「ええ。優秀（ブリリアント）なミスター・ブラントに仕事です」

「ほう！　それじゃ、切れ者らしくきりっとしないと」

「ご提案があるんですよ、ミスター・ベレズフォード。本物の大物ギャングを一網打尽にするっていうのはどうです？」

「そんなことがあるんですか？」トミーは聞いた。

「どういう意味です、そんなことがあるのかとは？」

「ギャングなんて小説の中だけのことだと思っていました——大悪党や超人的犯罪者と同様に」

「大悪党はそのへんにはあまりいませんな」警部は同意した。「だが、いやはや、ギャングはそれは大勢のさばっているんです」

「ギャングのお相手をするのに自分が適役かどうかわかりませんが。素人の犯罪、静かな家庭生活で起きる犯罪——そういうものがぼくの得手だとうぬぼれているんですよ。家庭内の利害関係の強烈なドラマですね。そうなんです——タペンスがちょっとした女らしいこまやかな目線を提供してくれて、それがじつはとても重要なことなのに、この頭の鈍い男は見過ごしてしまうんだ」

タペンスがクッションを投げつけ、くだらないおしゃべりはやめてと言ったために、トミーの雄弁は中断されてしまった。

「ちょっとしたお楽しみはどうです？」マリオット警部は父親のような笑みを夫婦に向けた。「気を悪くしないでいただきたいが、若いお二人がそんなふうに人生を楽しんでいるのを見るのはいいものですな」

「人生を楽しんでいる？」タペンスは目を大きく見開いた。「そうですね。考えたこともなかったけれど」

「さっきおっしゃっていたギャングの話に戻りますが」トミーは言った。「ぼくの私立探偵業は多忙をきわめているとはいえ——依頼人は伯爵夫人から百万長者、家政婦にいたるまで多岐にわたっている——あなたのために、卑しいギャングどもを相手にしてもいいかもしれない。ロンドン警視庁が途方に暮れているのを見たくはありませんからね。どこにいても、あなたは新聞記者に追いまわされるでしょうし」

「言ったように、きっとちょっとばかり楽しめるはずです。さて、本題に入りますか」警部は椅子を前に出した。「いま、大量の偽札が出まわっているんですよ——何百枚も！ 偽造紙幣がどれだけ多く流通しているか聞いたら、驚くでしょう。じつに精巧にできていましてね。これがその一枚です」

彼はポケットから一ポンド札を出し、トミーに渡した。

「本物に見えるでしょう？」

トミーはじっくりと紙幣を調べた。

「なんと、どこもおかしな点は見つかりませんよ」

「たいていの人はそうです。さて、こっちが本物だ。違いを教えましょう——ひじょうにささいなことだが、すぐに見分けられるようになります。この拡大鏡を持って」

五分の講義で、トミーもタペンスもそうとうな専門家になった。

「わたしたちになにをしてほしいんですか、マリオット警部？」タペンスは尋ねた。「こういう偽札がないか見張るだけ？」

「そんなものじゃありませんよ、ミセス・ベレズフォード。あなたたちなら事件の核心に迫れかなり上流階級の人物が流通させているんです。いいですか、偽札はウエストエンドから出まわりはじめた。かなり上流階級の人物が流通させているんです。偽札は英国海峡の向こう側にも渡っている。われわれが大いに関心を寄せている人物が一人いましてね。レイドロー少佐――名前を聞いたことがあるのでは？」

「あると思います。競馬の関係者ですね？」

「ええ。レイドロー少佐は競馬界とのつながりが深いことで知られている。彼に不利な証拠はなにも挙がっていないが、いささかあやしい場面でいやに巧妙に立ちまわっている印象がある。事情通の人々は、彼の名前が出ると眉をひそめる。少佐の過去や出身を、だれも知らないんです。彼にはたいへん魅力的なフランス人の妻がいて、彼女はどこでも取り巻きを引き連れています。レイドロー夫妻は多額の金を遣っている、その金がどこから出ているのかわたしは知りたい」

「取り巻き連中からでは？」トミーは聞いてみた。

「ふつうはそう考えます。だが、わたしは確信が持てない。偶然かもしれないが、レイドロー夫妻と取り巻きがよく行く小さなしゃれた賭博クラブから、大量の偽札が出まわっているんです。競馬や賭けごとは偽札を遣うのにもってこいだ。流通させるのにこれ以上いい方法はありません」

「それで、ぼくたちはどこから入りこめば？」

「こんなぐあいに。セント・ヴィンセント夫妻はお友だちですよね？　彼らはレイドロー夫妻とても親しいんです――以前ほどじゃないが。セント・ヴィンセント夫妻を通じれば、警察にはできない方法で近づくのは簡単でしょう。レイドロー夫妻があなたがたに目をつけるはずはない。理想的なチャンスがめぐってくるはずです」

「端的に言って、ぼくたちはなにを見つければいいんですか？」

「夫妻が偽札を流通させているのなら、どこから手に入れているのかです」

「なるほど。レイドロー少佐がからのスーツケースを持って出かける。戻ってきたときにはぎっしり紙幣が詰めこまれている。どういう手順でそうなるのか？　ぼくは彼を調べて探りだす。そういうことですね？」

「まあね。だが、少佐の奥さんのほうを忘れないで。それに彼女の父親のムッシュー・エルラード。偽札は英国海峡の両側で使われているんです」

「マリオット警部」トミーは非難するように叫んだ。「〝ブラントのブリリアントな探偵たち〟の辞書には怠慢という言葉はありませんよ」

警部は立ちあがった。

「では、幸運を祈ります」そう告げて、彼は出ていった。

「贋通（スラッシュ）ね」タペンスは興奮していた。

「え？」トミーはとまどった。

「偽造したお札の隠語」タペンスは説明した。「スラッシュって呼ばれているのよ。知っているの。ああ、トミー、エドガー・ウォーレス風の事件が来たじゃないの。ついに刑事のヤマ（ビジーズ）よ」

「そうだね。ぼくたちはぱりぱり屋(クラックラー)を捕まえにいき、息の根を止めてやるんだ」

「いまカックラーって言ったの、それともクラックラー?」

「クラックラーだ」

「で、クラックラーってなに?」

「ぼくが発明した新語だよ。偽札を流通させるやつのことだ。紙幣はぱりぱりと音がするだろう、だからぱりぱり屋(クラックラー)。これ以上単純明快な呼びかたはない」

「なかなかいいじゃない。よりリアルに思えるわ。わたし自身はかさかさ屋(ラスラー)がいいかな。はるかにうまい表現だし不吉な響きよ」

「だめだ。ぼくが先にクラックラーと言ったんだから、それで決まりだよ」

「こんどの事件は楽しそうね。夜ごとのナイトクラブやカクテル。明日、黒いマスカラを買いにいこう」

「きみのまつ毛は黒いじゃないか」

「もっと黒くするの。それからサクランボ色の口紅も役に立つわね。うんと鮮やかなやつ」

「タペンス、きみはまったく浪費家だな。ぼくのような、まじめで堅実な中年男と結婚していてよかったね」

「ちょっと。〈パイソン・クラブ〉に行ったら、あなたもそうまじめじゃいられなくなるわよ」

トミーは食器棚から何本かの瓶と二つのグラス、それにカクテル・シェイカーを出した。

「さて、始めようか。追いつめてやるぞ、クラックラー、そして捕まえてやる」

レイドロー夫妻と知りあうのは簡単だった。若くて身なりがよく、人生を楽しむ気満々で金に不自由しないように見えるトミーとタペンスは、すぐにレイドロー夫妻のグループに仲間入りした。

レイドロー少佐は背が高く金髪で色白、典型的な英国人の外見だった。元気いっぱいのスポーツマンといったふうで、目のまわりの深いしわと、彼の正体を匂わせるすばやい横目での一瞥が、わずかに人物にそぐわない感じがした。

ひじょうに巧みなカード・プレーヤーで、賭け金が高いときにはめったに負けないことにトミーは気づいた。

マルグリット・レイドローはまったく違っていた。魅力的で、森の妖精のようにほっそりとして、顔はグルーズ（フランスの画家）の描く絵のようだった。彼女のかわいらしく舌足らずな英語は人を惹きつけ、多くの男がかしずくのもむりはないとトミーは感じた。彼女は最初からトミーをたいへん気に入ったようで、自分の役割を演じる彼はマルグリットの取り巻きの一人になることにした。

「わたしのトミィー」彼女は言うのだった。「ほんとうにトミィーがいなくちゃいやあよ。彼の髪って、夕日の色みたいじゃなあい？」

マルグリットの父親はもっと陰険そうな人物だった。しごくきちょうめんで、きわめて姿勢がよく、黒いちょびひげをはやし、油断のない目つきをしていた。

最初に捜査の進展を報告したのはタペンスだった。彼女は十枚の一ポンド札を持ってトミーのところへやってきた。

「これ見て。偽札よね?」

トミーは調べて、タペンスに同意した。

「どこで手に入れた?」

「あの若者、ジミー・フォークナーから。馬券を買わせるために、マルグリット・レイドローが彼に預けたの。わたしは彼にお金をくずしたいからと言って、十ポンド札と替えてもらったのよ」

「すべてぴんとした新札だな」トミーは考えながら言った。「大勢の人の手を経てはいない。フォークナーはシロだと思うけど?」

「ジミー? 彼はいい青年よ。わたし、とても仲よくなっているところ」

「気づいていたとも」トミーは冷ややかに言った。「ほんとうにそこまでする必要があるのか?」

「あら、仕事のためじゃないわ」タペンスは陽気に答えた。「楽しいのよ。すごくかわいらしい若者だから。あの女の手中から彼を引っ張りだしてあげられるのはうれしい。ジミーがどれほど彼女に貢いでいるか知ったら驚くわよ」

「彼はむしろきみに熱を上げているように思えるんだが」

「ときどきわたしもそう思う。自分がまだ若くて魅力的だと知るのはすてきじゃない?」

「きみの道徳観念は嘆かわしいほど低下しているぞ、タペンス。この手のことに関して考え違いをしている」

「何年も楽しい思いをしてこなかったのよ」タペンスは恥ずかしげもなく言ってのけた。「だったら、あなたはどう？　最近わたしのことはとんとお見限りでしょ？　いつだってマルグリット・レイドローとご一緒じゃないの？」

「仕事だ」トミーは簡潔に答えた。

「でも、彼女は魅力的よね？」

「ぼくの好みじゃないよ。崇拝なんかしていない」

「嘘つき」タペンスは笑った。「でも、結婚するならばかよりも嘘つきのほうがいいって、ずっと思っていたわ」

「亭主がぜったいにそのどちらかってことはないだろう」

だが、タペンスはあわれむような目つきでトミーを見て、立ち去った。

ミセス・レイドローの崇拝者の中に、頭は単純だがきわめて裕福なハンク・ライダーという紳士がいた。

ミスター・ライダーはアメリカのアラバマ州の出身で、最初からトミーと友人になりたがり、なんでも打ち明けた。

「あれはすばらしいご婦人だよ」美しいマルグリットをうやうやしく目で追いながら、ミスター・ライダーは言った。「洗練のきわみだ。陽気なフランス（ラ・ゲ・フランス）にはかなわないね？　彼女のそばにいると、自分なんか全能の神の最初の試作品じゃないかという気がする。あの完璧な麗しさを創造する前には、神さまもそうとう技を磨く必要があったと思うよ」

その気持ちはわかります、とトミーが礼儀正しく賛同すると、ミスター・ライダーはさらに自分の思いを吐露した。

「あんなすてきな人が金の心配をするなんて、ひどいことだ」

「そうなんですか？」

「そうなんだよ。変なやつだ、レイドローは。彼女は夫を怖がっている。わたしにそう言ったんだ。ささいな支払いのことさえ、言いだせないでいる」

「ささいな支払いですか？」

「まあ――わたしからしたらささいなものだよ！　なにしろ、女性は服装に気を遣わなくちゃならないし、出来合いじゃない服は値段が張るだろう。そしてああいうきれいな女性は、去年作ったドレスで出かけたがらないものだよ。カードもだ、気の毒に、彼女はカードゲームでまったくついていないんだ。なにしろ、ゆうべわたしに五十ポンド負けたんだから」

「おとといの夜、ジミー・フォークナーに二百ポンド勝っていましたよ」トミーはそっけなく答えた。

「ほんとうか？　いくらかほっとしたよ。ところで、いまきみのお国で偽札が大量に出まわっているらしいね。けさ銀行で多額の支払いをしたんだが、そのうち二十五枚の紙幣が偽札だった。カウンターの礼儀正しい紳士が教えてくれたよ」

「それはかなりの量だな。見た目は新札でした？」

「刷りたてみたいな新札さ。じつは、ミセス・レイドローがわたしに支払った札なんだ。彼女、どこでつかまされたんだろう。競馬場のごろつきどもからかな」

「ああ、ありそうなことです」

「なあ、ミスター・ベレズフォード、わたしはこういう上流社会では新参者なんだ。身分あるご婦人やそのお仲間とかとのつきあいには慣れていない。ちょっと前に財産をこしらえたばかりなんだ。それから見聞を広めるためにヨーロッパへ来たんだよ」

トミーはうなずいた。マルグリット・レイドローのおかげでミスター・ライダーはたっぷりと見聞を広めるだろうが、その代価は高くつくな、と思った。

こうして、偽札がごく身近で流通していること、おそらくマルグリット・レイドローがかかわっていることの二つ目の証拠を彼は得た。

次の晩、トミー自身が証拠を見つけることになった。

マリオット警部が言っていた小さな会員制の店だった。ダンスもできるが、ほんとうのお楽しみは大きなアコーディオンドアの向こうにあった。そこには、フェルトに似た緑の布でおおわれたいくつかのテーブルが置かれた部屋が二つあり、毎夜巨額の金が動いていた。

最後に出ようとして立ちあがったマルグリット・レイドローが、たくさんの小額紙幣をトミーの手に押しつけた。

「かさばって困るの、トミィー――両替してきてくださる？　おっきな紙幣にね。わたしのちっちゃなかわいいバッグを見て、ふくれあがってパンパンになっちゃう」

トミーは彼女に百ポンド札を持ってきた。そのあと人気(ひとけ)のない片隅で渡された小額紙幣を調べた。少なくとも四分の一が偽札だった。

だが、マルグリットはどこから手に入れたのだろう？　その点はまだわからない。アルバートの協力によって、レイドローからではないことはほぼわかっていた。彼の行動はアルバートが見張っており、これまであやしい点はなかった。

トミーは彼女の父親を疑っていた。あのむっつりしたムッシュー・エルラードだ。彼はしょちゅうフランスと英国を行き来している。偽札を運ぶのは簡単しごくではないか？　トランクの底が二重になっているとか——そういった手口だろう。

トミーは考えにふけりながらぶらぶらとクラブを出たが、ふいに現実に引き戻された。外の通りにミスター・ハンク・P・ライダーがいて、酔っているのは一目瞭然だった。そのとき彼は車のラジエーター・キャップに帽子をかけようとしており、投げてははずしていた。

「このろくでもねえ帽子掛けめ、こんちくしょう」ミスター・ライダーは涙ながらに毒づいた。「アメイカはこんなじゃないぞ。毎晩帽子を掛けらえる——毎晩だ。きみ、帽子を二つかぶってるなあ。帽子を二つかぶる男なんて見たことない。きっとあえだ——気候のせいだ」

「ぼくには頭が二つあるのかもしれない」トミーはまじめな顔で言った。

「そうなんか。妙だな。すんごく変だ。カクテルでもやよう。禁酒法——あえがいけないんだ。おれ、酔っぱらってるな——合法的な酔っぱらいってわけだ。カクテル——まぜた——エンジエルズ・キス——あえはマルグリット——すてきな人——彼女もおれを好いてるんだ。ホースズ・ネックとマーティニ二杯と——ロード・トゥ・ルーイン三杯——違う、ロード・トゥ・ルーンだ——全部まぜた——ビールの大ジョッキに。いいか、おれは——言った——くそ、言った——」

　トミーはさえぎった。

「わかった、わかりました」ミスター・ライダーをなだめた。「そろそろ家へ帰りませんか?」

「行くとこおなんかない」ミスター・ライダーは悲しそうに答えて、泣きだした。

「どこのホテルに泊まっているんです?」

「帰えないんだ。宝探し。楽しいゲーム。彼女がやった。白い礼拝堂（ホワイトチャペル）——純白の心（ホワイトハート）、真っ白な（ホワイト）おつむ（ヘッド）は墓場への影——」

　だが、ミスター・ライダーは突然しゃきっとした。背筋を伸ばし、奇跡的にちゃんとしゃべれるようになった。

「お若いの、話しておこう。マルグリットがわたしを彼女の車に乗せた。宝探しだ。英国の貴族はみんなやるとかで。敷石の下。五百ポンド。重大な考えがある。重大な考えだ。きみにだから話すんだ、お若いの。わたしにずっと親切にしてくれた。ほんとうにお世話になったよ。われわれアメリカ人は——」

　こんどは、トミーはいささかぶっきらぼうにさえぎった。

「なんと言いました?　ミセス・レイドローがあなたを車に?」

アメリカ人はまじめくさってうなずいた。

「そしてホワイトチャペルへ?」ミスター・ライダーはまた重々しくうなずいた。

「あなたはそこで五百ポンドを見つけたんですね?」

ミスター・ライダーは言葉を探すのに苦労していた。

「彼女——彼女が見つけたんだ。わたしは外に置き去り。ドアの外。ずっと外だった。ちょっと悲しかった。外——ずっと外」

「そこまでの行きかたはわかりますか?」

「わかると思う。ハンク・ライダーは正気だぞ——」

トミーはいささか乱暴に相手を引っ張っていった。彼の車は止めたところにあり、二人はすぐ東へ向かった。冷たい風に当たってミスター・ライダーの酔いはさめた。人事不省の態でトミーの肩にもたれかかっていたが、意識が戻り、すっきりとした顔で起きあがった。

「おや、ここはどこだ?」

「ホワイトチャペル」トミーはきびきびと答えた。「今晩ミセス・レイドローと来たのはここですか?」

「なんとなく見たことがある景色だ」ミスター・ライダーはあたりを見まわした。「このあたりで左に曲がったような気がする。そこだ——そこの通りだ」

トミーは言われるままに左折した。ミスター・ライダーが指示を出した。

「そうだ。間違いない。その先を右。おい、ひどい臭いだな。うん、角のパブを通り過ぎて

——すぐ曲がって、あの狭い路地の入口で止まるんだ。だけど、なにを考えている？　教えてくれよ。金がまだ残っているのか？　彼らをだしぬいていただくのか？」

「そのとおり。連中をだしぬいていただく。ちょっとしたジョークです、ね？」

「ああ、そのとおりだ。だけど、こっちはどうも頭がぼんやりしていてね」ミスター・ライダーは残念そうに言った。

　トミーは先に車を降り、ミスター・ライダーに手を貸した。二人は路地に入った。左側は荒廃した感じの家並の裏手になっており、そのほとんどには路地に面したドアがあった。そのうちの一つのドアの前でミスター・ライダーは足を止めた。

「彼女はここへ入っていった。このドアだ——間違いない」

「どれも似たようなドアですよ。兵隊と王女さまの話を思い出すな。ほら、どれがそれかわかるように、ドアに十字を記したやつ（アンデルセン『火打ち箱』。王女をかどわかした兵隊が家のドアに十字の印をつけられるが、犬が町中の家のドアに十字を描いて兵隊を助ける）。ぼくたちもそうしましょうか？」

　笑いながら、トミーはポケットから白いチョークを出し、そのドアの低い部分に大ざっぱな十字を描いた。それから路地の塀の上をうろついているぼんやりしたいくつもの影を見上げた。そのうちの一つが、身の毛もよだつような大きく物悲しい鳴き声を発した。

「猫がいっぱいいる」トミーは愉快そうに言った。

「このあとどうするんだ？」ミスター・ライダーは尋ねた。「中に入るのか？」

「しかるべき手順を踏んで入りましょう」

トミーは路地の左右を確かめてから、そっとドアを押してみた。開いている。彼はさらに押して、隙間から薄暗い裏庭をのぞきこんだ。

彼は音をたてずに通りぬけ、ミスター・ライダーも続いた。

「おい、路地をだれか来る」

ミスター・ライダーはドアの外へすべり出た。トミーはしばし動かずに立ち、なにも聞こえなかったので先に進んだ。ポケットから懐中電灯を出して、一瞬だけスイッチを入れた。つかのま、行く手を見ることができた。トミーは前進し、その先の閉まったドアを試した。そのドアも鍵はかかっておらず、彼はそっと押し開けて入った。

立ち止まって耳をすまし、また懐中電灯をつけた。その光が合図だったかのように、いくつも人影が浮かびあがった。正面に二人、背後に二人。男たちはトミーを取り囲み、襲いかかった。

「明かりだ」一人がどなった。

まばゆいほど明るいガス灯がついた。トミーは悪党面(づら)の一同を目にした。彼の視線は室内をそっとさまよい、いくつかのものを目撃した。

「やあ！」彼は快活に言った。「ここが偽札造りの本拠地らしいね」

「黙りやがれ」一人の男がうなるように命じた。

トミーの後ろでドアが開いて閉まり、愛想のいい聞き慣れた声がした。

「捕まえたな。よろしい。さて、おまわりくん(ミスター・ビジー)、きみはもう八方ふさがりだよ」

「馴染み深い呼び名だな」トミーは言った。「わくわくするよ。そう。ぼくはロンドン警視庁の〝謎の男〟だ。なんと、ミスター・ハンク・ライダー。これはたしかに驚きだ」

「そうだろうね。今夜はずっと笑いの発作をこらえていたんだ——児戯同然にきみをここへおびきだした。そしてきみは自分の賢さに酔っていた。なあ、若いの、わたしは最初からきみに目をつけていたんだ。きみは伊達や酔狂であの連中とつるんでいたんじゃない。しばらくは泳がせておいたが、美しいマルグリットを本気で疑いはじめたときに、わたしは思った。『そろそろ頃合いだな』とね。きみは友人たちとしばらく音信不通になるだろう」

「ぼくを殺るつもりか？　たしかそう言うんだよな。あんたはぼくを敵として始末するわけだ」

「いい度胸だな。いや、われわれは暴力に訴えるつもりはない。きみを監禁しておくだけだ」

「残念だが、相手を間違えている。ぼくは〝監禁される〟気なんかない」

　ミスター・ライダーは愛想よく微笑した。外で一匹の猫が月に向かって憂いのこもった鳴き声を上げた。

「ドアに描いた十字をあてにしているのか？　わたしならやめておくね。なぜなら、きみが口にしていた物語を知っているからだ。子どものころに聞いたよ。路地に戻ったとき、わたしがデカ目の犬の役をやっておいた。いま路地に行けば、すべてのドアに同じような十字がついているのが見えるだろう」

　トミーは意気消沈してうつむいた。

「自分の賢さは無敵だと思っていたんだな？」ミスター・ライダーはあざけった。

そのとき、ドアが乱暴にたたかれる音がして、彼の言葉は唇で凍りついた。

「あれはなんだ?」彼はぎょっとして叫んだ。

同時に家の正面から攻撃がかけられた。裏のドアはおそまつなもので鍵はすぐに壊され、マリオット警部が戸口に現れた。

「おみごと、マリオット」トミーは言った。「疑わしい地区に関して、あなたの考えは正しかった。傑作童話をよくご存じのミスター・ハンク・ライダーをご紹介しましょう」そしてやさしく続けた。「おわかりかな、ミスター・ライダー。ぼくはずっとあんたを疑っていた。アルバートは――あの大きな耳をしたもったいぶった態度の若者がアルバートだよ――ぼくとあんたが出かけたらかならずオートバイで尾行するように命じられていたんだ。それから、これ見よがしに十字をドアに描いたのは、あんたの注意を引くためだよ。そのときカノコソウの小瓶の中身も地面にまいておいた。変な臭いだけど、猫は大好きなんだ。アルバートと警察が着いたときには、近所の猫が全部この家のドアの外に集まっていたわけさ」

唖然(あぜん)としているミスター・ライダーに、トミーは微笑して立ちあがった。

「捕まえてやると言ったんだ、ぱりぱり屋(クラックラー)、そのとおりになった」

「なにをほざいている?」ミスター・ライダーは言った。「どういう意味だ――ぱりぱり屋(クラックラー)って?」

「こんど発売される犯罪学辞典には、この言葉が収録されているだろう。〝語源不明〟としてね」

トミーはうれしそうな笑みを浮かべて周囲を見まわした。

「素人探偵だけですべてうまくいった」ほがらかに言った。「では失礼しますよ、マリオット。ぼくは物語のハッピーエンドが待っているところへ行かないと。善良な女性の愛ほどすばらしいご褒美はない――しかも家でぼくを待っている善良な女性のね――つまり、そうだといいと願っているんだ。ところが最近は油断ならなくてね。今回はとても危険な仕事だったんですよ、マリオット警部。ジミー・フォークナー大尉を知っていますか？　彼のダンスはじつにすばらしい、そしてカクテルに関する造詣ときたら――！　そう、マリオット、きわめて危険な仕事でしたよ」

11 サニングデールの謎

「今日どこへ昼食をとりにいくかわかる、タペンス？」

ミセス・ベレズフォードはその問いについて考えた。

「〈リッツ？〉」期待をこめて聞いた。

「もう一度当ててみて」

「ソーホーのあのすてきなこぢんまりした店？」

「違う」トミーは重々しく答えた。「〈ＡＢＣショップ〉（軽食チェーン店）。じつはここだよ」

彼はさっさと妻を〈ＡＢＣショップ〉へ連れこみ、隅にある表面が大理石のテーブルについた。

「すばらしい」腰を下ろしたトミーは満足そうだった。「最高だ」

「この質素な生活への渇望はどうしたっていうの？」

「きみは見てはいるがね、ワトスン、観察してはいない。あの傲慢（ごうまん）な若い娘たちはぼくたちに注意を払ってくださるかな？　よしよし、一人こっちへ来る。彼女は別のことを考えているように見えるが、疑いなく潜在意識下はハム・エッグズや紅茶のポットのことで忙しいにちがいない。ああ、ぼくはポークチョップとフライドポテトをお願いしますよ、ミス。それからご婦人にはコーヒーの大、バター付きパン、それにコールドタン」

ウェイトレスは軽蔑したような口調で注文をくりかえしたが、タペンスは突然身を乗りだして彼女をさえぎった。

「いいえ、ポークチョップとフライドポテトは取り消して。こちらの紳士にはチーズケーキとミルクを一杯お願い」

「チーズケーキとミルク」ウェイトレスはさらに軽蔑の度合いを深めた。あいかわらずほかのことを考えながら、彼女は離れていった。

「いまのは余計だぞ」トミーは冷ややかに言った。

「でも、わたしが正解でしょ？　あなたは隅の老人（バロネス・オルツィが創造した安楽椅子探偵）よね？　ひもはどこにあるの？」

トミーはポケットから長いよじれたひもをとりだし、結び目を二つ作った。

「こまかい部分にまでこだわらないとね」

「でも、料理を注文したときにちょっとした間違いがあったわよ」

「女っていうのは杓子定規（しゃくしじょうぎ）だな。ぼくが一つだけ大嫌いなものを挙げるとしたら、飲みものとしてのミルクだし、チーズケーキはいつも黄色っぽすぎて吐き気がするんだ」

「ちゃんと役を演じて。わたしがコールドタンをたいらげるのを見てよ。とてもおいしいわ。さあ、それじゃ、わたしは聞き役のミス・ポリー・バートンになる準備完了よ。大きな結び目を作って、話を始めて」

「まず、私的な立場からこの点を指摘させてくれ。このところ業務多忙とはいえない。仕事が向こうから来ないなら、こっちから行かなくちゃ。いまもっとも大衆の関心を集めている謎に挑戦しようじゃないか。つまり――〝サニングデールの謎〟だ」

「ああ！　〝サニングデールの謎〟ね」タペンスは大いに興味を示した。

トミーはポケットから新聞記事を出してテーブルの上に置いた。

「これが〈デイリーリーダー〉に載ったセッスル大尉の最新の写真だ」

「そうね。いつかこういう新聞って訴えられるんじゃないかしら。男だってことはわかる、それだけよ」

「〝サニングデールの謎〟と言うときには、〝いわゆるサニングデールの謎〟と言うべきだった」トミーはさっさと話を進めた。「警察にとっては謎かもしれないが、知性のある人間にとっては違う」

「もう一つ結び目をこしらえるのよ」

「きみが事件のことをどのくらい覚えているかわからないが」トミーは静かに続けた。

「全部覚えているわ。でも、あなたの流儀を邪魔したくない」

「三週間前、有名なゴルフ場で戦慄すべき発見があった。早朝のラウンドを楽しんでいたクラブの会員二人が、七番ティーでうつぶせに倒れている男の死体を見つけて大騒ぎになったんだ。あおむけにする前から、二人にはそれがセッスル大尉だとわかっていた。ゴルフ場では有名な人物で、いつもとくに鮮やかな青のゴルフ用の上着を着ていた。

セッスル大尉はよく早朝に練習しているのが目撃されていた。だから最初は、心臓発作かなにかに襲われたと考えられたんだ。ところが医師の検死によって、いわくありげな凶器、すなわち婦人帽の留めピンで心臓を刺されて殺害されたという恐ろしい事実が判明した。また、死後十二時間は経過していることもわかった。

これで事態はまったく異なる様相を帯びたわけだ。すぐに興味深い事実がいくつも出てきた。生きているセッスル大尉を最後に見たのは、彼の友人で共同経営者でもある、〈ポーキュパイン〉保険会社のミスター・ホラビーだった。そして彼は次のように語った。

セッスルとホラビーは当日の昼間に一ラウンドまわった。お茶のあとで、セッスルは暗くなる前にもう少しプレーしようと誘い、ホラビーは同意した。セッスルは上機嫌のようで、ゴルフの調子も上々だった。ゴルフ場を横切る公共の歩道があって、二人のプレーが六番グリーンまで来たとき、ホラビーは向こうから女が一人やってくるのに気づいた。とても背が高くて茶色の服を着ていたが、とくに注意して見たわけではなく、セッスルはまったく彼女に気づいていなかった、とホラビーは思ったという。

問題の歩道は七番ティーの正面を通っているんだ。ここを歩いてきた女は、待っているかのようにティーの向こう端に立っていた。セッスル大尉が先にティーに着いた、ミスター・ホラビーはカップにピンをセットしなおしていたんだ。ミスター・ホラビーがティーに近づくと、セッスルと女が話していたので驚いたそうだ。彼がさらに近づいたとき、セッスルと女はふいに背を向けた。セッスルは叫んだ。『ちょっと失礼するよ』

二人は並んで離れていき、そのあいだも熱心に話しこんでいた。歩道はコースからそれ、近所の庭の薄い生垣のあいだを通って、ウィンドルシャムへ続く道路に出るんだ。

セッスル大尉は言葉どおり一、二分で戻ってきたのでホラビーはほっとした。後ろからほかのプレーヤーたちが来ていたし、夕暮れも迫っていたからだ。二人はドライバーを使ってティーから打ち、ホラビーはすぐに友人を動揺させるなにごとかが起きたのを悟った。ボールを打ちそこなったばかりか、表情は不安そうで額には深いしわが寄っていた。話しかけてもセッスルはろくに返事をせず、プレーぶりはひどいものだった。あきらかに、なにかがあってゴルフどころではなかったのだ。

二人は七番ホールと八番ホールを終え、そのとき突然セッスル大尉はもう薄暗いから帰ると言いだした。そこにはウィンドルシャムへの道路に続く別の小道があり、セッスル大尉は道路沿いの自宅、小さなバンガローへの近道であるその小道を去っていった。そこへ別のプレーヤー二人が来た。バーナード少佐とミスター・レッキーで、ホラビーは彼らにセッスル大尉の態度の急変について話した。その二人も大尉が茶色の服の女と話していたのに気づいていたが、彼女の顔が見えるほど距離が近くはなかった。友人をそこまで動揺させるとは、女はなにを言ったのだろう、と三人の男たちは首をひねった。

三人は一緒にクラブハウスへ戻り、いまのところ、彼らが生きているセッスル大尉を最後に目撃した人間だ。それは水曜日の出来事で、水曜日にはロンドン行きの安い切符が売りだされる。セッスル大尉の小さなバンガローを切り盛りしている夫婦はいつもの習慣でロンドンへ行っていて、遅くまで帰ってこなかった。二人はバンガローに入り、主人は自室で寝ているものと思った。大尉の妻ミセス・セッスルは知人を訪問中でいなかったんだ。

大尉の殺害はいっとき騒がれたが、すぐ忘れられてしまった。だれにも動機がわからなかった。茶色の服の背の高い女の身元はさんざん詮索されたものの、結局判明しなかった。例によって警察はふがいないと批判を受け――それは不当だったんだがね、すぐにわかる。というのも事件から二週間後、ドリス・エヴァンズという娘が逮捕されて、アンソニー・セッスル大尉殺害の罪で起訴されたんだよ。

警察の掴んだ証拠はあまりなかった。被害者が握りしめていたひと房の金髪と、彼の青い上着のボタンの一つに引っかかっていた赤褐色のウールの糸くずだけ。鉄道駅などでのけんめいの聞きこみによって、以下のような事実がわかってきたんだ。

赤褐色の上着とスカート姿の若い女が事件当日の夜七時ごろ列車で到着して、セッスル大尉の家への道を尋ねた。その女は、二時間後にふたたび駅に現れた。帽子はななめになって、髪は乱れ、動転した様子だった。彼女はロンドン行きの列車の時間を聞き、なにかを恐れているようにしょっちゅう振りかえっていた。

わが警察はいろいろな点でたいへん有能だ。証拠が少ない中、彼らはその若い女をなんとか突き止め、身元はドリス・エヴァンズと判明した。彼女は殺人罪で起訴され、口にすることすべては不利な証拠として使われると警告を受けたが、あくまでも供述を貫いた。その詳細にわたる供述は何度くりかえされても、ずっと内容が変わることはなかったんだ。

彼女の話はこうだ。ドリスはタイピストで、ある晩映画館で身なりのいい男と知りあった。男は彼女が好きだと言った。名前はアンソニーで、サニングデールにある自分のバンガローに遊びにくるように誘った。彼に妻がいるなどとは、ドリスは夢にも思っていなかったんだ。次の水曜日に彼女が行くことで話がまとまった――その日は、使用人の夫婦が留守で妻も出かけていた日だ。ようやく彼はアンソニー・セッスルだとフルネームを打ち明け、家の名称を教えた。

ドリスはちゃんとその晩バンガローへ行き、ゴルフ場から帰ったばかりのセッスルに迎えられた。彼は会えてうれしいと言ったが、ドリスは相手の最初の態度からなにかが妙でおかしいと感じた。よくわからない恐怖がこみあげてきて、彼女は来なければよかったと激しく後悔した。

用意されていた簡単な食事のあと、セッスルは散歩に行こうと言った。ドリスは同意し、セッスルは彼女を家から連れだして道を歩き、ゴルフコースへの小道へ進んでいった。すると、七番ティーを横切っていたとき、彼は突然逆上したようになった。ポケットからリボルバーを出すと宙に振りかざして、自分はもう万策尽きたと宣言した。

『なにもかも終わりにしなければ！　わたしは破滅した――もうだめだ。きみはわたしと行くんだ。最初にきみを撃つ――そのあと自分を。朝になったら並んで横たわっているわたしたちの遺体が見つかるだろう――心中したわたしたちの』

話は続く――さらに。セッスルはドリス・エヴァンズの腕をつかみ、彼女は相手が常軌を逸しているとさとって必死に自由になろうとしたが、それができずにとにかくリボルバーをとりあげようとした。二人はもみ合いになり、そのさいちゅうに彼はドリスの髪を引き抜き、彼女の上着の糸くずがボタンに引っかかったにちがいない。

力をふりしぼり、やっとのことで身をもぎ離すと、彼女はゴルフ場を突っ切って命からがら逃げだした、いつリボルバーで撃たれるかと怯えながら。二度転び、ヒースの上に倒れこんだが、ようやく駅への道に戻ったところで、追われていないのに気づいた。

これがドリス・エヴァンズの供述だ――彼女は決してぶれることがなかった。正当防衛で帽子の留めピンを使って彼を刺したことは、きっぱりと否定している――その状況ではそうして当然だったにもかかわらず――そう話せば真実と受けとめられたかもしれないのに、だ。彼女の供述を裏付けるものとして、セッスルの遺体があった場所の近くのハリエニシダの茂みの中から、リボルバーが発見されている。発砲した形跡はなかった。

ドリス・エヴァンズは裁判にかけられたが、謎は謎のまま残っている。もし彼女の話がほんとうなら、セッスル大尉を刺し殺したのはだれか？　もう一人の女、茶色の服を着た背の高い女、その出現が大尉を動揺させた女か？　いまのところ、その女と事件とのかかわりを解いた者はだれもいない。彼女はゴルフ場を横切る歩道に忽然と現れ、小道に沿って消えていき、そのあとの消息を知る者は皆無だ。その女は何者なのか？　地元の住民？　ロンドンからの訪問者？　もし訪問者なら、車で来たのか、列車で来たのか？　背が高いこと以外はこれといって特徴がなく、外見をちゃんと説明できる者はいないようだ。彼女はドリス・エヴァンズではありえない。なぜならドリスは小柄で金髪で、そのころ駅に着いたばかりだったからだ」

「奥さんは？」タペンスは聞いた。「奥さんはどうなの？」

「しごく当然の質問だな。だが、ミセス・セッスルも小柄なんだ、しかもミスター・ホラビーは彼女ならすぐにわかる。ミセス・セッスルが家を留守にしていたのは間違いない。そして事件に新たな局面が加わった。〈ポーキュパイン〉保険会社は破産寸前なんだ。帳簿を調べたところ、大胆不敵な横領が発覚した。セッスル大尉がドリス・エヴァンズに破れかぶれの言葉を放った理由は、いまやあきらかだよ。過去数年間にわたって、彼は計画的に会社の金を着服していたにちがいない。ミスター・ホラビーも彼の息子も、まったく気づいていなかった。彼らは実質的に破産だ。

事件の現状はこういうことだ。セッスル大尉は悪事の露見と破滅を目前にしていた。自殺こそが自然な解決法だろうが、致命傷の状態からしてその可能性はない。だれが彼を殺したのか？　ドリス・エヴァンズ？　茶色の服の謎の女？」

トミーは間を置き、ミルクを一口飲んで顔をしかめると、用心深くチーズケーキをひとかけ口に入れた。

「もちろん、この特殊な事件をほどく結び目がどこにあるのか、ぼくはすぐにわかったし、そこで警察はつまずいたんだ」トミーはつぶやいた。

「で？」タペンスは勢いこんで促した。

トミーは悲しそうにかぶりを振った。

「わかったらいいのにと思うよ。タペンス、ある時点までは、隅の老人になるのはすごく簡単だ。だが、解決となるとお手上げだよ。だれがやつを殺したのか? ぼくにはわからない」

彼はポケットから別の新聞の切り抜きをいくつか出した。

「続いての写真——ミスター・ホラビー、彼の息子、ミセス・セッスル、ドリス・エヴァンズだ」

タペンスは最後のドリス・エヴァンズの写真をさっと手にとり、しばらく凝視していた。

「この人は彼を殺していない」ようやく口を開いた。「とにかく帽子の留めピンではね」

「なぜ断定できる?」

「レディ・モリー(バロネス・オルツィが生みだしたロンドン警視庁の女性警官)風の推理ね。ドリスは髪をボブ・スタイルにしている。それはともかく、最近じゃ帽子の留めピンを使う女性はごく少数なの——髪が長かろうが短かろうがね。頭にぴったりしている帽子をかぶるから——留めピンなんかいらないのよ」

「それでも、彼女が一つ持っていたかもしれないだろう」

「ねえあなた、先祖伝来の家宝じゃないのよ! どうしてわざわざサニングデールまで留めピンを持っていかなくちゃならないの?」

「じゃあ、もう一人の女が犯人だろう、茶色の服の女だ」

「彼女の背が高くなければよかったのに。その場合はセッスル大尉の奥さんが容疑者として浮上するわ。当時そこにいなくてかかわった可能性がない妻を、わたしはつねに疑うの。もし夫がその娘といちゃついているのを知ったら、奥さんが留めピンで襲いかかるのも当然よ」

「なるほど、ぼくも気をつけなくちゃな」

だがタペンスはじっと考えこんでいて、トミーの冗談にはとりあわなかった。

「セッスル夫妻はどんな人たち？」彼女は唐突に聞いた。「世間の評判はどうだったの？」

「ぼくの知るかぎりでは、夫婦は人気者だった。おたがいにぞっこんだと思われていたようだ。その点、例の娘の話は腑に落ちない。セッスルのような男がやりそうもないことだよ。元軍人だったんだ。かなりの金をもらって退役して、保険業を始めた。あきらかに、悪党のイメージからはるかに遠い男だよ」

「彼が悪党だったというのは百パーセント確実なの？　共同経営者の二人が横領していた可能性は？」

「ホラビー親子か？　彼らは破産したという噂だ」

「ああ、噂ね！　もしかしたら彼らは他人名義の口座に横領したお金を隠したのかも。論理は稚拙(ちせつ)だけど、わたしの言う意味はわかるでしょ。セッスルが知らないうちに、親子は会社のお金でいちかばちかの投資をして全部パーにしてしまった。このタイミングでセッスルが死んでくれたら、彼らにとってはまさに好都合よ」

トミーは父親のほうのホラビーの写真を指先でたたいた。

「では、きみはこのご立派な紳士が、共同経営者でもある友人を殺害したと言うのか？　バーナードとレッキーの目の前で彼がセッスルと別れ、その晩は〈ドーミーハウス〉にいたのを忘れているよ。それに、例の帽子の留めピンだ」

「留めピンがなんだっていうの」タペンスはいらだった。「あのピンは犯人が女だと示唆していると思うわけ？」

「それが自然だろう。違うのか？」

「違うわ。男の考えが古いのは周知の事実だけど。男から先入観をとりのぞくには、気が遠くなるほど時間がかかるわね。男は帽子の留めピンやヘアピンを女と結びつけて、〝女の武器〟と呼ぶ。昔はそうだったかもしれない、でもいまはもう両方とも時代遅れ。だって、わたしが帽子の留めピンもヘアピンも使わなくなってから四年はたつわ」

「だったら、きみの考えは――」

「セッスルを殺したのは男だってこと。帽子の留めピンは、女のしわざと見せかけるために使われたのよ」

「きみの説にも一理あるな、タペンス」トミーはゆっくりと言った。「きみが語ると、全体がすっきりと見えるようになるのは、すばらしいよ」

タペンスはうなずいた。

「すべてが理にかなっていないとね――正しくものごとを見ようとするなら。それから、アマチュアの視点についてマリオット警部が言っていたことを思い出して――そこにはさまざまな知識があると。セッスル大尉や奥さんのような人たちについて、わたしたちは知っている。彼らがどんなことをしそうか――しそうもないか、知っている。そして、わたしたちにはそれぞれ特別な知識がある」

トミーはほほえんだ。

「つまり、きみは髪をボブ・スタイルにした人たちがなにを持っているかについての権威ってわけだ。それに、妻がどう感じてどう行動するかについても熟知している。そういうことだな」

「まあね」

「じゃあ、ぼくはどうだ？　ぼくの特別な知識とは？　亭主は若い娘たちを引っかけるのかどうか、とか？」

「いいえ」タペンスは真剣な口調で答えた。「あなたはあのコースを知っている――行ったことがある――手がかりを探す探偵としてではなく、ゴルファーとして。あなたはゴルフについて知っていて、なにが男の注意をプレーからそらすかも知っている」

「セッスルがやる気をそがれたのにはよほど重大な理由があったにちがいない。彼のハンディキャップは2なのに、七番ティーからはまるで子どもみたいなプレーだったそうだ」

「だれが言っているの？」

「バーナードとレッキー。二人は彼のすぐ後ろでプレーしていた、覚えているだろう」

「それはセッスルがあの女と会ったあとね――茶色の服を着た背の高い女。彼が話しかけているのを二人は見たのよね？」

「そうだ――少なくとも――」

トミーは口を閉じた。タペンスは夫を見てとまどった。トミーは握ったひもを眺めていたが、まったく違うものを眺めているような目つきだった。

「トミー――どうしたの?」

「黙って、タペンス。ぼくはサニングデールの六番ホールをプレーしている。日が暮れかかっているが、セッスルとホラビーは、ぼくより先に六番グリーンをホールアウトしている。セッスルの鮮やかな青の上着ははっきり見える。そしてぼくの左側の歩道を一人の女がやってくる。彼女は婦人用のコースから来たのではない――婦人用は右側だから――そっちから来たのならぼくは気づいていたはずだ。そして、その時点より前にぼくが歩道の女を見なかったのはおかしい――たとえば五番ティーから」

トミーは間を置いた。

「きみはたったいま、ぼくがコースを知っていると言った、タペンス。六番ティーのすぐ後ろに芝草でおおわれた小さな小屋というか避難所があるんだ。ちょうどいい頃合いになるまで、プレーヤーはそこで待っていられる。着替えもできたはずだ。だから――なあ、タペンス、ここできみの専門知識がふたたび必要だ――男が女のなりをして、また男のなりに戻るのはうんとむずかしいか? たとえば、スポーツ用のゆったりしたニッカーズの上にスカートをはけるかな?」

「もちろんはける。ちょっと太って見えるでしょうけど、それだけ。長めの茶色いスカート、男も女も着るような茶色のセーター、あとは両側に巻き髪の付け毛をつけたフェルトの婦人用帽子。いるのはこれで全部――もちろん、遠くから見て通用する程度よ。あなたはそれを考えているんでしょう。スカートをぬいで帽子と巻き髪をとって、手の中に丸めて持っていた男ものキャップをかぶれば、はい、元どおり——男に戻るわ」

「変装にかかる時間は？」

「女から男にならせいぜい一分半、たぶんもっと短い。男から女に変装するにはもう少しかかるでしょう。帽子と巻き髪を調整しなくちゃならないし、ニッカーズの上からスカートをはくのに手間どるから」

「それは大丈夫だ。肝心なのは女から男になるときなんだ。さっき言ったように、ぼくは六番ホールをプレーしている。茶色の服の女はいま七番ティーに着いた。彼女はそこを横切って待つ。青い上着のセッスルが彼女に近づく。二人は一分ほど並んで立ち、やがて小道を遠ざかって森の陰に消える。ホラビーはティーで一人きりになる。二、三分が経過する。ぼくは六番グリーンにいる。青い上着の男が戻ってきてプレーを再開するが、ひどく打ちそこなう。あたりはさっきより薄暗くなっている。ぼくとパートナーはプレーを続ける。ぼくたちの前方にはあの二人がいて、セッスルはボールをスライスさせてしまったり上っ面をたたいてしまったり、当たりが薄かったり、とうてい彼らしくないことばかりやっている。八番グリーンで、ぼくは彼が大股で離れていき、小道へ消えるのを見る。まるで別人みたいなプレーをするなんて、彼になにがあったのか？」

「茶色の服の女——あるいは男が原因ね、男だったとあなたが思うなら」

「そうだ。そして二人が立っていた場所には——あとから来る男たちの視界には入らない——

ハリエニシダが生い茂っているのさ。そこに遺体を隠したら、きっと翌朝まで見つからないだろう」

「トミー！　あなたはそのときだったと思うのね。――でも、だれかがなにか聞いたんじゃ――」

「なにを？　即死だったにちがいない、と医者は言っている。ぼくは戦争で人が一瞬で死ぬのを見た。だいたい叫び声なんか上げない――ただゴホッといったり、一声うめいたり――ためにため息とか、変な小さい咳みたいなものかな。セッスルが七番ティーのほうへ来て、女は進み出て彼に話しかける。おそらく彼は相手を認めたんだ、知りあいの男が変装しているとわかった。その理由を知りたくて、セッスルは歩道を歩いていき、見えなくなる。歩きながら、犯人は凶器の帽子の留めピンで一突き。セッスルは倒れ――死ぬ。相手の男は遺体をハリエニシダの茂みに隠し、青い上着をぬがせ、自分のスカートと帽子と巻き髪を手放す。セッスルのよく知られた青い上着を着てキャップをかぶり、ティーへ引きかえす。三分ですむだろう。後ろにいる者たちは彼の顔まで見えず、特徴的な例の青い上着しか目に入らない。それがセッスルであることを、彼らは決して疑わない――しかし、彼はセッスルのレベルのゴルフができない。まるで別人のようなプレーだったとみんな言っている。当然だ。別人だったんだから」

「だけど――」

「ポイントその二。ドリス・エヴァンズを誘いだしたときの行動は別人の行動だ。映画館で彼女と会って、サニングデールに来るようにしむけたのはセッスルじゃない。セッスルと名乗る男だ。いいか、ドリス・エヴァンズは犯行から二週間後にやっと逮捕された。彼女は遺体を見ていない。見ていたら、あの晩自分をゴルフ場へ散歩に連れだして大声で自殺するとわめいたのはこの男ではない、と言い張って周囲を困惑させただろう。慎重に計画された策略だったんだ。セッスルの家が留守になる水曜日に招かれた娘、女のしわざだと思わせるための帽子の留めピン。犯人はドリスと会い、バンガローへ連れていき、夕食を出してゴルフ場へ連れていった。そして犯行現場に着くと、リボルバーを振りかざして殺すと脅した。彼女が動転して逃げだすと、彼は遺体を茂みから出してティーの上に横たわらせるだけでよかった。リボルバーは茂みに投げ捨てた。そのあと彼はスカートとかを包み――ここからは推測だが――六、七マイルしか離れていない街ウォーキングへ徒歩で行き、そこから列車でロンドンへ戻ったんだろう」

「ちょっと待って」タペンスはさえぎった。「あなたが説明していない点が一つある。ホラビーはどうなの？」

「ホラビー？」

「そう。後ろにいた人たちはその男がセッスルなのかそうでないのか見分けられなかった、それは認める。でも、彼と一緒にプレーしていた相手が青い上着にだまされて顔を一度も見なかったなんて、ありえないわ」

「ねえ、きみ。そここそがきもなんだ。ホラビーはちゃんと知っていたんだよ。これまで、ぼくはきみの説を採用している――ホラビーと息子がほんとうの横領犯だ。犯人はセッスルをよく知っている人間でなければならない――たとえば、水曜日には使用人が外出し、奥さんは出かけていることを知らないとね。それにまた、セッスルの家の合鍵を作れる人間でなければ。ホラビーの息子はこういった条件を満たすとぼくは思うんだ。彼はセッスルと同じくらいの年齢と身長だし、二人ともひげをきれいに剃っている。ドリス・エヴァンズはたぶん新聞記事に載った被害者の男の写真を見ただろうが、きみ自身が言ったように——男だとわかる程度のひどい写真だ」

「彼女は法廷でホラビーを見なかったのかしら？」

「息子のほうはまったく事件に無関係と見なされていた。裁判に来るわけがないだろう？　証言することもない。父親のほうのホラビーはずっと注目の的だったが、鉄壁のアリバイがあった。犯行当時、彼の息子がなにをしていたか気にする者はだれもいなかったんだ」

「すべて辻褄が合う」タペンスは認めた。ひと呼吸置いてから、彼女は尋ねた。「いまの話を警察にするつもり？」

「聞いてくれるかどうかわからないな」

「ちゃんと聞きますよ」背後から意外な声がした。

トミーがさっと振りむくと、マリオット警部がいた。警部は隣のテーブルにすわっており、前のテーブルにはポーチド・エッグがあった。

「よくここへ昼食に寄るんです。言ったように、警察はちゃんと聞きます——じっさいわたしは拝聴していた。じつのところ、あの〈ポーキュパイン〉保険の内情については以前からあやしいとにらんでいたんです。ホラビー親子を疑ってはいたものの、証拠がなにもなかった。われわれの手には負えなかったんですよ。そこへこんどの殺人事件が起きて、こちらの考えを根底からくつがえしたように見えた。しかし、あなたと奥方のおかげで、新展開だ。ホラビーの息子をドリス・エヴァンズと対決させ、彼女がセッスルと思っていた男が彼かどうか確かめますよ。ドリスはきっと彼だと認めるでしょう。青い上着についてのお二人の考察は鋭い。〝ブラントの優秀（ブリリアント）な探偵たち〟のお手柄になるよう、はからいましょう」

「あなたってほんとうにいい方ね、マリオット警部」タペンスは感謝した。

「ロンドン警視庁はお二人に深い敬意を抱いている」物静かで感情を見せない紳士は答えた。「どれほど尊敬されているか知ったら、きっと驚きますよ。よろしければお尋ねしたいが、そのひもにはどういう意味があるんです？」

「なにも」トミーはひもをポケットにしまった。「ぼくの悪い癖でね。チーズケーキとミルクは――じつは食事療法中で。神経性の消化不良なんです。多忙な人間はつねにこれに悩まされる」

「なるほど！　わたしはてっきりあなたがあれを読んでいるものだと――まあ、それはたいしたことじゃない」

　だが、警部はきらりと目を光らせた。

12　死の潜む家

「ねえ――」とタペンスは言いかけ、口を閉じた。

〈事務室〉と記された隣の部屋からミスター・ブラントのオフィスに入ったところ、夫であり社長である男が表の受付に面した秘密ののぞき穴に目を押しあてていたので、驚いたのだ。

「シーッ」トミーは警告した。「ブザーが鳴るのを聞かなかった？　若い娘だ――なかなかきれい――いや、じつにきれいだと思うな。アルバートは、ぼくがロンドン警視庁と電話中だとか例の口上を述べているところだ」

「わたしに見せて」

しぶしぶとトミーは脇に寄った。こんどはタペンスが片目をのぞき穴に押しあてた。

「悪くないわ」彼女も認めた。「そして服は最新流行ね」

「完璧なまでの美人だ。メースンが描くところの女たちみたいだ――ほら、驚くほど思いやりがあって、美しくて、きわめて知的だけど生意気じゃない。そうだ――うん、まさに――けさは偉大なるアノー（A・E・W・メースンが生みだしたフランス人探偵）になろう」

「ふん。あらゆる探偵たちの中であなたがもっとも似つかわしくないのを一人挙げるとすれば――アノーね。あなた、電光石火で人格を変えられる？　たいしたコメディアンになったり、品のない若僧みたいになったり、まじめで思いやりのある友だちになったり――すべて五分のうちによ?」

「これだけはわかっている」トミーは机をぴしゃりとたたいた。「ぼくが船長だ――それを忘れるなよ、タペンス。彼女を中へ入れよう」

彼は机のブザーを押した。アルバートが依頼人を案内してきた。

娘は心を決めかねるように入口で立ち止まった。トミーは進み出た。

「どうぞ、マドモワゼル」彼はやさしく声をかけた。「こちらへおかけください」

タペンスはウッとのどを詰まらせてみせ、トミーはさっと態度を変えて彼女のほうに向きなおり、威嚇(いかく)的な口調になった。

「なにか言いましたか、ミス・ロビンソン? ああ、違う、そうだと思った」

彼はまた娘のほうを向いた。

「堅苦しく考えたりかしこまったりすることはありません。とにかく話してください。そのあと、あなたをお助けする最善の方法を話しあいましょう」

「ご親切に。失礼ですが、外国の方ですか?」

またタペンスがウッと声を洩らした。トミーは横目で彼女をにらみつけた。

「そういうわけではありませんが」彼は言い訳をひねりだした。「ここ数年は海外で仕事をする機会が多くて。ぼくの調査手法はパリ警視庁治安部のものです」

「まあ!」娘は感銘を受けたようだ。

トミーの言うとおり、ひじょうに魅力的な娘だった。若くほっそりとして、小ぶりの茶色いフェルトの帽子の下からちらりと金髪がのぞき、大きく真剣な目をしていた。緊張しているのは傍目にもあきらかだった。小さな手を握りしめ、エナメルのハンドバッグの留め金を留めたりはずしたりしている。

「まず最初に、ミスター・ブラント、わたしはロイス・ハーグリーヴスと申します。サーンリー館と呼ばれる大きな不規則に広がった古風な屋敷に住んでいます。田園の真ん中にあって、近隣はサーンリーという村ですが、とても小さくてなにもない村です。冬には狩猟がさかんで、夏にはテニスをします。そこで寂しい思いをしたことは一度もありません。本心から、都会より田舎で暮らすほうがずっと好きなんですの。

このことをお話ししたのは、わたしたちのような田舎の村では、どんな出来事も重要な意味を持つことをおわかりいただけるかと思って。一週間前、わたしは郵便でチョコレート一箱を受けとりました。送り主を示すどんなものも中に入ってはいませんでした。じつはわたしはとくにチョコレートが好物ではないんですが、家のほかの者たちは好きで、箱はみんなにまわりました。その結果、チョコレートを食べた者は全員ぐあいが悪くなったんです。医者を呼びにやり、ほかにどんなものを食べたかさんざん聞かれましたわ。そのあと医者はチョコレートの残りを持ち帰って分析にまわしました。ミスター・ブラント、チョコレートには砒素が入っていたんです！　人を殺すほどの分量ではなかったけれど、ぐあいを悪くするにはじゅうぶんでした」

「なんということだ」トミーはつぶやいた。

「ドクター・バートンはこの件でいきりたってしまって。近くで似たような事件が起きたのは、これが三度目だったらしいんです。前の二回とも狙われたのは大きな家で、謎のチョコレートを食べたあと十人が病気になりました。頭の弱い地元の人間がひどい悪ふざけをしたみたいに見えます」

「そうですね、ミス・ハーグリーヴス」

「ドクター・バートンは社会主義者が世間を騒がせようとしているのだと言っていました――わたしはばかげていると思いました。でも、サーンリー村には不平分子が一人二人いて、彼らが関係している可能性もあるかもしれません。すべてを警察に話すべきだと、ドクター・バートンは熱心に勧めるんです」

「しごく当然ですな」トミーは言った。「しかし、あなたはそうしなかったんですね、ミス・ハーグリーヴス？」

「ええ。騒ぎになるのがいやですし、そのあと世間に知れわたることを考えると――それに、わたしは地元の警部さんを知っているんです。彼がなにかを探りだすとはとうてい思えませんわ！　こちらの社の広告をよく見かけるので、私立探偵に調べてもらうほうがずっといいとドクター・バートンに話しました」

「なるほど」

「広告では秘密保持を謳（うた）っていらっしゃいますね。つまり――それは――あの――わたしの同意なしにはなにも世間に洩らさないということですか？」

トミーはしげしげと彼女を見たが、応じたのはタペンスだった。「それは、ミス・ハーグリーヴスがなにもかもわたしたちにお話しくださるなら、秘密は守るということです」

タペンスは〝なにもかも〟という言葉を強調し、ロイス・ハーグリーヴスはそわそわして顔を赤らめた。

「そうです」トミーは急いで答えた。「ミス・ロビンソンの言うとおりです。すべて話していただかないと」

「あなたがたは――」依頼人はためらった。

「おっしゃることはすべて極秘にするとお考えいただいて大丈夫ですよ」

「ありがとう。率直にお話しするべきだとわかっていますの。警察に行かないのには理由があるんです。ミスター・ブラント、チョコレートの箱を送ったのはわが家のだれかです！」

「どうしてそうだとわかるんです、マドモワゼル？」

「とても単純なことです。わたしには、鉛筆を持つとちょっとしたいたずら書き――もつれあう三尾の魚――を描く癖があるんです。少し前に、ロンドンのある店から絹のストッキングの小包が届きました。わたしたちは朝食のテーブルについていたところでした。わたしはなにかの新聞記事にしるしをつけていて、包みのひもを切って開ける前に、宛名ラベルにそのいたずら書きを無意識に描いてしまったんです。そのことは忘れていたんですが、チョコレートが送られてきたときの茶色い包み紙を調べていたら、前のラベルの隅が目に留まりました――ほとんどははがされていましたけど。わたしの小さないたずら書きが残っていました」

トミーは椅子を前に引いた。

「それはたいへん重大だ。あなたのおっしゃるように、チョコレートの送り主はあなたの家に住むだれかだという強力な仮定を導きだす。しかし、お許しいただきたいが、その事実が警察に行くのをあなたにためらわせる理由が、まだわかりません」

ロイス・ハーグリーヴスは正面からトミーを見つめた。

「申し上げましょう、ミスター・ブラント。わたしは事件全体をもみ消してもいいと考えています」

トミーはさりげなくもとの位置に戻った。

「そういうことなら、状況はわかりました。ミス・ハーグリーヴス、あなたはだれを疑っているか話したくないんですね？」

「だれも疑っていません――ただ、いくつかの可能性はあります」

「なるほど。では、おたくのことをくわしく話していただけますか？」

「小間使いは別として、使用人はみんな長年仕えてくれている年寄りばかりです。ミスター・ブラント、ご説明しておきますが、わたしは伯母であるたいへん裕福なレディ・ラドクリフに育てられましたの。伯母の夫が莫大な財産をこしらえて、騎士（ナイト）に叙せられたんです。サーンリー館を買ったのは伯母の夫でした。でも、そちらへ移ってから二年後に亡くなりました。そのとき、レディ・ラドクリフがわたしを引きとって家族にしてくれたんです。彼女にとって、存命の親戚はわたしだけでした。屋敷のほかの住人は、伯母の夫の甥にあたるデニス・ラドクリフです。わたしはいつも彼をいとこと呼んでいますけれど、もちろんじっさいそうじゃありません。ルーシー伯母はつねづね公言していました。わたしに少額のお金を遺す以外、自分の財産は全部デニスに相続させるつもりだ、ラドクリフ家のお金なのだからラドクリフの血族に渡すべきだ、と。ところが、デニスが二十二歳のとき、伯母は彼と大げんかになって――彼がこしらえた借金が原因だったと思います。一年後に伯母が亡くなったとき、彼女がすべての財産をわたしに遺すという遺言書を書いていたのを知って、わたしは驚愕しました。それがデニスにとって大打撃なのはわかっていましたし、申し訳なく思いました。もし彼がその気なら、お金を彼に渡すつもりでした。でも、そういうことはできない仕組みのようです。とはいえ、二十一歳になったときすぐ、わたしはすべて彼に遺すという遺言書をつくりましたの。自分にできる、せめてものことでした。ですから、もしわたしが車に轢かれたりしたら、デニスは本来権利のあるものを受けとることになるでしょう」

「まさに」トミーはうなずいた。「それで、失礼ながらあなたはいつ二十一歳になられました？」

「ちょうど三週間前に」

「ああ！　では、いまあなたの屋敷にいる人間全員について教えていただけますか？」

「使用人――それとも――ほかの人？」

「両方です」

「申し上げたように、使用人たちは長くいる者ばかりです。料理人で年寄りのミセス・ホロウェイ、彼女の姪でキッチンメイドをしているローズ。それに二人の年配のメイドと、伯母のメイドでわたしにもずっと忠義をつくしてくれているハナ。小間使いはエスター・クアントといって、とても感じのいい物静かな娘です。身内というと、ミス・ローガンがいます。ルーシー伯母の話し相手で、わたしのために家の中のことをとりしきってくれます。それからラドクリフ大尉——お話ししたデニスです。あとはメアリー・チルコット。学校時代のわたしの友人でいま屋敷に滞在していますの」

トミーはちょっと考えた。

「すべてがかなり明瞭で率直なお話だったと思います、ミス・ハーグリーヴス」少し間を置いてから彼は言った。「あなたにとって、とりたててだれかを疑う理由はなにもないと解釈してよろしいですか？　あなたはただ恐れている、もしかしたら——そう——犯人は使用人ではないかもしれないと？」

「そのとおりですわ、ミスター・ブラント。ほんとうに、だれがあの茶色い包み紙を使ったのかまったくわからないんです。宛先は活字体で書かれていました」

「どうやら、やるべきことは一つだけのようだ」トミーは言った。「ぼくは現場に行く必要がある」

ロイス・ハーグリーヴスは尋ねるように彼を見た。

トミーは一瞬考えてから続けた。

「あなたは先触れしておいてください。アメリカ人の友人――そう、ヴァン・ドゥーゼン（ジャック・フットレルが生んだ、思考機械の名で知られる探偵）とその妹――が館を訪問すると。ごく自然に見えるようにできますか？」

「ああ、はい。むずかしいことではまったくありませんわ。いついらっしゃいますか――明日か――あさってか？」

「よろしければ明日。時間をむだにはできません」

「では、そういうことで」

ロイス・ハーグリーヴスは立ちあがって手をさしだした。

「一つだけ、ミス・ハーグリーヴス。ぼくたちの正体は一言も、そしてだれにも――ぜったいにだれにも、洩らしてはいけません」

依頼人を出口まで送って戻ってきたトミーは聞いた。「どう思う、タペンス？」

「気にくわないわ」タペンスはきっぱりと答えた。「とくに気にくわないのは、チョコレートに砒素が少量しか入っていなかったってこと」

「どういう意味だ？」

「わからない？　近所に送られたチョコレートは目くらましよ。地元の頭のおかしい人間のしわざと思わせるためのね。そのあと、あの娘さんがほんとうに毒を盛られても、一連の事件の一環だと見なされる。ほら、思いがけないツキがなかったら、チョコレートが彼女の家の中の何者かから送られたなんて、だれも考えなかったのよ」

「あれはたしかに思いがけないツキだったね。きみの言うとおりだ。あの娘を狙った計画的な陰謀だと思う?」

「残念ながらね。レディ・ラドクリフの遺言書の件、どこかで読んだ記憶がある。ミス・ハーグリーヴスはとてつもない大金を手にしたわけよね」

「そうだ、そして彼女は二十一歳になり、三週間前に遺言書を作った。あやしく見えるね――デニス・ラドクリフが。彼女の死によって利益を得るわけだから」

タペンスはうなずいた。

「最悪なのは――ミス・ハーグリーヴスもそう考えているってことよ！　だから警察に通報したがらないんだわ。もう彼を疑っている。その行動からすると、どうやら彼女はデニスに恋をしているみたい」

「その場合、いったいなぜデニスは彼女と結婚しないんだ?　はるかに単純にすむし、安全だ」

タペンスは彼を見つめた。

「あなたが言ったことはもっともよ。よし！　わたし、ミス・ヴァン・ドゥーゼンになる準備ができつつあるわ」

「どうして犯罪に走るんだろうな、手近に合法的な手段があるのに」

タペンスはしばらく考えこんだ。

「わかった。オックスフォードにいたとき、デニスはバーのホステスと結婚したにちがいないわ。だから伯母さんと大げんかになったのよ。それですべて説明がつく」

「だったら、そのホステスにチョコレートを送ったらいいじゃないか？」トミーは示唆した。「そのほうがずっと実際的だ。そういう破天荒な結論に飛びつくのはやめたほうがいいよ、タペンス」

「これは推理なのよ」タペンスは威厳をもって答えた。「今回があなたにとって初めての闘牛(コリーダ)ね、友よ。でも闘技場に入って二十分もすれば（アノーは事件を闘牛にたとえた）――」

トミーはオフィスにあったクッションを彼女に投げつけた。

「タペンス、おい、タペンス、こっちへ来いよ」

翌日の朝食どきだった。タペンスは急いで寝室を出てダイニングルームへ入ってきた。トミーは開いた新聞を手に持って右往左往していた。

「どうしたの？」

トミーはさっと振りかえり、妻の手に新聞を押しこむようにして見出しを指さした。

謎の毒殺事件
イチジクのサンドイッチで死者

タペンスは記事を読んだ。サーンリー館で謎のプトマイン中毒事件が起き、これまでに館の女主人ミス・ロイス・ハーグリーヴス、小間使いのエスター・クアントの死亡が確認されている。ラドクリフ大尉とミス・ローガンは重体。原因はサンドイッチに使われたイチジクのジャムと考えられている。食べなかったミス・チルコットに異状はないからである。

「すぐに行かないと」トミーは言った。「あの娘！　あの完璧に美しかった娘が！　どうしてぼくは、昨日すぐに彼女と一緒に行かなかったんだろう？」

「行っていたら、あなたはお茶の時間にイチジクのサンドイッチを食べて死んでいたかもしれない。さあ、すぐ出発しましょう。記事によればラドクリフ大尉も重体だっていうじゃないの」

「たぶんごまかそうとしているんだ、きたない悪党め」

昼ごろに二人は小さなソーンリー村に着いた。ソーンリー館を訪ねると、泣きはらした目をした年かさの女がドアを開けた。

女がなにか言う前に、トミーは急いで説明した。「待って、ぼくは記者などではありません。ミス・ハーグリーヴスが昨日ぼくに会いにきて、こちらへ来てほしいとおっしゃったんです。どなたかにお目にかかれますか？」

「いまドクター・バートンがみえています、もしお話しになりたければ」女は疑わしげに答えた。「でなければミス・チルコットがいます。あの方がすべてをとりしきっています」

だが、トミーは第一候補をとった。

「ドクター・バートンを」トミーはいかめしく答えた。「彼がここにいるなら、ただちにお会いしたい」

女は二人を狭い居間へ案内した。五分後にドアが開き、肩をすぼめた背の高い年配の男が入ってきた。やさしそうな顔に心配げな表情を浮かべていた。

「ドクター・バートン」トミーは名刺を出した。「昨日ミス・ハーグリーヴスが毒入りチョコレートの件でぼくを訪ねていらしたんです。彼女の頼みで、事件を調査するために来たんですが――ああ！　遅すぎました」

医師はまじまじと彼を見た。

「あなたがミスター・ブラントご本人ですか？」

「ええ。こちらは助手のミス・ロビンソンです」

医師はタペンスに会釈した。

「こういう状況ですから、公表を迷っている場合ではないですね。チョコレートの件がなかったら、今回の死亡事件は重度のプトマイン中毒――ことのほか有害なプトマイン中毒――だと信じてしまったかもしれません。胃腸内に炎症と出血が見られる。これからイチジクのジャムを分析に出します」

「砒素中毒を疑っておられる？」

「いいえ。毒が用いられたのであれば、もっとはるかに強力で即効性のものです。どうやら植物性の猛毒のようですな」

「なるほど。おうかがいしたいのですが、ドクター・バートン、ラドクリフ大尉は間違いなく同じ毒で苦しんでいると確信しておいでですか？」

医師はトミーを一瞥（いちべつ）した。

「ラドクリフ大尉はいまどんな中毒にも苦しんではいません」

「ああ。ぼくは――」

「ラドクリフ大尉はけさの五時に亡くなりました」

トミーはあっけにとられた。医師はそろそろ部屋を出ようとしていた。

「それで、もう一人の被害者、ミス・ローガンは？」タペンスが尋ねた。

「これまでもっているので、きっと回復するのではないかと思いますよ。年配なので、毒の影響は弱かったようだ。分析の結果はお知らせしましょう、ミスター・ブラント。それまでは、お聞きになりたいことはミス・チルコットがなんでも話してくれるはずです」

医師がしゃべっているあいだに、ドアが開いて若い女が現れた。背が高く顔はよく日に焼け、落ち着いた青い目をしている。

ドクター・バートンがそれぞれを紹介した。

「来てくださってよかった、ミスター・ブラント」メアリー・チルコットは言った。「こんなのはひどすぎます。わたしがお話しできることで、お知りになりたいことはありますか？」

「イチジクのジャムはどこから？」

「ロンドンから取り寄せた特別なものです。よく注文するんです。この瓶がほかのものと違うなんて、だれも思わなかった。わたし自身はイチジクの匂いが好きじゃなくて。だから無事でいられたんです。お茶の時間にいなかったのに、なぜデニスが中毒になったのかわからないわ。きっと帰ってきたときにサンドイッチをつまんだのね」

タペンスがそっと腕に触れたのをトミーは感じた。

「彼が帰ってきたのは何時です？」トミーは聞いた。

「はっきりわかりません。調べられますわ」

「ありがとう、ミス・チルコット。それには及びません。ぼくが使用人たちに質問してもかまいませんか？」

「どうぞお好きになさってください、ミスター・ブラント。わたし、もう頭がおかしくなりそう。どうなんでしょう——あなたのお考えでは——まさか殺人などでは？」

その問いを発したミス・チルコットの目は不安でいっぱいだった。

「どう考えるべきかまだわかりません。しかしすぐにはっきりするでしょう」

「ええ、ドクター・バートンがジャムを分析すると思います」

失礼しますと急いで断わると、彼女は庭師と話すためにフランス窓から外へ出ていった。

「きみはメイドたちを受け持ってくれ、タペンス」トミーは言った。「ぼくはキッチンへ行ってみるよ。ミス・チルコットは頭がおかしくなりそうだと言っていたが、そうは見えなかったね」

タペンスは答えずにうなずいてみせた。

夫と妻は三十分後に合流した。

「結果報告だ。サンドイッチはお茶の時間に出されて、小間使いが一つ食べた——それで災難にあったわけだ。料理人は、お茶を片づけたときデニス・ラドクリフはまだ帰っていなかったと断言している。問題――どうして彼は中毒になったのか？」

「デニスは七時十五分前に帰ってきた」タペンスは言った。「メイドが窓から彼を見ていたの。夕食の前に、彼はカクテルを一杯やった――書斎で。メイドはさっきグラスを下げたばかりで、洗われる前にわたしが運よく手に入れたわ。そのあと、デニスは気分が悪いと言いだしたそうよ」

「よし。すぐにグラスをバートンのところへ持っていこう。ほかになにかあったか？」

「メイドのハナに会ってもらいたいの。彼女――おかしいのよ」

「どういう意味だ、おかしいとは？」

「わたしには、気が変になっているみたいに見える」

「会ってみよう」

タペンスが上階へ案内した。ハナは自分の小さな居間を与えられていた。メイドは背もたれの高い椅子に背筋を伸ばしてすわっていた。ひざの上には開かれた聖書がのっていた。タペンスとトミーが入っていっても、二人のほうを見ようともしなかった。そのまま独りごとのように朗読を続けた。

燃え盛る炭がその上に降りかかり
穴の中に落とされて
彼らが二度と立ち上がれないように。（旧約聖書、詩編百四十編十一節）

「ちょっとお話ししてもいいかな？」トミーは尋ねた。

ハナはいらだったように手を振った。

「時間がない。どんどん時間がなくなっている。私は敵を追いかけて迫り滅ぼし尽くすまで引き返さない。（詩編十八編三十八節）そう書いてある。主の言葉があたしに訪れた。あたしは主の鞭だ」

「たしかにおかしい」トミーはつぶやいた。

「ずっとこうなのよ」タペンスはささやいた。

トミーは開いたまま伏せてテーブルに置いてあった本を手にとった。書名を一瞥して、ポケットに入れた。

突如として老女は立ちあがり、威嚇（いかく）するように二人に向きなおった。

「ここから出ていって。時が迫っている！　あたしは主の唐竿。風は思いのままに吹く――だからあたしは打ちこらす。悪しき者の道は滅びる。ここは悪をなす者の家――悪をなす者の家だ！　主の怒りを恐れよ、あたしは主の仕え女（つかえめ）」

ハナは興奮して二人に近づいてきた。相手に調子を合わせて引きさがるのが賢明だとトミーは判断した。ドアを閉めるとき、メイドがまた聖書を手にするのが見えた。

「前からあんなふうだったのかな」

トミーはテーブルにあった本をポケットからとりだした。

「見ろよ。教育のないメイドが読むにしては妙な本だ」

タペンスは本を受けとった。

『薬物学』」つぶやいてから、見返しを見た。「エドワード・ローガン著。古い本ね。トミー、ミス・ローガンに会えるかしら？　ドクター・バートンが彼女は快方に向かっていると言っていたわ」

「ミス・チルコットに聞いてみようか？」

「いいえ。メイドをつかまえて聞いてもらいましょう」

少しして、ミス・ローガンが会うと伝えられた。トミーとタペンスは芝生に面した広い寝室に案内された。ベッドには白髪の老婦人が横たわり、上品な顔は苦しみにやつれていた。

「とてもぐあいが悪かったんです」ミス・ローガンはかすかな声で言った。「あまり話せませんが、あなたがたは探偵だとエレンから聞きました。ロイスが相談にいったんですね？　彼女はその話をしていたわ」

「ええ、ミス・ローガン」トミーは言った。「あなたを疲れさせたくはありませんが、いくつか質問に答えていただければと思いまして。メイドのハナですが、気は確かですか？」

ミス・ローガンはあきらかに驚いて二人を見た。

「ええ、もちろん。とても信心深いですが——正気ですとも」

トミーはテーブルから失敬してきた本をさしだした。

「これはあなたのものですか、ミス・ローガン？」

「ええ、父の著書ですわ。立派な医師で、血清療法の先駆者の一人でした」

老婦人の声には誇りがにじんでいた。

「なるほど。お父さまのお名前には聞き覚えがあると思いました」トミーは悪気のない嘘をついた。「さて、この本ですが、ハナに貸しましたか？」

「ハナに？」ミス・ローガンは憤然としてベッドの上で身を起こした。「いいえ、そんなこと。彼女には最初の単語一つだってわかるはずがないわ。高度に専門的な本なんですよ」

「ええ、わかります。ところが、ハナの部屋で見つけたんです」

「なんですって。使用人にわたしのものをさわらせないようにしないと」

「本来、どこにあるべきなんです？」

「わたしの居間の本棚に――でなければ――ちょっと待って、メアリー・チルコットに貸したんだったわ。あの娘はハーブにとても興味があるんですの。わたしの狭いキッチンで一、二度実験もしました。わたしだけのこぢんまりしたキッチンがあって、そこで昔のやりかたでリキュールをこしらえたり、保存食を作ったりしていますの。ルーシーは、つまりレディ・ラドクリフですが、わたしのヨモギギクのお茶を当てにしていました――鼻風邪にとてもよく効くんです。気の毒に、ルーシーは風邪をひきやすいたちでしたの。デニスもよ。あの子の父親はわたしのいとこでした」

トミーは思い出話をさえぎった。

「あなたのキッチンですが、あなたとミス・チルコット以外にだれか使いますか？」

「ハナがあそこの片づけをしてくれます。それに、朝早くお茶をいれてくれるためにやかんでお湯を沸かしますけれど」

「ありがとうございます、ミス・ローガン。いまのところ、お聞きしたいのはこのくらいです。ぼくたちのせいでお疲れでないといいのですが」

トミーは部屋を出て、眉をひそめながら階段を下りた。

「ここにはなにか、ぼくに理解できていないものがあるな、親愛なるミスター・リカードウ（アノー探偵の助手役の元実業家）」

「わたし、この家が嫌い」タペンスは身震いした。「長い散歩にでも出て、考えをはっきりさせましょうよ」

トミーは同意し、二人は外へ出た。最初に医師の家へカクテルグラスを届けにいき、それから田園歩きに出発して事件について話しあった。

「道化を演じていれば、いくらかでも楽になる。アノーをきどってみたりね。気にしていないと思われているかもしれないが、ぼくはひどく気にしているんだよ。どうにかしていたら、事件を防げたにちがいないんだ」

「あなたがそう考えるのはばかばかしいと思う」タペンスは言った。「わたしたちがロイス・ハーグリーヴスにロンドン警視庁へ行くなとか忠告したんじゃないもの。なにがあっても、彼女はこの話を警察に持ちこまなかったでしょう。わたしたちのところへ来なかったら、結局なにもしていなかったはずよ」

「そして結果は同じだったろうね。ああ、きみの言うとおりだ、タペンス。どうしようもなかったことで自分を責めるのは病的だよな。これから、ちゃんと埋めあわせをしたい」

「でも、容易なことじゃないわね」

「ああ。あまりにもたくさんの可能性がある。とはいえ、そのすべてが突拍子もなくてありえないことに思える。デニス・ラドクリフがサンドイッチに毒を入れたと仮定してみよう。彼は自分がお茶の時間にいないとわかっていた。この説はかなりスムーズにいきそうだ」

「そうね、そこまでは。でも、彼自身も毒を摂取したという矛盾する事実がある——となると、彼は犯人から除外されそう。忘れちゃいけない人物が一人いる——ハナよ」

「ハナ？」

「宗教に凝りすぎると、人は妙なことをいろいろするものでしょう」

「彼女はそうとうひどいよ。ドクター・バートンに知らせるべきだな」

「彼女はあっというまにおかしくなったにちがいないわ。ミス・ローガンの話からするとね」

「狂信者はそういうものだ。つまり、何年もおおらかに賛美歌を歌っていたのが、ある日突然一線を越えて狂暴になる」

「ハナにはだれよりもあやしい点があるのは確かよ」タペンスは思案しながら言った。「でも、ちょっと考えがあって——」

「なんだ？」トミーは促（うなが）した。

「考えとまではいかないの。ただの偏見かも」

「だれかに対する偏見？」

タペンスはうなずいた。

「トミー――あなた、メアリー・チルコットが好き？」

トミーは一考した。

「ああ、好きだと思う。きわめて有能で、実際的だと――少し実際的すぎるかもしれないが――感心したよ。ともあれ、頼りになる」

「あまり動揺しているように見えなかったのは、妙だと思わない？」

「どうかな、好意的に解釈できる点でもあるよ。だって、彼女がなにかしたのなら、動揺したふりをするはずだ――大げさなくらいに」

「そうね。それに、どのみちミス・チルコットには動機が見当たらない。この大量殺人で彼女になんの得があるのかわからないもの」

「使用人たちはかかわっていないと思うんだが？」

「ありそうもないわね。彼らは落ち着いて頼もしく感じられた。小間使いのエスター・クアントはどうだったのかしら？」

「きみが言うのは、もし彼女が若くてきれいだったら、なんらかの形で巻きこまれたのかもしれないってことだね」

「そういうこと」タペンスはため息をついた。「だったら、どの線も見通しは暗いわね」

「まあ、警察が解決してくれるよ」

「たぶんね。わたしたちが解決できたらよかったのに。ところで、ミス・ローガンの腕にたくさんあった小さい赤い斑点に気づいた?」

「いや。それがどうしたんだ?」

「皮下注射の跡みたいだった」

「ドクター・バートンがなにかの注射をしたんじゃないのかな」

「ああ、その可能性はあるわ。でも、四十回も打たないでしょう」

「コカインの常習者とか」トミーは助け船を出してみた。

「それは考えたけど、ミス・ローガンの目つきはしっかりしていたわ。コカインやモルヒネをやっていたら、すぐにわかる。それに、彼女はそういう手合いの老婦人には見えない」

「とても立派で敬虔な人だな」トミーは同意した。

「すべてがむずかしすぎる。話しても話しても、先に進んでいないみたい。帰りにドクター・バートンの家に寄るのを忘れないようにしましょうね」

医師の家のドアを開けたのは十五歳くらいのひょろりとした少年だった。

「ミスター・ブラントですか? はい、先生はお留守ですが、あなたが来たときのために手紙を残していかれました」

少年は手紙を渡し、トミーは封筒を破いた。

ミスター・ブラント
用いられた毒物はリシンだと信じる根拠があります。植物性の毒性アルブミンで、きわめて強力です。当分は、他言無用に願います。

トミーは手紙を落としたが、すぐに拾った。

「リシンか。なにか知っている、タペンス？　きみは看護婦だったから知識があるだろう」

「リシン」タペンスは考えこんだ。「ひまし油からとれるんだと思うわ」

「ひまし油はずっと苦手だった。いまとなってはさらにいやだね」

「ひまし油だったら大丈夫よ。リシンはヒマの実から抽出されるの。けさ、庭でヒマを見たと思う——葉に光沢がある大きな植物よ」

「だれかが意図的にリシンを抽出したっていうのか。ハナにそんなことができるかな？」

タペンスはかぶりを振った。

「できそうもない。知識がじゅうぶんないもの」

突然、トミーは叫び声を上げた。

「あの本。まだポケットに入っていたかな？　あった」彼は本をとりだし、猛烈な勢いでページを繰った。「そうだと思った。けさ開いてあったページはここだ。見える、タペンス？　リシンだ！」

タペンスは彼から本をひったくった。

「内容が理解できる？　ぼくにはさっぱりだ」

「わたしにとっては明瞭」彼女はせわしなく読みながら、片手をトミーの腕に添えて支えにし、歩きつづけた。やがて、パタンと本を閉じた。二人はソーンリー館のそばまで戻ってきていた。

「トミー、わたしにまかせてくれる？　こんどだけ、わたしは牡牛、闘技場で二十分以上粘った牡牛よ」

　トミーはうなずいた。

「きみが船長だ、タペンス」彼は厳粛に告げた。「ぼくたちでこの事件を解決するぞ」

　館に入りながら、タペンスは言った。「まず最初に、ミス・ローガンにもう一つ質問しないと」

　彼女は上階へ走っていった。トミーも続いた。彼女は老婦人の部屋のドアを強くノックして、中に入った。

「あなたなの？」ミス・ローガンは言った。「探偵にしては、若すぎるしきれいすぎるわね。なにか見つけました？」

「ええ。見つけました」

　ミス・ローガンは問いかけるように彼女を見た。

「きれいかどうかはわかりませんが、若いことは若いので、戦時中、わたしは病院で働いていました。血清療法については少し知識があります。少量のリシンを皮下注射で注入すると、免疫ができてリシンに対して耐性がつくのを、たまたま知っているんです。そのおかげで血清療法の道が開けたわけです。あなたはそのことを知っていた、ミス・ローガン。あなたは一定期間、自分自身にリシンを皮下注射していたんですね。そのあと、ほかの人たちと同時に毒を摂取した。あなたはお父さまの仕事を手伝っていたから、リシンのこと、実からの抽出法、作りかた、すべてご存じでした。そしてお茶の時間にデニス・ラドクリフが外出している日を選んだ。同時に彼に毒を盛るのは避けたかった——ロイス・ハーグリーヴスより前に死んでしまうかもしれないから。ロイスが先に死ぬかぎり、デニスが彼女の遺産を相続し、彼が死ねば次はあなたのものになる。彼の近親者だから。覚えているでしょう、あなたはけさ、デニスのお父さまはあなたのいとこだと言いました」

老婦人は悪意に満ちた目でタペンスを見つめた。

突然、隣の部屋から逆上した人物が飛びこんできた。ハナだった。火のついたたいまつを握り、それを激しく振りまわしていた。

「真実が語られた。そこにいるのが邪悪な人間。あたしはこの女が本を読んでにやりとするのを見て、悟った。あたしは本とそのページを見つけた——だけど、なにもわからなかった。でも、主の声が語りかけてきた。この女はあたしの女主人だったレディ・ラドクリフを憎んでいた。いつも嫉妬してうらやんでいた。あたしの大切なミス・ロイスも憎んでいた。だが悪は滅びる、主の炎が焼きつくす」

たいまつをかざして、ハナはベッドに走り寄った。

老婦人は悲鳴を上げた。

「その女を連れだして——早く。その女の言うとおりよ——でも連れだして」

タペンスはハナに飛びかかったが、たいまつをとりあげて足で踏んで消す前に、メイドは四柱式ベッドのカーテンに火をつけていた。しかし、トミーが外の踊り場から部屋に駆けこんできた。カーテンを引きちぎり、敷きものをかぶせて火を消した。それからタペンスに加勢し、二人がハナをとり押さえたところへ、ドクター・バートンが急いで入ってきた。

医師に事情を説明するのに、多くの言葉はいらなかった。

彼はベッドにつかつかと近づき、ミス・ローガンの手を持ちあげて鋭い叫びを発した。

「火のショックに耐えられなかったのでしょう。亡くなっている。この状況では、そのほうがよかったかもしれない」

ドクター・バートンは間を置いて続けた。「カクテルグラスからもリシンが検出されました」

「こうなるのが最善だったんだ」ハナを医師の手にゆだねて、二人だけになったときトミーは言った。「タペンス、きみはただただすばらしかったよ」

「あまりアノー探偵らしい事件じゃなかったわね」

「お芝居するには重大すぎる事件だった。あの娘のことを思うと、まだ耐えられないよ。彼女のことは考えたくない。しかし、いま言ったとおり、きみはすばらしかった。栄誉はきみのものだ。『薔薇荘にて』のアノーの言葉を引用すれば、『知的でいながらそうは見えないのは、大きな利点だ』」

「トミー」タペンスは夫をにらんだ。「憎たらしいったら」

13　アリバイ崩し

トミーとタペンスは郵便物の整理で忙しくしていた。タペンスは声を上げて、一通の手紙をトミーに渡した。

「新しい依頼人よ」彼女は重々しく告げた。

「は！　この手紙からなにを導きだせるというんだね、ワトスン？　たいしたことじゃないだろう、ただミスター――ええと――モンゴメリー・ジョーンズは世界でもっともつづりが正確とは言えない、つまり彼の教育は高くついたっていうあきらかな事実がわかるだけだ」

「モンゴメリー・ジョーンズ？　さて、モンゴメリー・ジョーンズについてわたしはなにを知っているか？　ああ、そうだ、わかったわ。ジャネット・セント・ヴィンセントが彼のことを話していたと思う。彼の母親はレディ・アイリーン・モンゴメリー、とても気むずかしくて高教会派で金の十字架をつけていて、ジョーンズという大金持ちと結婚した」

「じっさい、よくある話だな。どれどれ、ミスター・M・Jはいつぼくたちに会いたいって？ああ、十一時半だ」

　十一時半ぴったりに、感じのいい無邪気そうな顔立ちの背の高い若者が表の受付にやってきて、アルバートに話しかけた。

「やあ――どうも。お目にかかれるかな、ミスター――ええ――ブラントに?」

「約束はおありですか?」アルバートは尋ねた。

「はっきりしないんだが、うん、あると思う。つまり、手紙を出したんだ――」

「お名前は?」

「ミスター・モンゴメリー・ジョーンズだ」

「ミスター・ブラントにお取次ぎします」

まもなくアルバートは戻ってきた。

「少々お待ちいただけますか。ミスター・ブラントはいまたいへん重要な協議にかかりきりで」

「ああ――ええと――うん――もちろん待つとも」ミスター・モンゴメリー・ジョーンズは答えた。

依頼人がじゅうぶんに感銘を受けたと思えるころに、トミーは机のブザーを鳴らした。アルバートに案内されて、ミスター・モンゴメリー・ジョーンズがオフィスに入ってきた。

トミーは立ちあがって迎え、力強く握手すると空いた椅子を手振りで示した。

「さて、ミスター・モンゴメリー・ジョーンズ」彼は快活に切りだした。「どのようなご用件でしょう?」

ミスター・モンゴメリー・ジョーンズはオフィスにいる三人目の人物に不安そうな目を向けた。

「ぼくの個人秘書のミス・ロビンソンです。彼女の前ではなんでもお話しになって大丈夫ですよ。ご家族に関するデリケートな問題とお見受けしましたが？」

「いやその——そういうわけでもなくて」ミスター・モンゴメリー・ジョーンズは言った。

「それは意外だ。あなた自身がなんらかの厄介ごとに巻きこまれているのではないでしょうね？」

「ああ、そういうわけでは」

「では、話していただけますか？——事実を率直に」

ところが、ミスター・モンゴメリー・ジョーンズにはそれができないらしい。

「まったくもって妙なことをお願いしなければならないんですが」彼はためらいがちに言った。

「ぼくは——その——どうお話ししたらいいか、ほんとうにわからないんです」

「われわれは離婚問題はお引き受けしないんです」

「ああ、そんな、違います。そういうことじゃなくて。ただ、その——ひどくばかばかしい冗談みたいなもので。それだけなんです」

「だれかがあなたに謎めいた悪ふざけをした？」トミーは助け船を出した。

しかし、ミスター・モンゴメリー・ジョーンズはかぶりを振った。

トミーは優雅に引きさがった。「では、時間をかけて、ご自分の言葉でお話しください」

しばしの沈黙。

「じつは」ようやくミスター・ジョーンズは語りはじめた。「晩餐会で、ぼくは若い娘さんの隣にすわったんです」

「それで？」トミーは励ますように促（うなが）した。

「彼女は——ああ、うまく説明できない、だけどとにかくあんなに賭けごと好きな人に会ったことがない。オーストラリア人で、一緒にこちらへ来ているもう一人の娘さんとクラージズ・ストリートのフラットに住んでいます。なんに対しても意欲満々で。彼女がぼくにどんな影響を及ぼしたか、とても説明できません」

「よくわかりますわ、ミスター・ジョーンズ」タペンスが口をはさんだ。

ミスター・モンゴメリー・ジョーンズの厄介ごとをあきらかにするには、ミスター・ブラントのビジネスライクな手法ではなく、同情的な女性の介入が必要だと、彼女にははっきりわかった。

「ええ、理解できますとも」タペンスは勇気づけた。

「その、なにもかもがぼくには完全にショックで。若い女性というものに——これほどまで心を奪われるなんて。ほかにも女性はいたんです——じつはあと二人。一人はそれは陽気な娘さんでしたが、ぼくは彼女のあごがあまり好きじゃなかった。でもダンスの名手で、ぼくとはかねてからの知りあいで、つまり男にとっては安心できるわけです。それから、もう一人の娘さんはいわゆる〝尻軽〟で。それはもうおもしろい相手ですが、もちろんそのたぐいの騒動もたくさん起きるでしょう。とにかく、ぼくはその二人とは結婚したくない。でもいろいろ考えているうちに——まさに青天の霹靂（へきれき）で——あの娘さんの隣にすわって、そして——」

「全世界が変わった」タペンスは思いやりのある口調で言った。

トミーはすわったまままいらだって身じろぎした。このころにはミスター・モンゴメリー・ジョーンズの恋愛話に退屈していた。

「すばらしい、そのとおりです」ミスター・モンゴメリー・ジョーンズはうなずいた。「まったくそうなんです。ただ、その、彼女のほうはぼくをあまり好いていないんじゃないかと。そう思われないかもしれませんが、じつはぼくはとくに賢いわけじゃなくて」

「ああ、ご謙遜には及びませんわ」タペンスは言った。

「いや、自分がたいした男じゃないのはわかっているんです」ミスター・ジョーンズは愛嬌のある笑みを浮かべた。「あんなにすばらしい娘さんには釣りあわない。だからこそ、やりとげなくてはと感じるんですよ。ぼくの唯一のチャンスだ。彼女はとても賭けごと好きな女性なので、約束をたがえたりはしないでしょう」

「そうですか、むろんわたくしどもはあなたの幸運をお祈りしますわ」タペンスはやさしく言った。「でも、あなたがなにを希望されているのか、わかりかねるのですが」

「ああ、しまった。まだ説明していませんでしたか？」

「ええ、まだです」トミーは答えた。

「ええと、こういうことなんです。ぼくたち、探偵小説について話していました。ウーナは――それが彼女の名前で――ぼくと同じく熱心なファンなんですよ。ある一冊がとくに話題にのぼりました。アリバイがその小説の要(かなめ)でして。そのあと、アリバイをでっちあげる話になりました。そこでぼくは――いや、彼女だったかな――あれ、言ったのはどっちだったっけ？」

「どっちだったかはお気になさらず」タペンスは口をはさんだ。

「アリバイをでっちあげるのはすごくむずかしいだろうと、ぼくは言ったんです。ウーナは賛成しなかった――ちょっと頭を働かせればできると。ぼくたちはすっかり話に熱中し、興奮して、しまいに彼女は言いました。『あなたに賭けの提案があるの。だれにも破れないアリバイをわたしが作りだせたら、あなたはなにを賭ける？』

『なんでもきみの好きなものを』とぼくは答え、それで賭けは成立しました。ウーナは自信満々でしたよ。『きっとわたしが勝つわ』彼女は言った。ぼくは『そんなに過信しないほうがいいよ』と言った。『きみが負けたら、ぼくはなんでも好きなものを要求していいんだね？』彼女は笑って、自分は賭けごと好きな家の出だから、要求してかまわないと」

「それで？」ミスター・ジョーンズが黙りこんで、訴えるようにタペンスを見たので、彼女は促した。

「そう、わかりませんか？　ぼくにかかっているんです。あんな女性に振りむいてもらえる唯一のチャンスだ。彼女がどんなに賭けが好きか、あなたがたにはわからない。この前の夏、ボートに乗っていたとき、だれかが彼女に服を着たまま飛びこんで岸まで泳げないのに賭けると言ったんですよ。そうしたら、ウーナはやってのけた」

「たいへん奇妙な提案ですね」トミーは言った。「ぼくはまだよく呑みこめないのですが」

「きわめて単純なことですよ」ミスター・モンゴメリー・ジョーンズは言った。「あなたがたはつねにこういうことをやっているにちがいない。偽のアリバイを調べて、どこに穴があるか見つけるとか」

「ああ――まあ――そうですね。そういった仕事も多数経験があります」

「ぼくのために、だれかにやってもらわないと。ぼく自身はそういうことが得手じゃないんですよ。あなたがたは彼女の嘘を見破る、それですべて解決です。いささか不毛な仕事に思えるかもしれませんが、ぼくにとっては大切なことなので、お支払いする用意はできています――必要な費用はすべて」

「大丈夫です」タペンスは請けあった。「ミスター・ブラントはこの件をお引き受けしますわ」

「もちろん、もちろんですよ」トミーは言った。「とても目新しい事案です、じつに目新しい」

ミスター・モンゴメリー・ジョーンズはほうっと安堵のため息をつき、ポケットから何枚もの紙を出すと、一枚を選んだ。「これがそうです。彼女は書いている。『わたしが同時に二ヵ所の異なった場所にいる証拠を送ります。一つのストーリーに基づくと、わたしはソーホーの〈ボン・タン・レストラン〉で一人で食事をし、デューク劇場へ行って、〈サヴォイ〉で友人のミスター・ルマルシャンと夕食をとりました――しかし、わたしはまたトーキー（イングランド南西部の保養地）の〈キャッスル・ホテル〉に泊まっていて、翌朝になってからロンドンへ戻りました。この二つのストーリーのどちらが真実か、そしてわたしが偽のほうをどう作りあげたか、あなたは見破らなければなりません』これで、ぼくがやっていただきたいことはおわかりでしょう」

ミスター・モンゴメリー・ジョーンズは言った。

「じつに目新しい、ちょっとした問題ですね」トミーは言った。「しごく単純だ」

「これがウーナの写真です。お入り用かと」

「その方のフルネームは?」トミーは尋ねた。

「ミス・ウーナ・ドレイク。住所はクラージズ・ストリート百八十です」

「ありがとうございます。では、調査を始めましょう、ミスター・モンゴメリー・ジョーンズ。すぐにいい知らせをお届けできるよう、願っています」

「ほんとうに、かぎりなく感謝しています」ミスター・ジョーンズは立ちあがり、トミーと握手した。「すっかり心が軽くなりましたよ」

依頼人を見送ったあと、トミーはオフィスに戻ってきた。タペンスは古典の蔵書をしまってある戸棚の前にいた。

「フレンチ警部(F・W・クロフツの有名なシリーズ探偵)ね」彼女は言った。

「え?」

「フレンチ警部よ、もちろん。彼はいつだってアリバイを崩している。わたし、正確な手順を知っているわ。なにもかもたどって、確認しないとだめ。最初はちゃんとしているようでも、もっとくわしく調べれば穴が見つかる」

「それはたいしてむずかしくないはずだ。だって、二つのうち一つはでっちあげだと最初からわかっているんだから、確実に穴は見つかるよ。そこがかえって心配だ」

「心配な点なんて、見当たらないけど」

「相手の娘さんが心配なんだ。好むと好まざるとにかかわらず、彼女はあの青年と結婚することになるじゃないか」

「ダーリン、ばかなこと言わないで。女っていうのは、見かけほど無鉄砲なギャンブラーじゃないのよ。もしウーナという娘があの感じはいいけれど頭の軽い若者と結婚する意思をとっくに固めていなかったら、こんな賭けはしないわ。でも、トミー、いいこと、彼が賭けに勝てば、彼女はさらなる熱意と尊敬をもって結婚できるのよ、彼女があの若者に容易な道を用意してあげなくちゃならない場合よりもね」

「きみは、自分がなんでも知っていると思っているんだな」

「そうよ」

「それじゃ、資料を見てみよう」トミーは紙を引き寄せた。「まずは写真――ふむ――なかなかきれいな娘だ――そしてよく撮れている。鮮明で見分けがつきやすい」

「ほかの若い女の写真もいるわ」

「どうして？」

「みんないつもそうする。ウェイターに四、五枚の写真を見せて、正しいのを選ばせるの」

「そうすると思う？　正しいのを選ぶかってことだけど」

「まあ、本ではそうよ」タペンスは答えた。

「現実は小説とは大違いなのが残念だ。さて、ここにあるのは？　そう、こっちはロンドン版だな。七時半に〈ボン・タン〉で食事。デューク劇場に行って『青いデルフィニウム』を鑑賞。チケットの半券がある。ミスター・ルマルシャンと〈サヴォイ〉で夕食。ミスター・ルマルシヤンに会って話を聞くことはできるな」

「そんなことをしてもなんにもならないわ。だって、彼がウーナの味方なら当然ぼろは出さない。彼の言うことは全部除外できる」

「じゃあ、トーキーのほうだ。パディントン駅を十二時に出て、食堂車で昼食、領収書もある。一晩〈キャッスル・ホテル〉に宿泊。こっちも領収書付きだ」

「どれもやや弱いと思う。だれでも劇場のチケットは買えるけれど、行かないことだってできるもの。彼女はトーキーに行って、ロンドンのほうのアリバイはでっちあげじゃないの」

「そうなら、ぼくたちの楽勝だな。まあ、とにかくミスター・ルマルシャンに話を聞きにいこう」

ミスター・ルマルシャンは快活な若者で、二人を見ても驚いた様子はなかった。

「ウーナはちょっとしたゲームをしているんでしょう?」彼は尋ねた。「なにをするかわからない子ですからね」

「ぼくのうかがっているところでは、ミスター・ルマルシャン、ミス・ドレイクはこの前の火曜日の夜、〈サヴォイ〉であなたと夕食をとったそうですが」トミーは切りだした。

「そうです。火曜日だと覚えているのは、ウーナが念を押したし、さらに手帳に書き留めさせましたからね」

多少誇らしげに、ミスター・ルマルシャンは鉛筆の薄い書き込みを見せた。〈ウーナと夕食。サヴォイ。十九日、火曜日〉

「その前にミス・ドレイクがどこにいたかご存じですか？」

「『ピンクのシャクヤク』とかいうつまらない芝居を見にいっていました。まったくの駄作だったと彼女は言っていましたよ」

「ミス・ドレイクとその晩あなたが一緒だったことは確かなんですね？」

ミスター・ルマルシャンはトミーを見つめた。

「ええ、もちろん。そう言いませんでした？」

「わたしたちにそう言うように、彼女に頼まれたのではありませんか？」タペンスが尋ねた。

「ええと、じつはウーナはすごくおかしなことを言ったは言ったんです。彼女は――なんだっけ？『あなたはいまここにすわってわたしと夕食をとっていると思っているわね、ジミー、でもほんとうは、わたし二百マイルも離れたデヴォンシャーで夕食をとっているのよ』ねえ、すごくおかしな言い草だと思うでしょう？　幽体離脱みたいな話ですよ。妙なのは、ディッキー・ライスがそこで彼女を見たと思っているんです」

「ミスター・ライスとは？」

「ああ、ただの友だちです。彼は伯母さんと一緒にトーキーに滞在していたんです。その伯母さんはいつも死ぬ死ぬと言っていて、ぜったいに死なないんですよ。ディッキーは忠実な甥としていつも同行している。彼は言っていました、『いつだったたか、あのオーストラリア人の娘を見たよ――ウーナだっけ。行って話をしたかったんだが、伯母が車椅子の老婦人とのおしゃべりにぼくを引っ張りこんでね』。ぼくが『いつのことだい？』って聞いたら、『ああ、火曜日のお茶の時間のころだ』って。もちろんぼくは彼に言いましたよ、それは間違いだって。だけど妙でしょう？　あの晩ウーナはデヴォンシャーのことを口にしていたんですからね」

「ひじょうに妙ですね」トミーは言った。「どうでしょう、ミスター・ルマルシャン、〈サヴォイ〉の夕食のときあなたの知りあいが近くにいませんでしたか？」

「オグランダー家の人たちが隣のテーブルにいましたよ」

「その方たちはミス・ドレイクをご存じですか？」

「ああ、ええ、知っています。ごく親しいっていうほどじゃないが」

「そうですか、これ以上お話しいただけることがないようなら、ミスター・ルマルシャン、そろそろ失礼します」

外の通りに出ると、トミーは言った。「あの男はとてつもない嘘の名人か、ほんとうのことを話しているかだな」

「そうね」タペンスはうなずいた。「わたし、意見を変えたわ。ウーナ・ドレイクはあの晩〈サヴォイ〉で夕食をとっていたという気がしてきた」

「次は〈ボン・タン〉へ行こう。腹ぺこの探偵たちにはちょっとした食事が必要だ。まずは若い女の写真を何枚か手に入れようじゃないか」

これは思っていたよりむずかしかった。写真屋に入って何枚か写真を買いたいと言うと、冷たく拒否されたのだ。

「現実にはほんとうにむずかしいことが、本の中ではなぜあんなに簡単かつ単純にいくのかしらね」タペンスは嘆いた。「写真屋の人たち、ものすごく疑わしげだった。わたしたちが写真を使ってなにをしようとしていると思ったの？　ジェインのフラットに行ってみましょうよ」

タペンスの友人のジェインは融通のきく性格で、タペンスが引き出しをかきまわして、すっかり忘れ去っていたジェインのかつての友人たちの写真四枚を選ぶのを許してくれた。

美女たちのセレクションを携えて、二人は〈ボン・タン〉へ向かったが、新たな困難と多額の出費が待ちかまえていた。トミーは順番にウェイターをつかまえてチップをやり、写真を見せた。結果は満足のいくものではなかった。少なくとも三枚の写真の女が、この前の火曜日に〈ボン・タン〉で食事をした有力候補だということだった。そのあと二人はオフィスへ戻り、タペンスは時刻表に没頭した。

「パディントン発十二時。トーキー着三時三十五分。この列車ね。そして、ルマルシャンのお友だちのミスター・サゴ（サゴヤシの髄から採る澱粉）だかタピオカだかがお茶の時間に彼女を向こうで見かけている」

「まだルマルシャンの発言の真偽を確かめていないよ。きみが最初に言ったように、ウーナ・ドレイクの友人なんだから、話をでっちあげているかもしれない」

「そうね、ミスター・ライスを探さなくちゃ。でも、わたしはミスター・ルマルシャンが真実を語っている気がする。ねえ、いま考えているのはこうなの。ウーナ・ドレイクは十二時の列車でロンドンを発ち、ホテルに入って荷ほどきした。そのあとまたロンドン行きの列車に乗って〈サヴォイ〉での夕食に間に合うように帰ってきた。四時四十分に向こうを出てパディントンンに九時十分に着くのがあるわ」

「で、そのあとは？」トミーは尋ねた。

タペンスは眉をひそめた。「そのあとはちょっとむずかしいわね。パディントンからの真夜中の列車があるけど、彼女はまずそれには乗れない、早すぎるもの」

「車を飛ばせばどうかな」

「うーん。二百マイルは離れているのよ」

「聞いたところでは、オーストラリア人は無茶な運転をするらしいよ」

「ああ、可能ではあると思う。朝の七時にはトーキーに着くでしょう」

「だれにも見られずに〈キャッスル・ホテル〉のベッドにさっともぐりこめると思うのか？あるいは、ホテルに着いて、一晩中出かけていたと説明し、チェックアウトしたいと言ったとでも？」

「トミー、わたしたちばかだった。彼女はトーキーに戻る必要なんかないのよ。友だちのだれかにホテルへ行ってもらって、荷物をとって勘定を払ってもらえばすむもの。そのあと、しかるべき日付の領収書を友だちから受けとればいい」

「思うに、ぼくたちはきわめて堅実な仮説を立てたようだ。次にやるべきなのは、明日十二時の列車でトーキーへ行って、すばらしい結論の裏付けをとることだな」

美女たちの写真を持って、翌日トミーとタペンスは一等車に乗りこみ、食堂車の昼食の席を予約した。

「食堂車の従業員はあのときと同じじゃないだろう。それは幸運を望みすぎというものだよ。ロンドンとトーキーを何回か往復しないと、同じ従業員には当たらないだろうね」

「アリバイ崩しはとてもたいへんね」タペンスは応じた。「本では二つか三つの段落ですべて片づいているけど。ナントカ警部はトーキー行きの列車に乗り、食堂車の従業員に質問し、はい、事件解決」

しかし、今回だけは若い夫婦はついていた。昼食の勘定書きを持ってきた従業員は彼らの質問に答え、あの火曜日にも勤務していたとわかったのだ。トミーは十シリングのチップを渡し、タペンスは写真をとりだした。

「写真のご婦人たちのだれかが、この前の火曜日にこの列車で昼食をとったかどうか、知りたいんだが」トミーは尋ねた。

最高の探偵小説にふさわしい満足のいく態度で、従業員はただちにウーナ・ドレイクの写真を指さした。

「はい、このご婦人を覚えていますし、火曜日だったのも覚えていますよ。自分にとって週のうちでいちばん運のいい日だと言って、ご婦人がみずからそのことを持ちだしたからです」

「これまでのところは上出来ね」コンパートメントへ戻りながら、タペンスは言った。「そしてたぶん、彼女はホテルもちゃんと予約しているわ。ロンドンへ戻ったのを立証するのはもっとむずかしいけど、駅のポーターが覚えているかもしれない」

だが、空振りに終わった。トーキーの駅の上りのプラットホームへ行き、トミーは改札係やポーターに質問をした。前もって見返りとして半クラウン銀貨をばらまいたあと、午後四時四十分のロンドン行きに、写真と似たような印象の女性が乗ったかもしれないと二人のポーターが答えたが、それはウーナ・ドレイクではなかった。

「でも、これはなんの証明にもならないわ」駅を出てから、タペンスは言った。「彼女はその列車に乗ったけれど、だれも気づかなかった可能性だってある」

「別の駅から乗ったのかもしれないな、トールとか」

「ありそうね。まずはホテルに行ってから調べましょうよ」

〈キャッスル・ホテル〉は海を望む大きなホテルだった。一泊の予約をして宿帳に記入してから、トミーは愛想よく言った。

「この前の火曜日にぼくたちの友人がここに泊まったと思うんだが。ミス・ウーナ・ドレイクだ」

フロントの若い女はにっこりした。

「ああ、はい、よく覚えています。オーストラリア人のお嬢さんですね」

トミーの合図で、タペンスは写真をとりだした。

「この写真の彼女、よく撮れているでしょ？」

「ええ、ほんとうに、とてもすてきです。スマートですわね」

「ここには長く滞在を？」トミーは尋ねた。

「一泊だけでした。翌朝の急行でロンドンへ帰られましたわ。一泊にしては遠距離に思えますけれど、もちろんオーストラリアのお客さまからしたら旅でもなんでもないでしょう」

「彼女はとても意欲的なんだ。いつも冒険している。ここでの話じゃなかったかな、友人たちと夕食に出かけて、そのあと彼らの車でドライブに行ったが車が溝にはまってしまい、朝まで帰ってこられなかったっていうのは？」

「あら、いいえ。ミス・ドレイクはこのホテルで夕食をとられました」

「それは確かなことかな？　つまり——どうしてきみが知っているの？」トミーは聞いた。

「ああ、この目で見ましたから」

「ぼくが聞いたのは、彼女はトーキーの町で友人たちと食事したはずだからなんだが」トミーは説明した。

「いいえ、違いますわ。ここで食事されました」フロントの女は笑い、少し赤くなった。「わたしが覚えているのは、あのお客さまがとてもすてきなワンピースを着ていらしたからです。最新流行の、パンジーの花柄のシフォンのドレスでした」

上階の部屋へ案内されたあと、トミーは言った。「タペンス、これで仮説はめちゃくちゃだ」

「そうね。もちろん、フロント係が間違っている可能性はある。夕食のときウェイターに聞いてみましょう。この時期にここへ来るお客さんは多くないはずよ」

こんどはタペンスが攻撃を開始する番だった。

「この前の火曜日にわたしのお友だちがここにいたかどうか知りたいんだけど？」ウェイターに魅力的な笑みを向けた。「ミス・ドレイクといって、パンジー柄のワンピースを着ていたはずなの」彼女は写真を出した。「この女性よ」

ウェイターはすぐに認めて微笑した。

「ええ、はい、ミス・ドレイクですね。よく覚えています。オーストラリアから来たとおっしゃっていました」

「ここで食事をした?」

「はい。この前の火曜日です。ミス・ドレイクはあとで楽しめるものが町にあるかどうか、わたしに聞かれました」

「それで?」

「〈パヴィリオン〉という劇場があるとお教えしましたが、結局行かれずにここでホテルのオーケストラを聴いていらっしゃいました」

「えい、くそ!」トミーは声を殺してつぶやいた。

「彼女が何時に夕食をとったかまでは、覚えていないわよね?」タペンスは尋ねた。

「少し遅くいらっしゃいました。八時ごろだったと思います」

「ああもう、こんちくしょうだわ」トミーとダイニングルームを出ながら、タペンスはうめいた。「トミー、なにもかもまずい展開よ。あれほど明快でうまくいきそうだったのに」

「うん、とんとん拍子にはいかないことを知っておくべきだったな」

「そのあと彼女が乗れた列車はある?」

「〈サヴォイ〉に行くのに間に合うように、ロンドンに着くのはないよ」

「それじゃ、最後の望みをかけてわたしは客室係のメイドに話を聞きにいく。ウーナ・ドレイクはわたしたちと同じ階に部屋をとったのよ」

客室係のメイドはおしゃべりで、熱心に情報を提供してくれた。はい、あの若いご婦人のことはよく覚えています。ええ、この写真の方です。とても感じのいい方で、明るくてよくお話しになりました。オーストラリアやカンガルーの話をしてくださいました。

あの方は九時半過ぎごろに呼び鈴を鳴らして、湯たんぽを用意してベッドに入れてほしい、そして明日の朝は七時半に起こしてほしいとお頼みになりました――そのときお茶ではなくコーヒーを持ってきてほしいと。

「あなたが起こしにいったとき、彼女は寝ていた?」タペンスは聞いた。

「はい、ええ、マダム、もちろんです」

「ああ、運動かなにかしていたのかなと思ったもので」タペンスは大胆に言った。「早朝に運動する人は多いでしょう」

「ううん、これは覆せないな」メイドが出ていくと、トミーは言った。「導きだせる結論は一つだけだ。でっちあげのアリバイはロンドンのほうだよ」

「ミスター・ルマルシャンは、わたしたちが思っていたよりずっと上手な嘘つきなのね」

「彼の話を確かめる方法がある。ウーナの顔見知りの一家が隣のテーブルにすわっていたと彼は言っていた。ええと名前は――オグランダーだ。彼らを探しださないと。それからクラージズ・ストリートのミス・ドレイクのフラットでも調査をしないとな」

翌朝二人はチェックアウトし、しょんぼりとホテルをあとにした。

電話帳を繰ってオグランダー一家を探しだすのは簡単だった。またタペンスが攻撃にまわり、新しい絵入り新聞の記者を演じた。ミセス・オグランダーを訪ねると、火曜日の夜に〈サヴォイ〉で催されたご一家の〝おしゃれな〟夕食会についていくつかうかがいたいと申し入れた。ミセス・オグランダーは喜んで話してくれた。辞去する際、タペンスはなにげなくつけくわえた。「そうそう、お隣のテーブルにミス・ドレイクがいませんでしたか？　彼女がパース公爵と婚約しているというのはほんとうですか？　もちろん、彼女をご存じですよね」

「ちょっと面識がある程度ですわ」ミセス・オグランダーは答えた。「とても魅力的な娘さんだと思います。ええ、ミスター・ルマルシャンとご一緒に隣のテーブルにいらっしゃいましたよ。わたしより娘たちのほうが、彼女をよく知っていますわ」

タペンスの次の訪問先はクラージズ・ストリートのフラットだった。そこで、ミス・ドレイクとフラットをシェアしている友人、ミス・マジョリティ・レスターに迎えられた。

「どういうことなのか教えていただける？」ミス・レスターは訴えた。「ウーナはなにか凝ったゲームをしていて、わたしはそれについてなにも知らないの。もちろん火曜日の夜、彼女はここで寝ました」

「帰ってきたときの彼女を見ましたか？」

「いいえ、わたしはもうベッドに入っていたんです。ウーナは自分の鍵を持っています。帰ってきたのは午前一時ごろじゃないかしら」

「彼女に会ったのはいつです？」

「ああ、翌朝の九時ごろ――十時に近かったかもしれません」

フラットを出ようとしたとき、タペンスは入ってきた背の高いやつれた女とぶつかりそうになった。

「すみません」やつれた女はあやまった。

「あなたはここで働いているの？」タペンスは尋ねた。

「はい、毎日来ます」

「朝は何時に着くのかしら？」

「九時です」

タペンスは、やつれた女の手にすばやく半クラウン銀貨を握らせた。

「あなたが水曜日に来たとき、ミス・ドレイクはここにいた？」

「ああ、はい、いらっしゃいました。ベッドでぐっすり眠っていて、お茶をお持ちしたときもまだちゃんと起きてはいらっしゃいませんでした」

「どうもありがとう」タペンスは礼を言い、がっかりして階段を下りていった。

ソーホーの小さなレストランでトミーと昼食の約束をしており、二人は経過を報告しあった。

「ライスという男に会ったよ。トーキーでウーナ・ドレイクを見かけたというのはほんとうだった」

「それじゃ、すべてのアリバイは確認したということね。ねえ、紙と鉛筆を貸して、トミー。

名探偵たちがやるように、きちんと書きだしてみましょうよ」

一時半　ウーナ・ドレイク、食堂車で目撃される
四時　〈キャッスル・ホテル〉到着
五時　ミスター・ライスに目撃される
八時　ホテルで夕食をとるのを目撃される
九時半　湯たんぽを頼む
十一時半　〈サヴォイ〉でミスター・ルマルシャンと一緒にいるのを目撃される
翌朝七時半　〈キャッスル・ホテル〉で客室係に起こされる
同九時　クラージズ・ストリートのフラットでお手伝いに起こされる

二人は顔を見あわせた。

「どうやら、〝ミスター・ブラントの優秀(ブリリアント)な探偵たち〟の負けのようだな」トミーは言った。

「あら、あきらめちゃだめよ。だれかが嘘をついているにちがいないわ」

「奇妙なのは、だれも嘘をついている感じがしないことだよ。全員が完璧に真実を語って、正直そのものに見えた」

「それでも、どこかに穴があるに決まっている。あるとわかっているのよ。たとえば自家用機を使うことなんかも考えたけれど、現実的じゃないわね」

「ぼくは幽体離脱説に傾きはじめているよ」

「まあ、唯一できるのは一晩寝て様子を見ることね。睡眠中に潜在意識が働くのよ」

「ふむ。明日の朝までにきみの潜在意識が完璧な答えを出したら、シャッポをぬぐよ」

その晩、夫婦はほとんど口をきかなかった。タペンスは何度も時系列表を見なおした。あれこれメモもとった。独りごとをつぶやき、途方に暮れて時刻表を繰った。だが最後には、二人ともかすかな光明も見いだせずにベッドへ向かった。

「まったくもって気がめいるね」トミーは言った。

「こんなにみじめな気分の夜、めったにないわ」タペンスは答えた。

「演芸場（ミュージックホール）へでも行けばよかったな。義理のおふくろさんやビール瓶や双子をネタにした愉快なジョークで、気が晴れたにちがいないよ」

「いいえ、今晩集中して考えたことが、最後にはいい結果を生むわよ。このあとの八時間、わたしたちの潜在意識が忙しく働いてくれるはず！」それに希望を託して、二人は眠りについた。

翌朝、トミーは開口一番に言った。「さあ、潜在意識は働いてくれた？」

「一つ思いついたの」タペンスは答えた。

「ほう。どんなこと？」

「まあ、どちらかと言うとおかしな思いつきなんだけど。探偵小説では一度も読んだことがないようなやつよ。じつは、これを思いついたのはあなたのおかげなの」

「だったらいいアイディアにちがいない」トミーはきっぱりと言った。「よし、話せよ、タペンス」

「確かめるために電報を打たなくちゃ。いまは話さない。突拍子もない思いつきなんだもの、でも事実と符合するのはこれしかないの」

「それじゃ、ぼくはオフィスへ行かないと。行列を作っている依頼人たちを待たせてがっかりさせるわけにはいかないからね。この件は有望な助手の手にゆだねるよ」

タペンスは快活にうなずいた。

彼女はそのまま一日中オフィスに顔を見せなかった。トミーが五時半に帰宅してみると、得意満面のタペンスが待ちかまえていた。

「わたしやったわ、トミー。アリバイの謎を解いた。情報料に費やした半クラウン銀貨や十シリング札の総額、それにわたしたちの報酬を、ミスター・モンゴメリー・ジョーンズに請求できる。そして彼はすぐに彼女と結婚できるわ」

「どんな解答なんだ?」

「しごく単純な解答よ。双子なの」

「なんだって――双子?」

「ええ、まさにね。もちろん、これが唯一の答えだわ。昨夜あなたが義理の母親や双子やビール瓶のことを言ったでしょう、あれで思いついたの。オーストラリアに電報を打って、ほしかった情報を折りかえし手に入れた。ウーナには双子の妹のヴェラがいて、この前の月曜日に英国に着いたのよ。だから、ウーナは衝動的にこの賭けができたんだわ。気の毒なモンゴメリー・ジョーンズを大いにからかえると思ったのよ。妹はトーキーへ行き、ウーナはロンドンに残ったの」

「自分が負けたと知ったら、彼女は意気阻喪すると思う？」トミーは尋ねた。

「いいえ、思わない。それについては前に言ったでしょう。彼女はモンゴメリー・ジョーンズに賞賛を浴びせる。夫の才能への敬意は結婚生活の基本だと、わたしはつねづね考えているの」

「ぼくがそういう気持ちをきみに抱かせたのは喜ばしいよ、タペンス」

「ほんとうに満足のいく解答じゃないけど。フレンチ警部みたいに、巧妙なアリバイを崩したわけじゃないもの」

「ばかを言うなよ。食堂車でウエイターに写真を見せたときなんかは、まさにフレンチ警部のスタイルだった」

「彼はわたしたちみたいに、たくさんの半クラウン銀貨や十シリング札を使う必要はなかったわ」

「気にするな。経費としてミスター・モンゴメリー・ジョーンズに全部払ってもらえるんだ。幸福にすっかり舞いあがるだろうから、文句を言わずに大金を払ってくれるよ」

「そうね。〝ブラントのブリリアントな探偵たち〟はみごとな成功をおさめたじゃない？　ああ、トミー、わたしたちってものすごく頭がいいわよね。ときどき怖くなるくらい」

「次の事件はロジャー・シェリンガム（アントニイ・バークリーが生んだ無礼で社交的な探偵）風といきたいね。タペンス、きみがロジャー・シェリンガムだ」

「じゃあ、うんとおしゃべりにならなくちゃ」

「もともとそうじゃないか」トミーは言った。「さて、昨夜やるはずだった計画を実行しよう。ミュージックホールへ行って、義理の母親やビール瓶や双子をネタにしたジョークをたっぷり楽しもうよ」

14 牧師の娘

「牧師の娘の手助けができたらいいのに」オフィスの中をむっつりした顔で歩きまわりながら、タペンスは言った。

「どうして?」トミーは尋ねた。

「あなたは忘れているかもしれないけれど、わたし自身がかつては聖職者の娘だったのよ。どんなものか覚えているわ。ゆえにこの利他的な衝動——この他人への思いやりに満ちた精神——この——」

「ロジャー・シェリンガムになる準備をしているんだね。批評させてもらうと、きみはかなり彼らしくしゃべってはいるよ、でも彼ほど能弁とは言いがたい」

「冗談じゃない、わたしの話には女らしい微妙なニュアンスがあるわ。粗野な男には決してない、〝なにかたとえようのないもの(ジュヌセクワ)〟がね。しかも、原型(プロトタイプ)の人物にはない力がある——原型でいいのかしら? 言葉というのはひじょうに不確かなものだから、正しく聞こえても、人が思っている意味とは正反対の場合がたびたびあるの」

「続けて」トミーはやさしく促(うなが)した。

「もちろんよ、ちょっと息つぎをしただけ。この力に触発された今日のわたしは、牧師の娘を助けたいの。いい、トミー、〝ブラントの優秀な探偵たち〟の助力を求めにくる最初の人は牧師の娘よ」

「そうじゃないほうに賭けるよ」

「乗った。シーッ！　タイプライターの出番だわ。待ち人来たれりよ」

ミスター・ブラントのオフィスが急に忙しそうになったところで、アルバートがドアを開けて告げた。

「ミス・モニカ・ディーンです」

いささかみすぼらしい身なりで、茶色い髪のほっそりした若い女が入ってきて、ためらうように立ち止まった。トミーは進み出た。

「おはようございます、ミス・ディーン。おかけになって、ご用向きをお話しいただけますか？　ああ、こちらはぼくの個人秘書のミス・シェリンガムです」

「お目にかかれてうれしいですわ、ミス・ディーン」タペンスは言った。「お父さまは聖職者でいらっしゃいましたね」

「ええ、そうです。でも、いったいなぜご存じですの？」

「ああ！　わたしどもには独自のやりかたがあるんです。わたしがぺらぺらしゃべっても気にしないでくださいね。ミスター・ブラントはわたしのおしゃべりを聞くのが好きなんです。おかげでアイディアが生まれると、いつも言っていますの」

若い女はタペンスを見つめた。彼女はすらりとした体つきで、美人ではないが憂愁を帯びた愛らしさがあった。やわらかな茶色の豊かな髪、濃い青の魅力的な目。もっともその目のまわりには隈があって、なにかトラブルか悩みごとを抱えているのがわかる。

「お話を聞かせていただけますか、ミス・ディーン？」トミーは促した。

若い女はほっとして彼に向きなおった。

「とても長くてとりとめのない話なんです。わたしはモニカ・ディーンと申します。父はサフォーク州のリトル・ハンプスリーの主任牧師をしていました。三年前に亡くなって、母とわたしは経済的に困窮しました。わたしは住みこみの家庭教師になりましたが、母が長患いの床についたので、看病のために家に戻らなければなりませんでした。わたしたちはどうしようもなく貧乏でしたが、ある日弁護士から手紙が届いて、父の伯母が亡くなり、財産をすべてわたしたちに遺してくれたというんです。その伯母のことはよく聞いていましたが、ずっと昔に父とけんかしたんです。伯母はたいへん裕福なのを知っていたので、わたしたちの苦労もこれで終わったと思いました。ところが、ものごとは望みどおりには進まなかったんです。わたしは伯母が住んでいた家を相続しましたが、よそへのちょっとした遺贈をすませたらお金はなにも残りませんでした。きっと伯母は戦時中に資産をなくしたか、預金をとりくずして暮らしていたんでしょう。それでも、わたしたちには家がありましたし、ほぼすぐにかなり有利な額で売るチャンスがめぐってきたんです。でも、ばかなことをしたと思いますが、わたしはその申し出を断わりました。わたしたちは狭いのに高価な貸間に住んでおり、伯母のレッドハウスで暮らすほうがずっといいと考えたんです。そこなら母は快適な部屋で休めるし、支出をまかなうために滞在客を泊めることもできます。

買いたいというその紳士からさらに魅力的な申し出があったにもかかわらず、わたしはこの計画にこだわりました。引っ越しをすませ、貸間の広告を出しました。しばらくはすべてうまくいき、広告にいくつか申し込みも来ました。伯母の古い使用人が残ってくれたので、彼女とわたしで家事をやりました。そのあと、この説明できない出来事が起きはじめたんです」

「どんなことが?」

「ものすごく奇妙なことなんです。家全体が魔法にかけられたみたいでした。掛けてある絵が次々と落ちたり、陶器が部屋の中を飛んで割れたり。ある朝など、階下に下りてみると家具の位置が全部変わっていました。最初は、だれかが悪ふざけをしていると思ったんですが、その説は除外しないわけにはいきませんでした。だって、わたしたち全員が夕食の席についているときに、頭上でなにかがぶつかるすごい音がしたんです。二階へ行くと、だれもいないのに家具が一つ床にたたきつけられていました」

「ポルターガイストですね」タペンスは興味津々で叫んだ。

「ええ、ドクター・オニールもそう言いました――わたしは意味を知りませんけれど」

「邪悪な霊がいたずらをするんです」タペンスは説明した。じっさいはなにも知らないに等しく、〝ポルターガイスト〟という言葉を正しく使っているのかどうか自信がなかった。

「そうですか。とにかく、その結果は惨憺(さんたん)たるものでした。滞在客たちが死ぬほど怯えて、われ先に出ていってしまったんです。新しいお客が来ても、やはりあわてて出ていきました。わたしはすっかり落胆し、あげくのはてにささやかな収入まで突然とだえてしまいました——投資していた会社が倒産したんです」

「お気の毒に」タペンスは同情をこめて言った。「たいへんな思いをされましたね。ミスター・ブラントにこの〝幽霊話〟を調べてほしいということですか？」

「ちょっと違うんです。じつは三日前、一人の紳士が訪ねてきました。ドクター・オニールという人です。彼が言うには、自分は心霊研究協会のメンバーで、うちで起きた奇妙な出来事のことを聞いてとても興味を持ったとか。だから、家を買いとって実験をしたいというんです」

「それで？」

「もちろん、最初わたしは大喜びしました。この窮境から抜けだせると思ったんです。ところが——」

「ところが？」

「わたしの思いすごしだとお考えになるでしょう。もしかしたらそうなのかもしれません。でも——ああ！　わたしはぜったいに間違っていないはず。あれは同じ男です！」

「だれと同じ男なんです？」

「前に家を買いたいと言ってきた男です。ええ！　間違いないわ」

「でも、そう考えるとおかしい理由でもあるんですか？」

「おわかりいただけないでしょう。二人の男はかなり違っているんです、名前もなにもかも。最初に買いたいと言ったのは、若いきちんとした黒髪の男で、三十歳ぐらいでした。ドクター・オニールは五十歳ぐらいで、灰色の口ひげをはやし、めがねをかけていて猫背です。でも、彼が話したとき口の中の片側に金歯が見えました。笑うときだけ見えるんです。若いほうの男も同じ場所に金歯がありました。そのあと、わたしはドクター・オニールの耳を観察しました。若いほうの男の耳が記憶に残っていたんです、耳たぶがほとんどない奇妙な形でしたので。ドクター・オニールの耳もまさにそうだったんです。二つとも偶然なんてありえませんよね？わたしは考えに考えて、ドクター・オニールに手紙を書いて一週間以内に返事をすると伝えました。少し前に、ミスター・ブラントの広告を見ていました――じつは、キッチンの引き出しに敷いてあった古新聞で。広告を切り抜いて、ロンドンに来ました」

「あなたは正しいことをなさいましたわ」タペンスは熱意をこめてうなずいた。「これはぜひ調べてみないと」

「ひじょうにおもしろいケースです、ミス・ディーン」トミーは言った。「喜んでお調べしましょう――ねえ、ミス・シェリンガム？」

「ぜひ。そしてかならず真相を見つけだしますわ」

「家にお住まいなのはあなたとお母さまと使用人ですね、ミス・ディーン。その使用人について教えていただけますか？」トミーは尋ねた。

「彼女はクロケットといいます。十年近く、伯母と暮らしていました。年配で愛想がいいわけではないですが、よく働いてくれますわ。上品ぶることがありますけれど、それは妹が玉の輿に乗ったからなんです。クロケットには甥がいて、いつもわたしたちに〝たいした紳士〟だと自慢しています」

「ふむ」話をどう進めようかとトミーは迷った。

タペンスはじっとモニカを見ていたが、突然きっぱりと告げた。

「最善のプランは、ミス・ディーンとわたしで昼食に出ることだと思います。ちょうど一時ですもの。くわしいお話をわたしが聞かせてもらいましょう」

「たしかに、ミス・シェリンガム。すばらしいプランだ」トミーは賛成した。

近所のレストランの小さなテーブル席に落ち着いたとき、タペンスは切りだした。「いいかしら、まず知りたいんです。今回の件の真相を調べたい特別な理由がおあり？」

モニカは赤くなった。

「そうですね、あの――」

「どうぞ話して」タペンスは力づけた。

「じつは――わたしとの結婚を望んでいる男性が――二人いますの」

「よくあるお話ですわね？　一人は金持ちで一人は貧乏、そしてあなたが好きなのは貧乏なほう！」

「どうしておわかりになるのかしら」モニカはつぶやいた。

「それが自然の法則というものですわ。だれにでもあることよ。わたしもそうでした」

「家を売ったとしても、暮らしていくのにじゅうぶんなお金が入るわけじゃないんです。ジェラルドは愛すべき人だけど、どうにも貧乏で――でも、とても優秀な技術者なの。ちょっとだけ元手があれば、会社はジェラルドを共同経営者にしてくれるでしょう。もう一人のミスター・パートリッジはとてもいい人で——裕福なんです。もし彼と結婚すれば、わたしたちの苦境はすべて解決するはず。でも——でも——」

「わかります」タペンスは同情をこめて言った。「まったく違うのね。彼がどれほど善良で裕福か語っても、そしてまるで追加の金額みたいに彼の美点を並べても——気持ちが冷めるだけ」

モニカはうなずいた。

「それじゃ、一緒に行って現場で調査しましょう。ご住所は？」

「ストアトン・イン・ザ・マーシュのレッドハウスという屋敷です」

タペンスは手帳に住所を書き留めた。

「まだうかがっていませんでした——料金のことを——」モニカはかすかに赤面した。

「報酬は結果次第です」タペンスはまじめな顔で言った。「レッドハウスの秘密が利益の上がるものでしたら、買いたい方々の熱意からしたらそうだと思いますが、わたしたちは少しだけ歩合をいただきます。そうでなければ——無料です！」

「ありがとうございます」モニカは感謝をこめて言った。

「さあ、心配しないで。なにもかもうまくいきますよ。昼食を楽しんで、おしゃべりでもしましょう」

15　レッドハウス

〈クラウン&アンカー〉の窓からトミーは外を眺めた。「やれやれ、ここが穴の中のヒキガエル（トウド・イン・ザ・ホール）（英国の料理の名前）だっけ——このさびれた村の名前はなんだったかな」

「事件の検討をしましょうよ」タペンスは言った。

「もちろん。まず最初にぼくの意見を言うよ、病人の母親があやしい！」

「なぜ？」

「タペンス、この〝ポルターガイスト〟現象はすべて仕組まれたことだと認めたまえよ。あの娘に家を売らせるために何者かがたくらんでものを投げつけたりしたのさ。モニカは全員が夕食のテーブルについていたと言っていたね——でも、母親がまったくの病人なら、二階の自室にいたはずだよ」

「病人なら家具をたたきつけたりはできないわ」

「ああ！　だが、ほんとうの病人じゃないんだよ。そのふりをしているんだ」

「どうしてそんなことを？」

「そこを突かれると弱るね」トミーは白状した。「もっともあやしくない者を疑えという、よく知られた鉄則をもとにしたんだ」

「あなたったら、なにも真剣にとりあわないんだから」タペンスはきびしく言った。「ぜがひでも家を手に入れたいと思わせるなにかがそこにはあるのよ。あなたが突き止める気がないのなら、わたしがやる。わたし、あの娘さんが好きなのよ。いい子だわ」

トミーは真剣な表情でうなずいた。

「ぼくもそう思うよ。だけど、どうしてもきみに悪ふざけをしたい誘惑にあらがえないんだ、タペンス。もちろん、あの家には妙なところがある。それがなんにしろ、すぐにはわからないものだ。そうでなければ、泥棒に入るだけで見つけられるだろう。しかし、家をぜひ買いたいということは、床板をはがすか壁をとりはずすかする必要があるか、裏庭の下に石炭でも埋まっているかだな」

「石炭はいや。埋められた財宝はもっとロマンティックでなきゃ」

「ふむ。だったら、ぼくは地元の銀行の支配人を訪ねて、クリスマスのあいだここに滞在してレッドハウス購入を考えていると話し、口座を開設するにはどうしたらいいか相談してみるよ」

「だけどなぜ——」

「まあ見ていてくれ」

トミーは三十分後に目を輝かせて帰ってきた。

「進展があったよ、タペンス。銀行との話はおもわくどおり進んだ。そのときなにげなく、最近こういう地方の小規模銀行によくあるように、預金がたくさん増えたかと聞いてみた——戦時中たくわえていた農民が預金するようになっただろう。そこから、ごく自然に老婦人たちの突拍子もない気まぐれの話題になった。戦争が勃発したころ、陸海軍の貯蔵庫へ四輪駆動車で行って、十六本のハムを持ち帰った架空の伯母の話をしたんだ。そうしたら、支配人はすぐに銀行の顧客について話しだした。彼女は預金をすべて引き出し——できるだけ金貨で——そして有価証券も、つまり無記名社債なんかだが、自分自身で保管すると言い張ったそうだ。なんて愚かなことだ、とぼくは叫んだよ。すると、その老婦人はレッドハウスの前の女主人だ、と支配人は気安く口にしたんだ。わかるかい、タペンス？　彼女は金をすべて引き出してどこかに隠したんだ。伯母の現金資産が少なかったことに驚いたとモニカ・ディーンが言っていたのを覚えているだろう？　そう、彼女はレッドハウスのどこかに財産を隠し、何者かがそのことを知っているんだよ。それがだれなのかも、ほぼ見当がついた」

「だれなの？」

「忠実なクロケットじゃないか？　彼女なら女主人の性格をよくわかっているだろう」

「そして金歯のドクター・オニール？」

「紳士の甥、もちろんさ！　そうなんだ。だが、どこに隠したんだろう？　きみはぼくより老婦人のことを知っている。どういうところに隠すかな？」

「ストッキングやペティコートに包んで、マットレスの下に」

トミーはうなずいた。

「たぶんきみの言うとおりだ。しかし、彼女がそうしたはずはない。なぜなら、死後に自分のものが引っくりかえされたら見つかってしまうからね。そこが悩ましいな——だって、ああいう老婦人は床板をはがしたり庭に穴を掘ったりしないよ。それでもレッドハウスのどこかにあるのは間違いない。クロケットはまだ見つけていないが、あるのは知っている。家を手に入れれば、彼女と大事な甥とで、探しものが見つかるまであちこち引っくりかえせる。彼らの先回りをしないとな。さあ、タペンス、レッドハウスへ行こう」

モニカ・ディーンが二人を迎えた。母親とクロケットにはレッドハウスの購入者候補として紹介されたので、家や敷地をぞんぶんに見てまわってもあやしまれない。トミーは自分が導きだした結論をモニカに話さなかったが、あれこれ探りを入れる質問をした。亡くなった老婦人の衣類や個人的な持ちもののうち、一部はクロケットに譲られ、残りは恵まれない家庭に寄付されていた。なにもかもが目を通された上で、処理されていた。

「伯母さんは書類のたぐいを残されましたか？」

「机の中にいっぱいありましたし、寝室の引き出しにもいくらか。でも重要なものはなにも残っていませんでした」

「書類は捨てたんですか？」

「いいえ、古い書類を捨てるのが母は大嫌いなんです。昔のレシピが書かれているものもあって、いつか見るつもりだそうです」

「なるほど」トミーは満足げにうなずいた。そのあと、庭の花壇で働いている老人を示して尋ねた。「あの老人は、伯母さんの時代にここで庭師を？」

「ええ、以前は週三日通ってきました。彼は村に住んでいるんです。気の毒な年寄りで、もう役に立つ仕事はできません。庭の掃除に週一度だけ来てもらっています。それ以上の余裕はこちらにないので」

トミーはタペンスにウインクし、モニカのことはまかせると伝えて、彼自身は働いている庭師のところへ行った。老人と軽く世間話をして、前の女主人の時代にここで働いていたのかと尋ね、そのあとなにげなく聞いた。

「ご主人のために箱を埋めたことがあったんじゃないか?」

「いいや、わしはなんも埋めとりゃしません。なんのために箱を埋めたりなさるんで?」

トミーはかぶりを振った。眉をひそめながら家へ戻った。老婦人の書類を調べればなにか手がかりがあるかもしれない——さもないと、謎を解くのはむずかしそうだ。家自体は古風だが、秘密の部屋や通路があるほど歴史があるわけではない。

二人が辞去する前に、モニカはひもでくくった大きなボール紙の箱を持ってきた。

「書類を全部集めてきました」彼女はささやいた。「ここに入っています。お持ち帰りになって、時間をかけて調べてください——でも、この家で起きている謎の出来事のヒントになるようなものは見つからないでしょう——」

モニカの話の途中で、大きな音が頭上から聞こえた。トミーは急いで階段を駆けあがった。正面側の部屋の一つにあった水差しと洗面器が床に落ち、すっかり割れていた。部屋にはだれもいなかった。

「またもや幽霊のいたずらか」トミーはにやりとした。

考えごとをしながら階下へ戻った。

「ミス・ディーン、メイドのクロケットと少し話をしたいのですが？」

「承知しました。呼んできます」

モニカはキッチンへ向かった。さっきトミーとタペンスのために玄関のドアを開けた年配のメイドが、彼女と一緒にやってきた。

「ぼくたちはこの家を買いたいと思っているんですよ」トミーは快活に言った。「そして妻は、買った場合あなたも残ってくれるのかどうか、気にしていましてね」

クロケットは礼儀正しく、なんの感情もあらわさなかった。

「ありがとうございます。よろしければ、考えさせていただきたく思います」

トミーはモニカに向きなおった。

「家は気に入りました、ミス・ディーン。ほかにも買い手がいるのは知っています。彼の付け値がいくらだったのかも知っていますよ。ぼくは喜んで百ポンド上乗せしましょう。いいですか、これは破格の値段ですよ」

モニカはあたりさわりのないことをつぶやき、ベレズフォード夫妻は辞去した。

「思ったとおりだ」私道を歩きながら、トミーは言った。「クロケットは一味だよ。彼女が息を切らしていたのに気づいた？　あれは水差しと洗面器をたたきつけたあと裏の階段を駆けおりてきたからだ。ときどき、彼女はこっそり甥を家に入れているにちがいないよ。そして彼がちょっとした〝ポルターガイスト〟だかなんだかを起こしていたんだ。クロケットが素知らぬ顔で家族と一緒のときにね。見ていろ、ドクター・オニールは今日中に金額を上乗せしてくるぞ」

トミーの言葉どおり、夕食のあと手紙が届けられた。モニカからだった。

〈ドクター・オニールがいま連絡してきました。前の金額に百五十ポンド上乗せするそうです〉

「甥は金持ちらしいな」トミーは考え深げに言った。「なあ、タペンス、彼が追っている宝はそれに値する価値があるわけだ」

「ああ！　もう！　ほんとに！　わたしたちが見つけられれば！」

「さあ、退屈な作業にとりかかろうか」

二人は書類の入った大きな箱を整理しはじめた。うんざりする仕事で、書類はみななんの脈絡もなく乱雑に詰めこまれていた。二、三分おきに、二人は成果を比べあった。

「最新のはなに、タペンス？」

「古い領収書二枚、つまらない手紙三通、新ジャガイモの保存法とレモンチーズケーキのレシピ。あなたのほうは？」

「請求書一枚、春についての詩一編、新聞記事の切り抜き二枚。〈なぜ女性は真珠を買うのか——健全な投資〉それに〈四人の妻を持つ男——驚くべき物語〉だ。あとは野ウサギのシチューのレシピ」

「まったく感動的ね」タペンスはつぶやき、二人はさらに仕事を進めた。とうとう、箱はからになった。夫婦は顔を見あわせた。

「これはよけておいた」トミーはノートのページの半分を手にとった。「妙だと思ってね。だが、探しているものに関係があるとは考えられないな」

「見てみましょう。あら！　あのおもしろいやつね、なんて言うんだった？　語句のつづり変え（アナグラム）、言葉当て遊び（シャレード）、そんなやつ」タペンスは読みあげた。

わたしの一番目を燃える石炭に置く
そしてその中にわたしを丸ごと
わたしの二番目はほんとうは一番目
わたしの三番目は冬の木枯らしが嫌い

「ふん」トミーは感心しない口ぶりだった。「リズムのよくない詩だ」

「これのどこが妙だと思ったのかわからないわ。五十年くらい前は、みんながこういうのを集めたものよ。炉辺を囲む冬の夜のために、とっておいたの」

「詩のことじゃないんだ。妙だと思ったのは、その下に書かれた言葉だよ」

「ルカによる福音書、十一章九節」タペンスは読みあげた。「聖書ね」

「ああ。妙だと思わないか？　信仰心のある老婦人が、言葉当て遊びの下に聖書の言葉を書くかな？」

「たしかに変」タペンスは考えこんだ。

「きみは聖職者の娘だから、聖書を持っていたりする？」

「じつは持っているの。はん、持っていないと思っていたでしょ。ちょっと待って」

タペンスはスーツケースを置いた場所に走っていき、小さな赤い本を出してテーブルの前に戻ってきた。そしてすばやくページを繰った。「ここね、ルカによる福音書、十一章九節。ちょっと！　トミー、見て」

トミーは聖書の上にかがみこんでタペンスが指さした問題の箇所を見た。

「探しなさい。そうすれば、見つかる」

「これよ」タペンスは叫んだ。「わたしたち、やったわ！　暗号を解けばお宝はわたしたちのもの——というか、モニカのもの」

「それじゃ、きみの言う暗号の解読にとりかかろう。『わたしの一番目を燃える石炭に置く』。どういう意味だろう？　それに——『わたしの二番目はほんとうは一番目』。わけがわからないな」

「じつはとても単純よ」タペンスはやさしく言った。「こつがあるの。わたしに貸して」

トミーは喜んで紙を渡した。タペンスは肘掛け椅子におさまると、眉根を寄せて独りごとをつぶやきはじめた。

「じつはとても単純、か」半時間が経過したとき、トミーは低い声で言った。

「得意顔をしないで！　わたしたち、こういうのに向いている世代じゃないんだから。明日ロンドンへ戻ったら、苦もなくこれを解読してくれる老婦人を訪ねる。それで解決よ。要はこつなの」

「まあ、もう一度がんばってみようよ」

「燃える石炭の上にのせるものはたいしてない」タペンスは頭をひねりながら言った。「消すためにかける水（ウオーター）か、薪（ウッド）か、やかん（ケトル）」

「一音節の単語なんじゃないの？　薪（ウッド）はどう？」

「だけど、薪の中にはなにも入れられないわ」

「水（ウオーター）に替えられる一音節の単語はないが、やかん（ケトル）なら代わりがありそうだな」

「シチュー用鍋（ソースパン）、フライパン。平鍋（パン）は？　でなければ深鍋（ポット）？　pan か pot で始まる言葉で、料理に使うものは？」

「陶器（pottery）だ。火の中で焼く。これは近づいているんじゃないか？」

「ほかの部分があわないわ。パンケーキ？　違う。ああもう！」

　ここで二人は若いメイドに邪魔された。メイドは、夕食がもうすぐできると伝えた。

「ただ、ミセス・ラムリーがジャガイモは揚げるか、皮つきのまま茹でるか、うかがいたいそうなんですが？　両方ともご用意があります」

「皮つきのまま茹でて」タペンスはすぐに答えた。「わたし、ジャガイモが大好物で――」そこで口を開けたまま黙りこんだ。

「どうした、タペンス？　幽霊でも見たような顔だぞ」

「トミー、わからない？　それよ！　単語。ジャガイモ（potatoes）！『わたしの一番目を燃える石炭に置く』——これは深鍋（pot）。『そしてその中にわたしを丸ごと』。『わたしの二番目はほんとうは一番目』。これはaのことよ、アルファベットの一番目。potatoesのa。『わたしの三番目は冬の木枯らしが嫌い』——もちろん冷たい足指（toes）のことだわ」

「きみの言うとおりだ、タペンス。頭が切れるじゃないか。だが、意味のないことにむだな時間を費やしすぎたんじゃないかな。ジャガイモは失われた財宝とはなんの関係もなさそうだぞ。あ、ちょっと待て。箱の中をさらっていたとき、きみはなんと言った？　新ジャガイモの保存法のことを言っていたろう？　そこになにかあるんじゃないか」

トミーは急いで書類の山の中を探した。

「これだ。〈新ジャガイモの保存法〉。新ジャガイモをブリキの容器に入れて庭に埋める。真冬でも、収穫したばかりのような新鮮な味がする」

「やったわ」タペンスは叫んだ。「これが答えよ。お宝は庭にある、ブリキの箱に入れられて」

「だけど、ぼくは庭師に聞いたんだよ。彼はなにも埋めたりしていないと言っていた」

「ええ、知っている。でも、人ってかならずしもあなたが聞いたことに答えていないの、あなたが聞いたと思ったことに答えているのよ。特別なものはなにも埋めたりしていないって、庭師は答えたんだわ。明日行って、彼がジャガイモを埋めたかどうか聞いてみましょう」

翌朝はクリスマスの前日だった。人に尋ねて、二人は老庭師のコテージを見つけた。しばらくしゃべったあと、タペンスは話を持ちだした。

「クリスマスに新ジャガイモを食べられたらいいのに。シチメンチョウと合わせたらおいしいわよね？　このあたりではブリキの容器に入れて埋めるの？　そうすると新鮮に保てると聞いたわ」

「ああ、そうですよ」老人は答えた。「レッドハウスの前のご主人、ミス・ディーンは、毎年夏にかならずブリキの容器を三つ埋めたもんです。そんでもって、よく掘りだすのを忘れなさってな！」

「家のそばの花壇に埋める習慣じゃなかった？」

「いいや。モミの木のそばの塀ぎわでさあ」

求めていた情報を得て、二人はすぐ庭師に別れを告げ、クリスマスの贈りものとして五シリングを渡した。

「さあ、次はモニカだ」トミーは言った。

「トミー！　あなたって演出のセンスがゼロね。わたしにまかせて。すてきな計画があるの。なんとかしてシャベルを手に入れてきてくれない？」

シャベルは無事に手に入り、その晩遅く、二人の人影がレッドハウスの敷地にしのびこんだ。庭師が話していた場所は簡単に見つかり、トミーは作業にとりかかった。ほどなくシャベルが金属に当たり、数秒後に彼は大きなビスケットの缶を掘りだした。粘着テープで四辺を封じてしっかりと閉まっていたが、トミーのナイフを借りてタペンスはすぐに開けることができた。

次の瞬間、彼女はうめき声を上げた。ブリキ缶にはジャガイモが詰まっていた。すっかりからになるまで中身を出したが、ほかにはなにも入っていなかった。

「掘りつづけて、トミー」

まもなく二つ目の缶が見つかった。前と同様に、タペンスは封を切った。

「どう？」トミーは勢いこんで尋ねた。

「またジャガイモ！」

「くそ！」トミーはもう一度作業にかかった。

「三度目の正直よ」タペンスは慰めるように言った。

「こいつは幻の大発見に終わるんじゃないかな」トミーは陰鬱（いんうつ）な口調で言いつつも、掘りつづけた。

ついに三つ目の缶が見つかった。

「またジャガ——」言いかけて、タペンスはいったん口を閉じた。「ああ、トミー、やったわ。ジャガイモは上にのっているだけ。ほら！」

彼女は大きな古いビロードのハンドバッグを掲げた。

「戻ろう」トミーは叫んだ。「死ぬほど寒いよ。ハンドバッグはきみが持って帰れ。ぼくは地面を埋め戻さなきゃ。そして、ぼくが帰る前に袋を開けたりしたら、きみに千の呪いが降りかかりますように！」

「公平にやるわ。ううっ。凍えちゃう」タペンスは大急ぎで退散した。

宿屋に着いたあと、彼女はたいして待たずにすんだ。掘ったり埋めたり最後に走ったりして、トミーは汗びっしょりで彼女を追ってきたのだ。

「さあ、私立探偵たちがついに成功したぞ！　戦利品を開けてくれたまえ、ミセス・ベレズフォード」

ハンドバッグの中には、防水加工した絹布の包みと、重いシャモア革の袋が入っていた。二人は袋から先に開けた。中にはソブリン金貨がぎっしり詰まっていた。トミーは数えた。

「二百ポンドある。これは銀行から彼女が引き出したものだな。包みのほうを開けて」

タペンスは開けた。きっちりと束ねられた紙幣が入っていた。トミーとタペンスは注意深く数えた。きっかり二万ポンドあった。

「ヒュー！　ぼくたちが金持ちで正直な人間で、モニカは幸運だね？　薄紙でくるまれているのはなに？」

タペンスは小さな包みを開けて、粒ぞろいのみごとな一連の真珠をとりだした。

「こういうものは、ぼくにはよくわからない」トミーはゆっくりと言った。「だが、この真珠は少なくとも五千ポンドはするだろう。粒の大きさを見ろよ。なぜ真珠はいい投資になるっていう記事を老婦人がとっておいたのか、これでわかった。彼女は有価証券をすべて現金化して、貨幣と宝石にしたんだ」

「ああ、トミー、すばらしいじゃない？　よかったわ、モニカ。これで彼女は大好きな若者と結婚して末永く幸せに暮らせる、わたしみたいに」

「うれしいことを言ってくれるね、タペンス。じゃあ、きみはぼくといて幸せなんだね？」

「じつのところ、そうなの。でも、こんなこと言うつもりじゃなかった。口がすべったのよ。

興奮しているし、クリスマスイブだし、それやこれやで──」

「ほんとうにぼくを愛しているなら、一つだけ質問に答えてくれる？」

「こういう駆け引きは大嫌い。でも──まあ──いいわ」

「きみはどうしてモニカが牧師の娘だってわかったんだ？」

「ああ、ちょっとしたいかさまよ」タペンスは楽しそうに答えた。「面会の約束をとる彼女の手紙を開けたの。父の助手にミスター・ディーンという人がいて、彼にはモニカという幼い娘がいたのよ、わたしより四つか五つ年下だった。だから、思いあたったというわけ」

「この恥知らずめ。おや、十二時の鐘だ。クリスマスおめでとう、タペンス」

「クリスマスおめでとう、トミー。モニカにとってもいいクリスマスになる──すべてわたしたちのおかげでね。うれしいわ。かわいそうに、あの子はずっと苦労してきたのよ。それを考えると、変な気持ちになって泣きだしそうになる」

「いとしいタペンス」

「いとしいトミー。わたしたち、ひどく感傷的になっているわね」

「クリスマスは年に一回しかない」トミーは真剣なおももちで言った。「これは、ひいおばあさんたちが言っていたことだ。いまでも多くの真理を含んだ言葉だと思うよ」

16　大使の靴

「ああきみ、いやはや」タペンスは言って、たっぷりとバターを塗ったマフィンを振ってみせた。

トミーはしばらく彼女を眺めたあと、にっこりしてつぶやいた。

「われわれはくれぐれも慎重でなければ」

「そうよ」タペンスは喜んだ。「当たり。わたしはかの有名なドクター・フォーチュン（Ｈ・Ｃ・ベイリーの作品に登場する美食家の医師で、ロンドン警視庁犯罪捜査部顧問）で、あなたはベル警視（フォーチュンの協力者）」

「なぜレジナルド・フォーチュンになっているの？」

「それはね、じつは熱々のバターをたっぷり食べたいからなの」

「それは楽しいほうの一面だ。だが、別の面もある。きみは激しく損傷した顔や特殊な死体をたくさん調べなくちゃならないよ」

タペンスは彼に手紙を投げ渡すことで答えた。トミーは驚いて眉を吊りあげた。

「ランドルフ・ウィルモット、アメリカ合衆国大使。なんの用事だろう」

「明日の十一時にはわかるわ」

約束の時間ぴったりに、駐英アメリカ大使ミスター・ランドルフ・ウィルモットがミスター・ブラントのオフィスに招き入れられた。彼は咳ばらいして、思慮深い独特の態度で切りだした。

「お訪ねしたのは、ミスター・ブラント——ところで、いまお話ししているあなたはミスター・ブラントご本人でしょうね?」

「はい。セオドア・ブラントです、ここの社長です」

「つねにトップと交渉するようにしておりまして。あらゆる点でそのほうが満足のいく結果になる。お話ししようとしていたのはですね、ミスター・ブラント、ある件で悩まされているんですよ。ロンドン警視庁の手をわずらわせるような要素はなにもなく——金銭的な被害があったわけでもなく、たんなる単純な間違いなんです。しかし、どうして間違いが起こったのかわからない。犯罪的な側面は皆無だが、きちんと解決しておきたいんです。理由がわからないと、わたしはどうしようもなく頭に来るたちで」

「そうでしょうとも」トミーはうなずいた。

ミスター・ウィルモットは続けた。話しぶりはゆっくりで詳細にわたっていた。しばらくしてトミーはようやく口をはさむことができた。

「なるほど。こういうことですね。あなたは一週間前に定期船〈ノマディック〉号で到着された。そこで、あなたの旅行かばんと、別の紳士でイニシャルが同じミスター・ラルフ・ウェスタラムの旅行かばんがとり違えられた。あなたはミスター・ウェスタラムのかばん、彼はあなたのかばんを持っていった。ミスター・ウェスタラムはすぐ間違いに気づき、大使館にあなたの旅行かばんを届けて自分のを持ち帰った。ここまで合っていますか?」

「起きたことはそのとおり。二つのかばんは見かけもそっくりで、両方ともR・Wのイニシャルがついていたので、間違いが起きたのも理解できます。わたし自身は従者が知らせてくれるまで気がついてもいなかった。ミスター・ウェスタラム——合衆国上院議員で、わたしはたいへん尊敬している——彼が自分のかばんを探しあて、わたしのを返してくれました」

「でしたら、わからないのは——」

「すぐおわかりになる。これは話の始まりにすぎません。昨日、機会があってウェスタラム上院議員に会い、冗談めかしてこの話をしたんです。ところが驚いたことに、彼はこのことをまったく知らなかったようで、わたしが説明すると、完全に否定するじゃありませんか。彼が言うには、船からわたしのかばんを自分のと間違えて持って降りたりしなかった——じっさい、そんなかばんは彼の荷物の中にはなかったそうなんです」

「それは突拍子もない話ですね!」

「ミスター・ブラント、じつに突拍子もない話です。まったくわけがわからない。なにしろ、もし何者かがわたしの旅行かばんを盗みたかったら、こんな面倒くさいことをしなくても簡単にできるんですから。それに、とにかく盗まれたわけではなく、返ってきたんです。とはいえ、間違って持っていかれたのなら、どうしてウェスタラム上院議員の名前を使うんですかね? 奇妙奇天烈な出来事ですよ——好奇心を満たすためだけにでも、わたしは真相を探りだすつもりです。こんなささいな事件は引き受けない、とはおっしゃらないでしょうね?」

「もちろんです。たいへん魅惑的なちょっとした謎ですね。たしかに、あっさり説明がつく可能性も大いにありますが、一見したところじつに不可解だ。むろん、まずはとり違えが――とり違えがあればだが――起きた理由です。戻ってきたとき、かばんからなくなっていたものはなにもなかったんですね？」

「従者はないと言っています。彼にならわかる」

「よろしければ、なにが入っていたのか教えていただけますか？」

「だいたいは靴です」

「靴」トミーは拍子抜けした。

「ええ、靴です。奇妙でしょう？」

「さしつかえなければお尋ねしたい、あなたは秘密文書とかそういうたぐいのものを靴の内張りに縫いこんだり、空洞のあるかかとにねじこんだりしていませんか？」

大使はその質問をおもしろがっているようだった。

「秘密外交はそこまでの域に達していないと思いますよ」

「小説の中だけですね」トミーは微笑し、弁解がましく続けた。「だがそうは言っても、なんとか説明をつけませんとね。かばんをとりにきたのはだれですか――あなたのではないかばんを？」

「ウェスタラムの従者だと思われます。物静かで目立たない男だったと聞いています。わたしの従者から見て、なにもおかしなところはなかった」

「かばんは開けられていましたか?」

「そこははっきりしない。開けられていないと思います。だが、きっとあなたは従者にお聞きになりたいのでは? このことについては、わたしより彼のほうがよく知っている」

「それがいいと思います、ミスター・ウィルモット」

大使は名刺に走り書きしてトミーに渡した。

「大使館にいらして、そこで質問をされたいでしょうね? そうでなければ、その従者を——リチャーズといいます——こちらへ寄こしますが」

「いいえ、大丈夫です、ミスター・ウィルモット。大使館へうかがうことにします」

大使は腕時計を一瞥(いちべつ)しながら立ちあがった。

「しまった、約束に遅れてしまう。では失礼、ミスター・ブラント。よろしくお願いしますよ」

彼は急いで出ていった。トミーはタペンスを見た。彼女は有能なミス・ロビンソンとして、これまで静かにメモをとっていた。

「どう思う?」トミーは聞いた。「あの用心深い大使が言うようにまったくわけがわからない話だが、解明できそうか?」

「いや、まったく」タペンスは陽気に答えた。

「まあ、まだ始めたばかりだ! じつは、この裏にはきわめて深いものが潜んでいるようだ」

「そう思う?」

「一般に通用している仮説だよ。シャーロック・ホームズとパセリに沈んだバターの深さを思い出せ――逆だ、バターに沈んだパセリだ（コナン・ドイルの短編「六つのナポレオン像」に出てくる、ホームズの〝語られざる事件〟の解決のきっかけ）。ぼくはかねてからあの事件のすべてを知りたいと熱望しているんだ。ワトスンがそのうちメモ帳から全容を発見するかもしれない。そのときはぼくも思い残すことなく死ねるよ。だがとにかく、さっさととりかからないと」

「そのとおり。頭の回転が速くはないね、あの尊敬すべきウィルモットは。だが堅実だ」

「彼女は人間というものをよく知っている。あるいは、彼は知っていると言うべきかな。きみが男の探偵役をやるときは、まったくまぎらわしいよ」

「ああきみ、いやはや！」

「もう少し身ぶり手振りを頼むよ、タペンス。そしてくりかえしは減らして」

「古典の引用は何度くりかえしてもいいんだ」タペンスはもったいぶって答えた。

「マフィンを食べろよ」トミーはやさしく言った。

「午前十一時には食べない、ありがとう。おかしな事件だな。靴とは――なあ。なぜ靴なんだろう？」

「ふむ。なぜ靴じゃだめなんだ？」

「しっくりこない。靴ね」タペンスはかぶりを振った。「まったく的はずれな感じだ。だれが他人の靴をほしがる？　なにもかもばかげている」

「もしかしたら別のかばんを盗むつもりだったのかもしれない」トミーは言った。

「それはありえる。でも書類を狙っていたなら、アタッシェケースのほうがふさわしい。大使と関連づけて考えられるのは書類だけだからな」

「靴は足跡を暗示している」トミーは考えた。「ウィルモットの足跡をどこかに残したかったのかな?」

タペンスはフォーチュン役を演じるのをやめてトミーの案を検討したが、首を横に振った。

「とてもありえないわ。靴はこの件とは関係ないと認めざるをえないと思う」

「そうだな」トミーはため息をついた。「次は従者のリチャーズに話を聞こう。謎に光明を与えてくれるかもしれないぞ」

大使の名刺を出すと、トミーは大使館に入るのを許された。すぐに、うやうやしい態度と抑制のきいた口調の青白い顔をした若い男が、調査に協力するために現れた。

「リチャーズです、ミスター・ウィルモットの従者をつとめています。わたしに会いにみえたんですね?」

「そうだ、リチャーズ。ミスター・ウィルモットはけさぼくを訪ね、ここに来てきみに二、三質問したらどうかと言われた。旅行かばんの件だ」

「ミスター・ウィルモットがこの件でいささかうろたえておられるのは知っています。なぜかよくわかりません、だって被害はなにもなかったんですから。とりにきた男からウェスタラム上院議員のかばんだと確かに聞きました。わたしの思い違いでなければですが」

「とりにきたのはどんな男だった?」

「中年で、白髪まじり。とても上品で——ちゃんとしていました。ウェスタラム上院議員のお供の方だと聞きました。彼はミスター・ウィルモットのかばんを置いて、もう一つのほうを持っていきました」

「かばんは開けられていなかったのか？」

「どっちのかばんのことですか？」

「ああ、きみが船から持ってきたほうのかばんだ。だが、もう一つのほうのことも知りたい――ミスター・ウィルモットのかばんだ。中身はいったん出されたと思うか？」

「それはないと思います。船でわたしが荷造りしたままの状態でした。相手の紳士は――だれか知りませんが――開けたとたん自分のではないと気づき、また閉めたのではないでしょうか」

「なにもなくなっていなかった？　どんな小さなものでも？」

「なくなっていないと思います。かなり確信があります」

「それで、こちらへ持ち帰ったかばんのほうだが、きみは荷ほどきを始めていた？」

「じつは、ちょうど開けようとしたときにウェスタラム上院議員のお供の方が来たんです。ストラップをはずしたところでした」

「結局開けなかったんだね？」

「われわれは一緒に開けてみました、こんどこそとり違えが起こらないように。上院議員のお供の方は間違いないと言い、彼はまたストラップを締めなおして持って帰ったんです」

「中にはなにが？　やっぱり靴か？」

「いいえ、だいたいが洗面用具だったと思います。浴用塩（バスソルト）の缶を見ました」

トミーは靴の線を捨てた。

「乗船中、ご主人の船室をだれかが物色するのを見たりしなかっただろうね?」

「いいえ、とんでもない」

「疑わしそうなことはなにもなかった?」

(ぼくのいまの言葉はどういう意味だろうな) トミーはちょっとおもしろがって考えた。(疑わしそうなこと――なんとでもとれる!)

だが、目の前の男はためらった。

「いま思い出したのですが――」

「うん」トミーは身を乗りだした。「なんだ?」

「この件に関係があるとは思いません。でも、若いご婦人がいました」

「ほう? 若いご婦人ね。彼女はなにをしていた?」

「失神しそうになったんです。とても感じのいいご婦人で、ミス・アイリーン・オハラとおっしゃいました。きゃしゃな方で、背は高くなく、髪は黒でした。少し異国風の外見でした」

「それで?」トミーはさらに関心を深めて促(うなが)した。

「申し上げたように、気分が悪くなられたんです。ミスター・ウィルモットの船室のすぐ外で。わたしは医者を呼ぶように頼まれました。彼女をソファまで連れていってから、呼びにいきました。

医者を探すのにちょっと手間どりましたが、見つけて船室へ連れていったところ、若いご婦人はほぼ回復しておられました」

「なるほど！」

「まさかあなたのお考えでは――」

「どう考えるべきかはむずかしいね」トミーはあたりさわりなく答えた。「そのミス・オハラは一人旅だった？」

「ええ、そうだと思います」

「上陸してからは彼女に会っていないね？」

「会っていません」

「そうか」トミーはしばらく考えたあとで言った。「聞きたいことはこれで全部だと思う。ありがとう、リチャーズ」

「どういたしまして」

国際探偵社のオフィスに戻ると、トミーはリチャーズの話をタペンスに聞かせた。彼女は注意深く耳を傾けた。

「どう思う、タペンス？」

「ああきみ、われわれ医者というものは、つねに突然気が遠くなる症状については懐疑的なんだ！　ひじょうに好都合だからね。そしてアイリーンもオハラも、あまりにもアイルランド人らしすぎる名前じゃないか？」

「これでやっと足がかりができたな。ぼくがどうするかわかる、タペンス？　そのご婦人を探す広告を出すんだ」

「え？」

「そう、これこれの船でこれこれの期間、旅をしていたミス・アイリーン・オハラについて情報を求める。彼女が本物なら自分で申し出るだろうし、だれかが彼女についての情報を持ってぼくたちに連絡してくるかもしれない。これまでのところ、手がかりになりそうな唯一の人物だよ」

「彼女を警戒させてしまうことにもなる、言っておくがね」

「ああ。まったくリスクをおかさないわけにはいかない」

「それでも、意味があるとは思えない」フォーチュンきどりのタペンスは眉をひそめた。「悪党どもが大使のかばんを一、二時間奪ってから返したとして、いったいどんな得があるというんだ。複写をとりたい書類が入っているとかでないかぎり、無意味だよ。ミスター・ウィルモットはそんなものは入っていなかったと言っていた」

トミーは考えながら彼女を見つめていた。

「きみはものごとをうまく整理してくれた」ようやく彼は言った。「おかげで思いついたことがある」

二日後。タペンスは昼食に出かけていた。ミスター・セオドア・ブラントの質素なオフィスに一人でいたトミーは、最新の煽情的なスリラー小説を読んで思考力を向上させていた。

ドアが開いてアルバートが現れた。

「若いご婦人がみえています。ミス・シスリー・マーチとおっしゃって、広告を見てここへ来たそうです」

「ただちにお通ししろ」トミーは適当な引き出しに本を放りこんで叫んだ。

すぐに、アルバートが若い女を案内してきた。彼女が金髪でとても美しいことをトミーが見てとった瞬間、驚くべきことが起きた。

アルバートが出ていって閉めたばかりのドアが乱暴に開かれた。そこに立ったのは個性的な人物だった——色の浅黒い大男。見たところスペイン人らしく、真っ赤なネクタイを締めていた。怒りで顔をゆがめ、手には光る拳銃を握っている。

「それではここがミスター・ビズィボディ（でしゃばり）・ブラントのオフィスか」男は完璧な英語で言った。声は低く悪意に満ちていた。「手を上げろ——さもないと撃つ」

脅しは本気のようだった。トミーはおとなしく手を上げた。壁ぎわにうずくまった娘は恐怖のあえぎ声を洩らした。

「このお嬢さんはおれと来てもらおう」男は言った。「ああ、そうしてもらう。おれとは一度も会ったことがないだろう、だがそれはどうでもいい。あんたみたいなばかな小娘におれの計画をめちゃくちゃにされてたまるか。あんたは〈ノマディック〉号の船客だったよな。自分とは無関係なことをのぞき見していたにちがいない——だが、こちらのミスター・ブラントに、どんな秘密もしゃべってもらっちゃ困るんだ。とてもお利口な紳士なんだ、ミスター・ブラントはな、あんなしゃれた広告を出して。ところがじつのところ、おれは広告には目を光らせているんでね。だから、彼のちょっとしたたくらみに気づいたのさ」

「きみには大いに関心をそそられる」トミーは言った。「続けてくれないか?」

「生意気な口をきいてもなんの得にもならないぞ、ミスター・ブラント。いまから、あんたは要注意人物だ。この調査はあきらめろ、そうすれば手出しはしない。さもないと――一巻の終わりだ。われわれの計画を阻止しようとするやつに、死はすみやかに訪れる」

トミーは答えなかった。幽霊でも見たかのように、侵入者の後方を凝視していた。

じつは、どんな幽霊よりも不安を引きおこすものを彼は見ていた。いままで、彼はアルバートがゲームに一役買うとは考えてもいなかった。雑用係はとっくに謎の侵入者によって片づけられているものだとばかり思っていた。アルバートのことがちらりと脳裏に浮かんだとしても、それは受付のカーペットの上で気絶している姿だった。

アルバートは奇跡的に侵入者の手を逃れたことが、いまわかった。ところが良識ある英国人らしく急いで警官を呼びにいくのではなく、若者は独力で行動に出ると決めたのだ。侵入者の背後のドアが音もなく開き、アルバートはそこに輪にしたロープを持って立っていた。

トミーは制止しようと悲鳴に近い声をあげたが、手遅れだった。夢中になったアルバートがロープの輪を投げて侵入者の頭を捉えると、男は後ろへ引き倒された。

避けがたいことが起きた。轟音(ごうおん)とともに銃が火を吹き、弾はトミーの耳をかすめて後ろの壁にめりこんだ。

「捕まえました」アルバートは勝利に顔を紅潮させて叫んだ。「投げ縄で。ひまなときに練習していたんです。手を貸してくれますか？　こいつ、むちゃくちゃ暴れている」

トミーは急いで忠実な腹心の部下の手助けに駆け寄った。同時に、アルバートをもうひまにさせないようにしなければと決意した。

「このばか者め。どうして警官を呼びにいかなかった？　きみが愚かなまねをしたせいで、ぼくはあやうくこいつに頭を撃ち抜かれるところだったんだぞ。ヒュー！　こんなにきわどかったのは初めてだ」

「間一髪で投げ縄で捕まえてやりましたよ」アルバートの意気込みはまったく衰えていなかった。「大平原でカウボーイたちがやってるのはすごいことだな」

「それはそうだ。だが、ぼくたちは大平原にいるんじゃない。きわめて高度な文明都市にいるんだ。さて、そちらの紳士だが」彼は倒れている敵に向かって言った。「どうしたものかな？」

外国語の悪罵が次々と返ってきただけだった。

「黙れ。きみの言っていることは一言もわからないが、ご婦人の前で使うべき言葉ではないのはぼくの洞察力でわかるよ。この男のことは大目に見てやっていただけますか、ミス――いまのちょっとした騒ぎで、あなたのお名前を失念してしまったのですが？」

「マーチです」彼女はまだ顔面蒼白で震えていた。だが、進み出るとトミーの横に立って、敗北した闖入者(ちんにゅうしゃ)の横たわった姿を見下ろした。「この人をどうするおつもりですか？」

「これからおまわりを連れてきましょうか？」アルバートが聞いた。

しかし顔を上げたトミーは娘が否定するようにかすかに首を振るのに気づき、相手の意向に従った。

「今回は見逃してやろう。とはいっても、喜んでこいつを階下へ蹴りとばしてやる――レディに対する礼儀を教えてやるためにね」

彼はロープをはずして男を立たせ、とっとと表の受付へ歩かせた。

何度かの金切り声、そのあとドサッと落ちる音。トミーは顔を赤くし、だがにこやかな表情で戻ってきた。

娘は目を丸くしてトミーを見つめていた。

「あの――けがをさせたんですか？」

「だといいですが。だが、ああいうスペイン野郎はけがなんかしていなくても悲鳴を上げるものだ――だから、はっきりとはわかりません。ぼくのオフィスへ戻って、中断したお話を続けましょうか、ミス・マーチ？　もう邪魔は入らないでしょう」

「念のために投げ縄を用意してますよ」頼りになるアルバートが言った。

「それを片づけるんだ」トミーはきっぱりと命じた。

彼は娘のあとから奥のオフィスに入り、机の前にすわった。娘は彼の前の椅子に腰を下ろした。「どこから始めたらいいのかわかりませんわ」娘は言った。「あの男が言ったことを聞かれましたよね、わたしは〈ノマディック〉号に乗っていました。あなたが広告を出していた女性、ミス・オハラも乗っていました」

「ええ、それはもうわかっていますが、あなたは乗船中のミス・オハラについてなにか知っているんじゃありませんか？　そうでなければ、あの個性的な紳士があんなに大急ぎで邪魔しにくるはずがない」

「なにもかもお話ししますわ。アメリカ大使も乗っていました。ある日、わたしは大使の船室の外を通ったんです。そのとき女が中にいるのが見えて、とても妙なことをしていたので思わず足を止めました。彼女、男ものの靴を手に持っていたんです——」

「靴を？」トミーは興奮して叫んだ。「失礼、ミス・マーチ。続けてください」

「小さなはさみで、彼女は内張りを切り裂いていました。そのあと、なにかを押しこんだようでした。ちょうどそのとき、医者ともう一人が通路をやってきました。とたんに彼女はソファに倒れこんでうめいたんです。わたしはその場に留まって、耳にしたやりとりから彼女が失神するふりをしたんだと思いました。ふりをしたと言ったのは——最初に見たとき、まったくそんな様子じゃありませんでしたから」

トミーはうなずいた。

「それで？」

「続きを話すのは気が進まないんです。わたし——好奇心をかきたてられました。それに、くだらない本をいろいろ読んでいたので、ミスター・ウィルモットの靴の中に爆弾とか毒針とかを彼女が仕込んだんじゃないかと思ったんです。ばかげているのはわかっています——でも、ほんとうにそう思いました。とにかく、次にだれもいない大使の船室の前を通ったとき、しのびこんで靴を調べました。内張りの裏から紙が一枚出てきました。手にとった瞬間、客室乗務員が来る音が聞こえたので、見つからないように急いで外に出たんです、折りたたまれた紙を手に持ったまま。自分の船室に戻ってから見てみました。ミスター・ブラント、紙に書いてあったのはただの聖書の一節だったんです」

「聖書の一節？」トミーは夢中で聴きいっていた。

「そのときはそう思いました。意味がわからないでしたが、狂信者のしわざかもしれないと考えたんです。とにかく、靴の中に戻しておく価値はないように感じました。昨日、幼い甥を風呂に入れるときに浮かべる舟を作るのにあの紙を使うまで、そのことはほとんど忘れていました。紙が濡れると、奇妙な図面らしきものが浮かびあがってきたじゃありませんか。急いで風呂から出して、また平らに伸ばしました。濡れたので、隠されていたメッセージが現れたんです。模写のようでした――港の入口みたいに見えました。その直後に、あなたの広告に気づいたんです」

トミーは椅子から飛びあがった。

「ここがいちばん重要なところだ。いま、すべてがわかりました。その模写は重要な港の防衛施設の図面でしょう。その女が盗んでいたんです。だれかに尾行されているのではと怯え、自分の持ちものに隠すのをやめて大使の靴という隠し場所を思いついた。あとで、とり違えたふりをして靴が入っているかばんを手に入れた――ところが紙は消えていた。ミス・マーチ、その紙をいまお持ちですか？」

彼女はかぶりを振った。

「わたしの仕事場にあります。ボンド・ストリートで美容サロンを経営していますの。じつは、ニューヨークの〈シクラメン〉製品の代理店をしています。だから向こうへ行っていたんです。重要な書類ではないかと思ったので、ここへ来る前に金庫に入れてきました。ロンドン警視庁に知らせるべきなのでは？」

「ええ、そうですね」

「では、ご一緒に行って紙をとりだして、ロンドン警視庁へまいりましょうか？」

「今日の午後はたてこんでおりまして」トミーはいつもの多忙な社長モードに入って、腕時計に目をやった。「ロンドン主教が調査を依頼されたいとのことでして。礼服と副牧師二人にかかわる、奇妙きわまる問題なんです」

「それでしたら、わたし一人で行きますわ」ミス・マーチは立ちあがった。

トミーは手を上げて押しとどめた。

「言おうとしていたんですよ、主教にはお待ちいただきましょう。アルバートにちょっとことづてしてきます。確信をもって申し上げるが、その紙を無事にロンドン警視庁に渡すまで、あなたは危険に身をさらしておいでだ」

「そう思われます？」彼女は懐疑的だった。

「思うのではなく、確信しています。失礼」トミーは前にあったメモ帳に走り書きし、そのページをちぎると折りたたんだ。

帽子とステッキを手にし、同伴する用意ができたことをミス・マーチに告げた。表の受付で、トミーはアルバートに重々しい態度でたたんだ紙を渡した。

「緊急の用事で出かける。もしいらしたら、猊下にそうご説明してくれ。その件についてのミス・ロビンソンへの申し送りだ」

「承知しました」アルバートも役を演じた。「公爵夫人の真珠の件はどうなさいます？」

トミーはいらだたしげに手を振った。

「それもあとまわしだ」

彼とミス・マーチは急いで出ていった。階段の途中で、上ってくるタペンスとすれちがった。トミーはぶっきらぼうに言った。「また遅いじゃないか、ミス・ロビンソン。ぼくは重要な用事で出かける」

タペンスは階段の途中で立ち止まり、二人を見送った。そのあと眉を吊りあげて、オフィスへ向かった。

トミーたちが通りに立つと、タクシーが寄ってきた。止めようとしたところで、トミーは気を変えた。「歩くのはお好きですか、ミス・マーチ？」まじめな口調で尋ねた。

「ええ、でもなぜ？　タクシーで行くほうがよくありませんか？　そのほうが速いし」

「あなたはお気づきじゃなかったでしょう。いまのタクシーの運転手は通りの少し向こうで乗車拒否していたんです。ぼくたちを待っていたんですよ。あなたの敵が見張っている。よろしければ、ボンド・ストリートまで歩いていくほうがいい。人込みの中ではやつらも手を出してこないはずだ」

「けっこうですわ」ミス・マーチはやや疑わしげにうなずいた。

二人は西へ歩いた。トミーの言ったとおり、通りは混雑していて歩くペースはのろかった。トミーは油断なく見張っていた。ときどき、彼はすばやくミス・マーチを脇に引き寄せたが、彼女自身はなにもあやしいものは目にしていなかった。

突然彼女を横目で見て、トミーは良心の呵責を感じた。

「ねえ、あなたは疲れきっているようだ。あの男が乱入してきたショックでしょう。この店に入って濃いコーヒーでも飲んだほうがいい。ブランディをちょっぴり垂らしてね」

ミス・マーチはかすかに微笑して首を振った。

「ではコーヒーだけで」トミーは言った。「毒は入っていないと思いますよ」

二人はコーヒーを飲んで休憩し、こんどは前より速い足どりで歩きだした。

「やつらをまいたようですね」トミーは振りかえった。

〈シクラメン株式会社〉はボンド・ストリートの小さな建物で、窓にはピンクのタフタのカーテンがかかり、フェイスクリームいくつかと洗顔石鹸一つが飾られていた。

シスリー・マーチは中に入り、トミーも続いた。店は狭かった。左側には化粧品が並んだガラスのカウンター。その奥には白髪まじりで肌のきめこまかな中年女性がすわっており、シスリー・マーチが入ってくるのを認めて小さくうなずいてから客の相手を続けた。

この女性客は小柄で髪が黒かった。トミーたちに背中を向けていて顔は見えない。ゆっくりとたどたどしい英語で話している。右側にはソファ一つ、椅子二つがあり、テーブルの上には雑誌が数冊置いてある。そこには男が二人すわっていた――妻を待って退屈している夫たちというところだ。

シスリー・マーチはまっすぐ進んで端のドアを通りぬけ、あとから来るトミーのために少し開けておいた。トミーが彼女に続いたとき、女性客が叫んだ。「あら、あれはわたしのお友だち（アミーコ）じゃないかしら」そして二人を追って駆けだし、ドアが閉まる寸前に片足を突っこんで止めた。同時に二人の男が立ちあがった。一人が女性客のあとからドアを通りぬけ、もう一人は店員に近づいて彼女が悲鳴を上げられないように手で口をふさいだ。

そのかんにも、スイングドアの向こうで事態はすばやく展開した。入ったとたんトミーは頭に布をかぶせられ、胸の悪くなる臭いが鼻をついた。しかし、たちまち布ははぎとられ、女の叫び声が響いた。

トミーはまばたきして咳ばらいし、眼前の光景を目におさめた。右側には二、三時間前に闖入してきた謎の男がおり、彼にすばやく手錠をかけているのは退屈していた夫たちの一人だった。トミーの正面では、シスリー・マーチが自由になろうとむなしくもがいていたが、女性客ががっちりと羽交い絞めにしていた。その女性客が向きなおり、かぶっていたヴェールがはらりと落ちたとき、おなじみのタペンスの顔が現れた。

「よくやった、タペンス」トミーは進み出た。「手を貸そう。ぼくなら抵抗はしないよ、ミス・オハラ――それともミス・マーチと呼ばれるほうがいいかな?」

「こちらはグレイス警部よ、トミー」タペンスは言った。「あなたが残したメモを読んですぐ、ロンドン警視庁に電話したの。グレイス警部ともう一人と、ここの外で待ちあわせた」

「こちらの紳士を捕まえられてたいへんうれしい」囚人を示して警部は言った。「重要指名手配犯です。だが、この店を疑う理由がなかった──本物の美容サロンだと思っていました」

トミーは穏やかに言った。「そう、ぼくたちはくれぐれも慎重でなければならなかった！大使のかばんを一、二時間ほしがるとは、いったいどんな理由か？　ぼくは逆に考えてみました。重要だったのはもう一つのかばんのほうだったのではないか、と。何者かがそのかばんを大使の荷物に一、二時間まぎれこませたかった。そのほうがずっと真相に近づける考えでした！　外交官の荷物は税関の検査を免除されますからね。あきらかに密輸だった。だが、なにを密輸したのか？　大きなものではない。すぐにドラッグを疑いましたよ。やがてあの独創的なコメディがうちのオフィスでくりひろげられた。彼らはぼくの広告を見て、追跡をやめさせようとしたんです──あるいはそれがむりなら、ぼくを排除しようとした。しかし、アルバートが投げ縄を披露したとき、この魅力的なご婦人の目に浮かんだ当惑にぼくは気づいた。それは彼女の立場を考えればしっくりこないものでした。あの男の襲撃は、ぼくに彼女を完全に信頼させるためだった。そこで、だまされやすい探偵を全力で演じましたよ──彼女のまずありえない話を信じたふりをし、罠を承知でここへおびきだされた。事態に対処するために必要な指示を注意深く残してね。さまざまな手段で店への到着を遅らせました、あなたがたにじゅうぶんな時間を与えるために」

シスリー・マーチは無表情で彼を見つめていた。

「あなたは頭がおかしいわ。いったいここでなにが見つかると思っているの?」

「リチャーズが浴用塩の缶を見たと言っていたのを思い出してね。まずは浴用塩から始めるのはどうですか、警部?」

「とてもいい考えです」

彼は優美なピンクの缶を手にすると、中身をテーブルの上にあけた。シスリー・マーチは笑った。

「本物の結晶か? 炭酸石灰より危険なものは入っていない?」トミーはつぶやいた。

「金庫を開けてみたら」タペンスが提案した。

隅に小さな埋めこみ式金庫があった。鍵は差してあった。トミーは開け、満足げな叫びを上げた。金庫は後ろの壁がなく、さらに深く掘られたくぼみになっており、そこには同じような優美な浴用塩の缶が積みあがっていた。何列も何列も。トミーは一つをとってふたを開けた。上のほうはさっきと同様にピンクの結晶だったが、その下にはこまかい白い粉が詰まっていた。

警部はあっと叫び声を上げた。

「やりましたね。十中八九、缶にはまじりけのないコカインが詰まっている。ウエストエンドに近いこのあたりに取引場所があるのはわかっていましたが、手がかりがつかめなかった。これはあなたのお手柄ですよ」

一緒に通りへ出たとき、トミーはタペンスに言った。「ぼくというより、〝ブラントの優秀(ブリリアント)

な探偵たち"の勝利だな。　夫であるのはすばらしいことだよ。　きみにしつこく教育されたおかげで、ついに漂白された髪は見ればわかるようになったんだ。ぼくをだますには本物の金髪でないとだめだ。大使にはきちんとした手紙を出しておこう、事件は円満に解決されたとね。さて、ではきみ、お茶と、バターを染みこませた熱々のマフィンをたっぷりいただこうじゃないか?」

17　十六号だった男

トミーとタペンスは長官の私室で密談中だった。長官の賞賛は心のこもった真摯なものだった。

「きみたちはみごとな成功をおさめてくれた。おかげで少なくとも五人のひじょうに興味深い人物を逮捕し、貴重な情報を聞きだすことができたよ。その一方、信頼すべき筋からの話で、モスクワの本部がスパイたちからの連絡がないことを騒ぎだしたらしい。われわれがあらゆる対策を講じたにもかかわらず、いわゆる集散地——ミスター・セオドア・ブラントのオフィス——国際探偵社でなにかおかしな事態が起きていると、彼らは疑いはじめたのではないかと思う」

「そうですね」トミーは応じた。「彼らはそのうち悟るはずだと考えていました」

「きみの言うとおり、予想されたことだ。だが、わたしはミセス・トミーのことが心配でね」

「ぼくが彼女を守ります」トミーが答えたと同時に、タペンスも言った。「自分の面倒は自分でみられますわ」

「ふむ」ミスター・カーターは言った。「過剰な自信はかねてからきみたちの特徴だった。これまで危険を逃れてきたのはすべてきみたちの超人的な賢さによるものか、あるいはちょっとした幸運も入っているのか、議論するつもりはないよ。とはいえ、運というのは変わるものだ。ミセス・トミーとの長いつきあいからして、一、二週間現場を離れるように頼んでもむだだろうな」

タペンスは勢いよく首を振った。

「それでは、わたしにできるのは提供可能な情報をすべて与えることしかない。特殊工作員が一人、モスクワからわが国に派遣されたと信じる理由がある。なんという名前で移動しているのかはわからないし、いつ着くのかもわからない。しかし、その男についていくらか情報がある。戦時中わが国に多大な損害をもたらした男で、われわれがもっとも望まない場所のどこにでも現れた神出鬼没の人物だ。ロシア生まれだが、きわめて語学に堪能で――英国も含む六ヵ国のうち、どこの出身だと言っても通るだろう。また変装の名人でもある。そして頭が切れる。十六号の暗号を考案したのは彼だ。

いつどのようにして登場するかはわからない。だが、現れることはまず間違いないと思う。これだけははっきりしている――彼は個人的に本物のミスター・セオドア・ブラントと会ったことはない。引き受けてもらいたい事件を用意して彼はきみのオフィスに来て、合言葉できみを試すと思う。きみも知っているように、一番目は十六という数字に触れる――それに対して同じ数字を含む言葉で答えることになっている。二番目は、われわれも知ったばかりなんだが、英国海峡を渡ったことがあるかという質問だ。それに対する答えはこうだ。『先月の十三日にベルリンにいた』。われわれが把握しているのはここまでだ。きみは正確に答えて、彼の信用を得るようにつとめてくれたまえ。できるかぎり、偽装を押し通せ。だが、たとえ彼を完全にだましおおせたと思っても、油断するな。われらが友人はこのうえなく抜け目がないし、きみと同じく、というよりきみよりもうまく、だましあいをやってのける。しかしどちらにしても、きみを通じて彼を捕まえたい。今日からわたしは特別な予防措置をとる。昨夜きみのオフィスに盗聴器がしかけられた、下の階にいる部下がオフィスでの出来事をすべて聞けるようにな。こうすれば、なにか起きたらすぐにわたしに連絡が来て、きみと奥さんを守る必要な措置をとれるし、狙う相手を確保できる」

さらに二、三の指示を受け、大まかな戦術を話しあったあと、若夫婦は長官のもとを辞去し、できるだけ急いで〝ブラントの優秀な探偵たち〟（優秀=ブリリアント）のオフィスへ戻った。

「遅くなった」トミーは腕時計を見た。「十二時だ。長官のところに長居したな。おもしろい事件を逃していないといいが」

「全体としては、わたしたちの働きは悪くないわ」タペンスは言った。「この前、結果を表にまとめてみたの。四つの不可解な殺人事件を解決したし、偽札造りの一味を捕まえたし、密輸ギャングだって――」

「じっさい、二組のギャングだ」トミーは言った。「ぼくたちはやったよ！　うれしいね。〝ギャング〟と聞くとまさにプロの仕事という感じだ」

タペンスは指折り数えながら続けた。

「宝石盗難一件、暴力的な死を逃れること二回、やせようとしていた女性の行方不明事件一件、友だちになった若い娘さん一人、みごとに崩したアリバイ一つ、そして悲しいかな！　とんだへまをした事件が一つ。全体としては、とてもいい成績よ！　わたしたち、すごく賢いと思う」

「きみはそう思うだろう。いつもそうだ。ぼくはひそかに感じるんだが、運がよかっただけのことも一、二度あったような」

「ナンセンス。なにもかも小さな灰色の脳細胞のおかげよ」

「まあ、ぼくは一度はうんとツイていたよ。アルバートが投げ縄を披露した日だ！　しかしタペンス、きみはすべてが終わったような口ぶりだが？」

「終わるのよ」彼女はわざとらしく声を低めた。「今回がわたしたちの最後の事件。超人スパイが捕まったら、偉大な探偵たちは引退して養蜂を始めるか（ホームズの引退後の趣味）、ペポカボチャを育てるの（ポワロの引退後の趣味）。そういうものよ」

「あきたのか？」

「そうねえ、そう思う。それに、わたしたち大成功しているから――ツキが変わるかも」

「さっき運じゃないと言っていたのはだれだっけ？」トミーは勝ち誇ったように茶化した。

そのとき二人は国際探偵社が入っている建物の入口に着き、タペンスは答えなかった。

アルバートは受付にいて、鼻の上にのせた定規のバランスをとろうと苦労しながら、ひまつぶしをしていた。

しかめつらをして部下をたしなめてから、偉大なるミスター・ブラントは自分のオフィスへ入った。オーバーと帽子をぬぎ、偉大なる探偵たちの古典小説が並んでいる戸棚を開けた。

「選択肢が狭まったな」トミーはつぶやいた。「今日はだれをモデルにしよう?」

いつになく切迫したタペンスの声がして、彼はさっと振りむいた。

「トミー、今日は何日?」

「ええと――十一日だ――なぜ?」

「カレンダーを見て」

壁にかかっているのは日めくり式のカレンダーだった。見ると、十六日の土曜日になっていた。今日は月曜日だ。

「驚いた、変だな。アルバートが破きすぎたにちがいない。不注意な小僧だ」

「彼がやったんじゃないと思う。でも、聞いてみましょう」

呼ばれて質問されたアルバートは、びっくり仰天した様子だった。土曜日と日曜日の二枚しか破いていない、と彼は誓った。その証言はすぐに裏付けがとれた。というのはアルバートが破いた二枚は火格子の上にあり、そのあとの分は紙くず籠の中にきちんと重なっていた。

「きれい好きできちょうめんな犯人だな」トミーは言った。「午前中ここに入ったのはだれだ、アルバート? 依頼人がだれか来たか?」

「一人だけです」

「どんな男だった?」

「女でした。看護婦です。ひどくうろたえていて、あなたに会いたがっていました。いらっしゃるまで待つと言ったので、事務室に通しました、そこのほうが暖かいので」

「そこからなら、きみに見られずにこの部屋に入れるな。その女はいつ帰った？」

「三十分ぐらい前です。午後にまた来ると言っていました。感じのいいやさしそうな人でしたけど」

「感じのいいやさしそうな——まったく、もういい、アルバート」

アルバートはしゅんとして引きさがった。

「奇妙な始まりかただ。いささか無意味に思える。ぼくたちを警戒させるだけだ。暖炉に爆弾が隠されていたりしないだろうな？」

トミーは念のために確認してから机の前にすわり、タペンスに言った。

「友（モナミ）よ、ぼくたちはもっとも重大な事態に直面しているぞ。ナンバー四（フォア）だった男を覚えているだろう。ドロミテ山脈でぼくが卵の殻みたいに叩きつぶしてやったやつだ——高性能爆薬の助けを借りてね、もちろん（ビアン・アンタンデュ）（クリスティのポワロもの『謎のビッグ・フォア』より）。だが、やつはほんとうは死んでいなかった——ああ、そうとも、あいつらは決して死なないのだ、超人的な犯罪者どもは。これはあの男だ——だがやつ以上だ、言ってみれば。彼は四×四——つまり、いまは十六号というわけだ。理解したかね、友よ？」

「完璧に。あなたは偉大なエルキュール・ポワロね」

「そのとおり。口ひげはないが、灰色の脳細胞はたっぷりある」

「今回の冒険は『ヘイスティングズの勝利』と呼ばれるような気がするわ」

「まさか。まだこれからだよ。一度まぬけだった友人は、つねにまぬけな友人なのだ。こういうことにはしきたりというものがあってね。ところで、モナミ、きみは髪を片側じゃなく真ん中で分けられるかな？　目下の状態は非対称でけしからんぞ」

トミーの机でブザーが警告を発した。彼が合図を返すと、アルバートが名刺を持って現れた。

「ウラディロフスキー公爵」トミーは低い声で読みあげ、タペンスを見た。「さては──お通ししろ、アルバート」

入ってきたのは中背の上品な男で、よく手入れされたあごひげをはやし、年は三十代なかばといったところだ。

「ミスター・ブラント？」男の英語は完璧だった。「ぜひにとあなたを推薦されてね。わたしの依頼を引き受けてもらえるだろうか？」

「くわしいお話にもよりますが──？」

「お聞かせしよう。友人の娘さんにかかわることなのだ──十六歳の。わたしたちは世間の醜聞になるのを恐れている──おわかりだろう」

「閣下、弊社が十六年間この仕事を成功させてきたのは、その点に厳重な注意を払っているからです」

トミーは相手の目がきらりと光ったのを見たような気がしたが、それは一瞬で消え去った。

「あなたのところは支社があると聞いているが、英国海峡の反対側に？」

「ええ、ありますとも。じつは」トミーは慎重を期して言葉を選んだ。「ぼく自身が先月の十三日にベルリンにおりました」

「そういうことなら、これ以上芝居を続ける必要もあるまい。友人の娘の件は忘れてくれ。わたしがだれか知っているな――とにかく、わたしが来るという予告を受けているはずだ」

男は壁のカレンダーのほうにうなずいてみせた。

「たしかに」トミーは答えた。

「同志よ――ここへ来たのは調査のためだ。なにが起きている？」

「裏切りです」これ以上黙っていられなくなったタペンスが答えた。

ロシア人は彼女に目を向け、眉を吊りあげた。

「ああ、やはりな。そんなことだろうと思っていた。セルゲイか？」

「わたしたちはそう考えています」タペンスはしゃあしゃあと答えた。

「驚かないよ。しかしきみたち自身は、まったく疑われていないのか？」

「疑われているとは思えません。われわれは多くの本物の仕事を請け負ってきました、ご存じのように」トミーは説明した。

ロシア人はうなずいた。

「それが賢明だ。だが、わたしは二度とここへは来ないほうがいいだろう。目下、〈ブリッツ〉に滞在している。マリーズを連れていく――こちらがマリーズだね？」

タペンスはうなずいた。

「ここでの名前は？」

「ああ、ミス・ロビンソンです」

「けっこう、ミス・ロビンソン、一緒に〈ブリッツ〉へ戻って昼食をとろう。三時に全員で本部に集合だ。わかったね?」彼はトミーを見た。

「了解しました」いったい本部とはどこだろうと思いながら、トミーは答えた。

だが、ミスター・カーターがぜひとも知りたがっているのはその本部にちがいない。

タペンスは立ちあがり、豹（ひょう）の毛皮のえりのついた黒いオーバーコートをはおった。そしてとりすまして、公爵におともする用意ができたと告げた。

二人は一緒に出ていき、残されたトミーはさまざまな葛藤（かっとう）に悩まされた。

盗聴器が故障かなにかしていたらどうしよう? 謎の看護婦が盗聴器の存在に気づき、無効にしていたらどうしよう?

彼は電話をつかんである番号にかけた。一瞬後、よく知った声が応答した。

「万事順調だ。すぐに〈ブリッツ〉へ来てくれ」

五分後、トミーとミスター・カーターは〈ブリッツ〉の〈パームコート〉で合流した。ミスター・カーターのてきぱきとした態度が、トミーには心強かった。

「よくやってくれた。公爵とご婦人はレストランで昼食中だ。あそこにはウェイターとして部下を二人もぐりこませてある。彼が疑っていようがいまいが——疑っていないというかなりの確信がある——もうこっちのものだ。部下二人が上階の彼の続き部屋（スイート）を見張っているし、二人がどこへ行こうと尾行できるように外にももっと人数を手配している。奥さんのことは心配するな。彼女はつねに視界に入っているから。わたしはどんな危険もおかすつもりはない」

ときどき秘密情報部の男たちが状況を報告しに現れた。一度目は二人のカクテルの注文をとりにきたウェイター、二度目は流行の服を着た無表情な若い男だった。

「二人が出てくる」ミスター・カーターは言った。「ここにすわるといけないから、われわれは柱の陰に引きさがろう。だが、彼は自分のスイートへ上がるんじゃないかな。ああ、やはりそうだ」

見張り地点から、トミーはロシア人とタペンスがロビーを横切ってエレベーターに乗るのを見た。

しばらくして、トミーは気をもみはじめた。

「どうでしょう、つまり、スイートに二人だけで——」

「部下の一人が中にいる——ソファの裏に。心配しなくていい」

一人のウェイターがロビーを横切ってきて、ミスター・カーターに近づいた。

「上階へ来るという合図を受けましたが——まだ来ません。大丈夫でしょうか?」

「なに?」ミスター・カーターはさっと振りむいた。「二人がエレベーターに乗るのを見たんだぞ」彼は掛時計に目をやった。「ちょうど四分半前だ。それでまだ現れないのか……」

そのとき下りてきたエレベーターに彼は駆け寄り、制服のエレベーターボーイに話しかけた。

「二、三分前に金色のあごひげの紳士と若いご婦人を二階まで乗せたな」

「二階ではありません。紳士の方が三階とおっしゃいました」

「なんだと!」長官はエレベーターに飛び乗り、トミーについてこいと合図した。「三階へ頼む」

「理解できない」ミスター・カーターはつぶやいた。「だが、冷静に。ホテルの出口はすべて監視されているし、三階にも部下を配置してある──各階に。警戒は怠っていない」

エレベーターのドアが三階で開き、二人は飛びだすと廊下を走っていった。その途中で、ウエイターの制服を着た男が知らせにきた。

「大丈夫です、長官。二人は三一八号室にいます」

ミスター・カーターは安堵のため息をもらした。

「わかった。ほかに出口はないな？」

「続き部屋(スイート)ですが、廊下に出るドアは二つしかありませんし、あの部屋から脱出しようとするなら、階段にしろエレベーターにしろ、われわれの目を逃れることはできないはずです」

「よろしい。フロントに電話してそのスイートに泊まっている客の名前を調べてくれ」
一、二分してウェイターは戻ってきた。
「デトロイトから来たミセス・コートラント・ヴァン・スナイダーです」

ミスター・カーターは考えこんだ。

「はて。ミセス・コートラント・ヴァン・スナイダーは共犯者なのか、それとも──」

彼は最後まで言わなかった。

「中からなにか音が聞こえるか？」唐突に尋ねた。

「まったく。しかしドアは隙間なくぴったりしています。音が聞こえるとは期待できません」

ミスター・カーターは瞬時に決断した。

「こいつは気にくわない。突入するぞ。マスターキーはあるな?」

「もちろんです」

「エヴァンズとクライデズリーを呼べ」

応援の二人を加えて、彼らはスイートのドアへ近づいた。最初の男が鍵を差しこむと、ドアは音もなく開いた。

入ったところは狭い廊下になっていた。右側のバスルームへのドアは開いており、正面には居間がある。左側のドアは閉まっていて、その奥からかすかな音がする——パグ犬の荒い息遣いのような音だ。ミスター・カーターはドアを開けて入った。

そこは寝室で、バラ色と金色のベッドカバーがかかった大きなダブルベッドがあった。その上に、手足を縛られてさるぐつわをされ、苦痛と怒りで飛びださんばかりに目をむいた、おしゃれな服装の中年の女が横たわっていた。

ミスター・カーターのすばやい命令で、部下たちがスイート全体を調べた。寝室に入ったのはトミーと長官だけだった。ベッドの上に身を乗りだして結び目をゆるめながら、ミスター・カーターは当惑の視線を部屋の四方へ投げた。アメリカ人らしい大量の荷物のほか、部屋にはなにもなかった。ロシア人もタペンスもいない。

すぐにさっきのウェイターが駆けこんできて、ほかの部屋もからっぽですと報告した。トミーは窓辺へ行ったが、あとじさって首を振るばかりだった。バルコニーはない——まっすぐ下の通りへ落ちる壁があるだけだ。

「二人が入ったのは間違いなくここなのか？」ミスター・カーターは断固として聞いた。

「はい。ほかには――」男はベッドの上の女を示した。

ペンナイフの先で、ミスター・カーターは女を窒息させかけているスカーフを裂いた。そのとたん、ミセス・コートラント・ヴァン・スナイダーの味わった苦痛は彼女の舌鋒を鈍らせていないことがわかった。

まずは最初の憤りを彼女が吐きだしおわると、ミスター・カーターは穏やかに言った。

「なにがあったのか、正確に話していただけますか？――最初から」

「この件でホテルを訴えてやるわ。まったくとんでもない無法行為ですよ。風邪薬を探していたら、男が後ろから飛びかかってきてわたしの鼻先で小さな瓶を割り、こっちは息もできないうちに気を失ったんです。気がつくと縛られてここに横たわっていたわ。わたしの宝石はどうなったことやら。あの男がこっそり盗んでいったんでしょうよ」

「あなたの宝石は無事だと思いますよ」ミスター・カーターはそっけなく答えた。彼はさっと振りむいて床の上からなにかを拾った。「男が襲いかかってきたとき、あなたはいまわたしがいる場所に立っていたんですね？」

「そうです」ミセス・ヴァン・スナイダーはうなずいた。

ミスター・カーターが拾ったのは薄いガラスのかけらだった。臭いを嗅いでから、トミーに渡した。

「塩化エチルだ。即効性の麻酔薬だよ。だが、効くのはほんのしばらくだ。あなたが気がついたとき、その男はまだ部屋にいたのではないですか、ミセス・ヴァン・スナイダー?」

「だからそう言おうとしたんじゃありませんか。ああ! あの男が逃げていくのに、わたしが動くこともなにをすることもできないなんて、頭がおかしくなりそうだった」

「逃げていく?」ミスター・カーターは鋭い口調で言った。「どっちのほうへ?」

「そのドアから」彼女は向かい側の壁の一つを指さした。「若い女を連れていたけれど、同じ薬を盛られたみたいに彼女もぐったりしていたわ」

ミスター・カーターは尋ねるように部下を見た。

「隣のスイートに続いています。しかし、二重ドアで——両側でカンヌキがかかっているはずです」

ミスター・カーターは注意深くそのドアを調べた。そして背筋を伸ばすと、ベッドのほうに向きなおった。

「ミセス・ヴァン・スナイダー」静かな声で聞いた。「男がこっちへ行ったという発言にはまだ確信がありますか?」

「ええ、間違いないわ。そうじゃないわけでもあります?」

「なぜなら、そのドアはこちら側ででカンヌキがかかっているからです」ミスター・カーターはたんたんと説明した。話しながら、彼は取っ手をまわしてみた。

ミセス・ヴァン・スナイダーは驚愕の表情を浮かべた。

「彼が通ったあとでだれかがカンヌキをかけたのでなければ、そこから逃げたはずはありません」

彼はちょうど部屋に入ってきたエヴァンズに向きなおった。

「二人がこのスイートのどこにもいないのは確かなんだな？　ほかに部屋をつなぐドアは？」

「いいえ、ありません」

ミスター・カーターは部屋のあちこちに目を走らせた。大きな吊るし戸棚を開け、ベッドの下をのぞき、煙突の上や全部のカーテンの裏も確認した。最後にアイディアが閃(ひらめ)いて、ミセス・ヴァン・スナイダーの金切り声の抗議をものともせず、大きな衣装用トランクを開けて手早く中身を調べた。

隣の部屋へのドアを観察していたトミーは、突然大声を上げた。

「来て、これを見てください。たしかにここから出ていったんですよ」

カンヌキは巧みに軸受けのぎりぎりのところまでしか押しこまれておらず、見たところほとんど違いがわからない。

「この戸が開かないのは反対側からカンヌキがかかっているからです」トミーは説明した。

彼らはすぐに廊下へ戻り、さっきのウェイターが隣のスイートのドアをマスターキーで開けた。こちらのスイートに宿泊客はいなかった。彼らが隣室につながるドアの前へ行くと、同じ仕組みであることがわかった。ここはきちんとカンヌキがかかってドアは施錠されており、鍵は抜かれていた。だが、スイートのどこにもタペンスも金色のあごひげのロシア人も見当たらず、ほかに別の部屋へつながるドアもなく、あるのは廊下へ出るドアだけだった。

「でも、それならわたしは二人が出てくるのを見たはずです」ウェイターが言った。「見ていないわけがない。ぜったいに出てこなかったと誓います」

「くそ」トミーは叫んだ。「宙に消えたはずはないぞ！」

ミスター・カーターは冷静さをとりもどし、けんめいに考えていた。

「フロントに電話して、このスイートに最近泊まったのはだれで、いつだったかを聞け」

一緒にいたエヴァンズが、クライデズリーをもう一つのスイートの見張りに残して命令に従った。すぐに、彼は電話口から報告した。

「病身のフランス人の若者で、ムッシュー・ポール・ド・ヴァレズだそうです。看護婦を連れていました。すでにチェックアウトしています」

もう一人の情報部員であるウェイターが叫び声を上げた。顔面蒼白になっていた。

「病身の若者――看護婦」彼は口ごもった。「わたしと――廊下ですれちがいました。夢にも思わなかったんです――前によく見かけていたので」

「同じ人物だったのは間違いないか？」ミスター・カーターは大声になった。「間違いないのか？　よく見たか？」

相手はかぶりを振った。

「ほとんど目に留めませんでした。おわかりでしょう、別の人間たちを警戒して待ちかまえていたんです、金色のあごひげの男と若い女を」

「そうだな」ミスター・カーターはうめいた。「彼らはそこにつけこんだんだ」

ふいに声を上げて、トミーはしゃがみこむとソファの下からなにかを引っ張りだした。小さく丸められた黒い包みだ。トミーが開けると、いくつかの品物が出てきた。外側はタペンスが着ていた黒いオーバーコートだった。包まれていたのは彼女の外出着、帽子、金色の付けひげだった。

「これではっきりしました」トミーは苦い口調で言った。「やつらは彼女を捕まえたんだ——タペンスを。あのロシア人の悪魔はぼくたちからするりと逃げおおせた。看護婦と若者は共犯者です。二人は一日二日滞在して、ホテルの従業員に自分たちを記憶させた。ロシア人は昼食のときに罠にかかったと知り、計画を実行することにしたんです。カンヌキを細工したときから、隣の部屋は空室だとわかっていた。とにかくアメリカ人の女とタペンスを黙らせ、タペンスをここへ連れこんで若者の服を着せ、自分の外見も変えて、大手を振ってここを出ていった。服は隠して用意してあったにちがいない。だが、どうやってタペンスをおとなしく従わせられたのかわかりません」

「わたしにはわかる」ミスター・カーターはカーペットの上から小さな光るものを拾いあげた。「麻酔注射の針だ。薬を盛られたんだよ」

「なんてことだ！」トミーはうめいた。「あいつにまんまと逃げられてしまいました」

「まだわからない」ミスター・カーターはすばやく言った。「出口はすべて見張られているのを忘れるな」

「男と若い女を見張っているんでしょう。看護婦と病気の若者じゃない。いまごろはもうホテルを出ていますよ」

調べると、そのとおりだとわかった。看護婦と患者は五分前にタクシーに乗って去っていた。

「しっかりしろ、ベレズフォード。頼むからしゃんとしてくれ。わたしが徹底的にきみの奥さんを探すのはわかっているだろう。すぐにオフィスへ戻り、五分以内に総動員をかける。まだ捕まえるチャンスはある」

「そうでしょうか？　あいつは悪賢いやつです、あのロシア人は。今回のやり口の巧妙さを見てください。でも、あなたが最善をつくしてくださるのはわかっています。ただ――神さま、遅すぎませんように。やつらはぼくたちに恨みを持っている」

トミーは〈ブリッツ・ホテル〉を出て、目的地も定めずやみくもに通りを歩いた。脳が完全に麻痺(まひ)していた。どこを探せばいい？　なにをすればいい？

グリーン・パークに入り、ベンチにすわりこんだ。もう一人が反対端にすわったのにほとんど気づかず、聞き慣れた声がしてハッとした。

「ちょっといいですか、すみません――」

トミーは顔を上げた。

「やあ、アルバート」彼はのろのろと言った。

「全部聞きました――でも、そんなに責任を感じないで」

「責任を感じるな――」トミーは短く笑った。「言うのは簡単だな？」

「ああ、でも考えてください。〝ブラントの優秀（ブリリアント）な探偵たち〟！　決して打ち負かされない。こう言うのを許してもらえるなら、あなたと奥さまがからかいあっているのをたまたま聞いちゃったんです。ミスター・ポワロと彼の小さい灰色の脳細胞。ねえ、どうしてあなたの小さい灰色の脳細胞を使って、なにができるか考えてみないんですか？」

「現実より小説の中でのほうが、小さい灰色の脳細胞を使うのは簡単なんだよ」

「それでも」アルバートは頑固に言い張った。「だれかが奥さまを消せるなんてぼくは信じませんよ、ぜったいに。彼女がどんな人かあなたは知っているでしょう。子犬に買ってやるゴムの骨のおもちゃみたいなものだ――壊れない保証付きの」

「アルバート、きみの話は元気が出るよ」

「だったら、小さい灰色の脳細胞を使ってみたらどうです？」

「しつこいやつだな、アルバート。道化を演じると、いままでかなりうまくいった。もう一度やってみるか。事実をきちんと整理してみよう、秩序立ててな。二時十分過ぎに、獲物はエレベーターに乗った。五分後にぼくたちはエレベーターボーイの話を聞いて三階へ上った。そうだな、二時十九分ごろにミセス・ヴァン・スナイダーのスイートに入った。さて、重要な事実はなんだ？」

　間が空いたが、二人とも重要な事実がなんなのかわからなかった。

「部屋にトランクみたいなものはなかったんですよね？」ふいにアルバートが目を輝かせた。

「友（モナミ）よ。パリから戻ってきたばかりのアメリカ人女性の心理を、きみは理解していない。そうだな、トランクは十九ぐらいあったよ」

「ぼくが言おうとしたのは、始末したい死体があるときにはトランクは便利なものだってことです——彼女が死んだって意味じゃありませんよ、もちろん」

「遺体を隠せるほど大きいやつ二つは調べた。時系列順だと次の事実はなんだ？」

「あなたは一つ抜かしていますよ——奥さまと、看護婦の仮装をしたやつが、廊下でウェイターとすれちがったときです」

「それは、ぼくたちがエレベーターで上る直前だったにちがいない」トミーは言った。「もう少しでぼくたちと顔を合わせるところだったんだ。かなりすばやい変装だな。ぼくは——」

彼は途中で口を閉じた。

「どうしました？」

「黙って、友よ。ちょっと思いついたんだ——途方もないすばらしい思いつきだ——エルキュール・ポワロだったら遅かれ早かれ思いつくんだよ。だが、もしそうなら——そうだとしたら——ああ、神さま、間に合いますように」

彼は公園から走りだし、アルバートは追いかけながら息を切らして聞いた。「どうしたんです？　わからないな」

「いいんだ。きみはそれでいい。ヘイスティングズは一度もわからない。きみの灰色の脳細胞がぼくのものより劣っていなかったら、このゲームからどういう楽しみを得られると思うんだ？　ぼくはたわごとばかり言っているな——だが、どうしようもない。きみはいい若者だよ、アルバート。タペンスの価値をわかっている――きみとぼくの一ダース分ぐらいの価値がある」

走りながら荒い息でしゃべるうちに、トミーはまた〈ブリッツ〉の表玄関に入った。エヴァンズを見つけて、脇へ引っ張っていくと手短(てみじか)に話した。二人はアルバートと一緒にエレベーターに乗った。

「三階へ」トミーは命じた。

三一八号室のドアの前で彼らは足を止めた。エヴァンズはマスターキーを持っており、ただちに鍵を開けた。警告の一言もなく、彼らはまっすぐミセス・ヴァン・スナイダーの寝室へ入っていった。夫人はまだベッドに横になっていたが、いまは似つかわしいネグリジェを着ていた。彼女は仰天して彼らをにらみつけた。

「ノックせずに申し訳ありません」トミーは愛想よく言った。「しかし、ぼくは妻を探している。ベッドからどいていただけますか?」

「あなた、完全に頭がおかしくなったらしいわね」ミセス・ヴァン・スナイダーは叫んだ。

トミーは首をかしげて考えながら彼女を観察した。

「みごとなものだ。だが、通じませんよ。ぼくたちはベッドの下を見た――ところが中は見なかった。子どものころ、自分自身がそこを隠れ場所に使ったのを思い出しました。長枕の下、ベッドの上に水平になってね。そしてそのすてきな衣装トランクはあとで遺体を運びだすのにぴったりだ。だが、ぼくたちは少しばかり早く来すぎたというわけです。あなたには、タペンスに麻酔薬を打って長枕の下に押しこみ、隣室の共謀者たちを使って自分にさるぐつわをさせて縛らせる時間はあった。そしてさっき、ぼくたちはあなたの話を鵜呑みにしてしまった。しかし、考えてみると――秩序と方法を用いてね――若い女性に麻酔薬を打って若者の服を着せ、なおかつ別の女性にさるぐつわをした上、自分も変装するのは不可能だ――すべてを五分でやるのはね。単純に、物理的にむりだ。看護婦と若者はおとりだった。ぼくたちはその線を追い、ミセス・ヴァン・スナイダーは気の毒な被害者というわけだ。ご婦人がベッドから下りるのに手を貸してくれないか、エヴァンズ？　拳銃は持っているね？　よし」

抗議の金切り声を上げつつ、ミセス・ヴァン・スナイダーは安息の場所から放りだされた。トミーはベッドカバーと長枕をどかした。

そこには、ベッドの上部に水平に横たわるタペンスがいた。目を閉じ、顔色は青白い。一瞬、トミーは恐怖に襲われたが、彼女の胸がかすかに上下しているのに気づいた。麻酔が効いているだけだ――死んではいない。

彼はアルバートとエヴァンズに向きなおった。

「さて、諸君」トミーは芝居がかって言った。「最後の一撃だ！」

すばやい予想外の動きで、彼はミセス・ヴァン・スナイダーの丹念にととのえられた髪をつかんだ。髪ははずれ、彼の手に残った。

「思ったとおり。十六号だ！」

三十分後、タペンスが目を覚ますと、医師とトミーが上からのぞきこんでいた。

続く十五分間の出来事は、慎み深いヴェールでおおうほうがいいだろうが、そのあと医師はもう大丈夫だと太鼓判を押して帰っていった。

「わが友(モナミ)、ヘイスティングズ」トミーは愛情をこめて言った。「きみがまだ生きていて、どれほどうれしいか」

「十六号を捕まえた？」

「やつをまた卵の殻みたいに叩きつぶしてやったよ——換言すれば、ミスター・カーターがやつを逮捕した。小さな灰色の脳細胞！ ところで、アルバートの給金を上げることにしたよ」

「どうだったのか全部話して」

いくつかの部分を省いて、トミーは生き生きと話して聞かせた。

「わたしのことで半狂乱になったんじゃない？」タペンスは小声で尋ねた。

「いや、とくには。つねに冷静でいなければならない、そうだろう」

「嘘つき！ あなた、まだかなりげっそりしているわ」

「まあね、多少は心配したよ、ダーリン。さて——これでぼくたちの探偵社もおしまいだね？」

「そうね」

トミーはほっとため息をついた。

「聞きわけてくれると思っていたんだ。こんなショックのあとでは——」

「ショックのせいじゃない。わたしがショックなんか気にしたことがないの、知っているでしょう」

「ゴムの骨――壊れない保証付き」トミーはつぶやいた。

「わたしにはもっといいやるべきことができたの」タペンスは言った。「もっともっと刺激的なことよ。一度もやったことがないこと」

トミーはいかにも心配そうに彼女を見た。

「だめ、禁止だよ、タペンス」

「禁止はできない。自然の法則だから」

「なにを言っているんだ、タペンス？」

「言っているのはね、わたしたちの赤ちゃんのこと。最近の奥さんはひそひそささやいたりしないの。叫ぶのよ。わたしたちの赤ちゃん！　トミー、なにもかもすばらしいじゃない？」

ゆるいクリスティの魅力

古山裕樹

本書『二人で探偵を』は、トミーとタペンスが登場する作品としては二作目にあたる。前作『秘密組織』の発表から七年後、一九二九年に刊行された連作短編集だ。収録作のほとんどは、一九二四年に雑誌に掲載されたものである（ただし「牧師の娘」「レッドハウス」の原型は一九二三年、「アリバイ崩し」は一九二八年に発表された）。『秘密組織』からそれほど間を置かずに書かれた短編を中心に構成された作品だ。

前作のあとで結婚したトミーとタペンスは、訳ありの探偵社を託されて、社長と秘書になりすまして探偵業を営むことになる。二人は探偵小説に登場する名探偵を参考に、数々の事件に挑む……という枠組みで、愉快な探偵劇が繰り広げられる。トミーとタペンスが探偵に扮するものの、他のクリスティ作品のような緊密な謎解きの要素は薄く、むしろ当時の探偵小説に対するパロディの色が濃い。

そんな本書は、クリスティの数多い作品のなかで、どのような位置を占めるのだろうか？

一九二〇年に『スタイルズ荘の怪事件』でデビューしたクリスティは、『アクロイド殺害事件』などの謎解きに重きを置いたミステリを発表する一方で、『秘密組織』をはじめとする、国際謀略やスパイを扱った冒険もの――スリラーと呼ばれる作品も書いていた。一九二〇年代の長編に限れば、謎解きミステリが四作にスリラーが五作と、むしろ後者の方が多いくらいだ。クリスティ自身は「気軽なスリラー・タイプ」の作品について「これらはあまり深い筋立てや構成がいらないので、いつも書くのが楽であった」（『アガサ・クリスティー自伝』〔早川書房　クリスティー文庫〕より）と語っている。

気楽に書かれているせいか、楽しい雰囲気はあっても緻密さに欠けているのは否定できない。行き当たりばったりの展開も目につく。現代の冒険小説やスパイ小説はもちろん、一九三〇～四〇年代に書かれた、グレアム・グリーン、エリック・アンブラー、ハモンド・イネスといった作家たちの小説に比べても、ゆるいところが目立つ。

この『二人で探偵を』も、〈ゆるいクリスティ作品〉のひとつである。スリラーではなく、トミーとタペンスが探偵として活動するものの、「深い筋立てや構成」に頼っているわけではない。脱力するような解決が目立つ本書は、クリスティ作品でも上位のゆるさを感じさせる。数々の名作に比べると、顧みられることの少ない〈ゆるいクリスティ作品〉だが、一方で独特の魅力を備えている。

本書で前面に出ているのは、名探偵のパロディを通して描かれる、トミーとタペンスという主人公たちの個性だ。どんな探偵に扮してみせても、結局トミーとタペンスになってしまう。そんな二人のやり取りが続くだけでも、じゅうぶん楽しく読んでいられる。なにしろ、前作『秘密組織』ではストーリーの都合で二人が別行動をとる部分が長かった。一方、本書ではトミーとタペンスが一緒に行動する場面が多い。かくして、二人のやり取りを——夫婦漫才をたっぷり楽しめる。本書の邦題のとおり、二人で探偵をしている様子を満喫できるのだ。

では、『二人で探偵を』がトミーとタペンスというキャラクターの魅力に寄りかかった作品なのかといえば、決してそんなことはない。

本書を読まれた方は、冒頭でタペンスが最初に口にする台詞を思い出してほしい。「あーあ、なにか起きないかな」だ。その少し後に、「ロマンス——冒険——本物の人生への狂おしいひそかな憧れを抱いたことはないの？」という発言もある。

憧れ。これこそ、本書の（そして〈ゆるいクリスティ作品〉の）魅力の核だ。

『秘密組織』の冒頭には、クリスティによるこんな言葉が掲げられていた——「変わりばえのしない毎日でも、せめて物語の中で冒険の喜びとスリルを味わいたいと願うすべての人々に。」『二人で探偵を』も、この精神を受け継いでいる。冒険や謎解きといった非日常への憧れは、これら二作の土台といっていい。この二作だけではない。『七つのダイヤル』『茶色の服を着た男』といったクリスティの初期作品では、タペンスとよく似た、冒険に憧れる女性が主役を務めることが多い（ちなみに、後年の『親指のうずき』や『運命の裏木戸』には老境のトミーとタペンスが登場するが、タペンスの突撃精神は若いころと全く変わっていない）。

憧れは〈ゆるいクリスティ作品〉の物語を牽引する原動力だ。本書であれば、探偵小説の名探偵を模して、その「型」から入ろうとするトミーとタペンスが印象深い。そんな二人のほほえましい姿は、まさしく「憧れ」を体現している。

なにより、「探偵小説を参考に探偵をする」という、現実では無謀としか思えない試みが、この物語の中ではうまくいってしまう。本書に描かれているのは、決して厳しい現実そのものではない。憧れにコーティングされた、過酷さよりもワクワクする楽しさが勝るなかでの、ゆるい冒険、あるいはゆるい謎解き。厳しい現実から少しばかり遊離した世界を舞台に、主人公たちの夢見がちなアイデアが本当に役立ってしまう物語だ。

変わりばえのしない毎日とは異なる、非日常への憧れ。謎と冒険を待ち望んでワクワクする気持ちをパッケージにしてみせた小説が、〈ゆるいクリスティ作品〉なのだ。

以降は、二人が参考にする探偵たちについて、ごく簡単に触れておこう。

「ピンクの真珠(ピンクパール)の謎」でトミーが扮するソーンダイク博士は、オースチン・フリーマンが創造した法医学者の探偵で、物証の科学的な分析を得意とする。『ソーンダイク博士の事件簿Ⅰ・Ⅱ』(創元推理文庫)などの邦訳がある。

「不審な来訪者」で言及されるオークウッド兄弟は、ヴァレンタイン・ウィリアムズの描く英国の情報部員。四つの作品で、宿敵〝蟹足男〟ことアドルフ・グルント博士と対決する。また、ブルドッグ・ドラモンドはサパーの冒険小説の主人公で、第一次大戦に従軍した元軍人。カール・ピーターソンはシリーズの四作目まで登場するドラモンドの宿敵である。クリスティは、シリーズで宿敵と対決するヒーローとして両者を関連づけたのだろう。

「キングの裏をかく」「新聞紙の服を着た紳士」で名前が挙がるのは、イザベル・オストランダーの作品に登場する、元警官のマッカーティ。作中で言及される消防士のリオーダンは彼の友人である。

「失踪した婦人の謎」のシャーロック・ホームズは、説明の必要はないだろう。

「目隠し遊び」のソーンリー・コールトンは、文中のとおり盲目の探偵で、クリントン・スタッグの作品に登場する。作中、トミーがタペンスを「ミス・ガンジス」と呼ぶのは、コールトンの助手がテームズという名前なので、同じく川の名前にちなんだ命名だろう。ちなみに、コールトンについてはヴァン・ダインの「推理小説論」（創元推理文庫の『ウインター殺人事件』に収録）でも少しだけ言及されている。

「霧の中の男」のブラウン神父は、G・K・チェスタトンの作品『ブラウン神父の童心』（創元推理文庫）をはじめとする五冊の短編集に登場する。

「ぱりぱり屋」で言及されるのは探偵ではなく作家。エドガー・ウォーレスは多作で知られた小説家で、日本でも『J・G・リーダー氏の心』（論創社）ほか数作が訳されている。映画『キング・コング』の原案も手がけるくらいで、作風の幅はきわめて広い。

「サニングデールの謎」の〈隅の老人〉はバロネス・オルツィが描いた探偵。安楽椅子探偵のはしりで、『隅の老人の事件簿』（創元推理文庫）を読めば、トミーが原典に忠実なことが分かるはずだ。また、レディ・モリーも同じくオルツィの創造した探偵。女性の警察官という、当時としてはユニークな存在だ。『レディ・モリーの事件簿』（論創社）が訳されている。

「死の潜む家」のアノーはパリ警視庁の探偵。A・E・W・メースンの『薔薇荘にて』（国書刊行会）や『矢の家』（創元推理文庫）に登場する。トミーが言及するヴァン・ドゥーゼンは、ジャック・フットレルが描く、思考機械の異名を持つ学者探偵だ。『思考機械の事件簿Ⅰ・Ⅱ・Ⅲ』(創元推理文庫)などの邦訳がある。

「アリバイ崩し」のフレンチ警部は、F・W・クロフツのシリーズ探偵。『クロイドン発12時30分』(創元推理文庫)などの作品に登場する。

「牧師の娘」「レッドハウス」のロジャー・シェリンガムは、アントニイ・バークリーの作品に登場する探偵。その多弁ぶりは、デビュー作『レイトン・コートの謎』(創元推理文庫)を、そしておしゃべりな理由は、同書の法月綸太郎氏による解説をご覧いただきたい。

「大使の靴」のレジナルド・フォーチュンは、H・C・ベイリーの作品に登場する。『フォーチュン氏の事件簿』(創元推理文庫)などの邦訳がある。探偵のキャラクター以上に、事件に潜む悪意が印象に残る作風である。

「十六号だった男」のエルキュール・ポワロについては、説明は不要だろう。作者はもちろん、アガサ・クリスティ。

……だが、ここで少し想像をふくらませてみたい。そもそも、トミーとタペンスは、クリスティの小説を読んだのだろうか?

前作『秘密組織』の七二ページに、「またロンドン警視庁からだ。犯罪捜査部のジャップ警部」という台詞がある。ジャップ警部といえば、『スタイルズ荘の怪事件』をはじめとするエルキュール・ポワロの物語の登場人物だ。『秘密組織』には名前しか出てこないものの、実はジャップ警部は(そしてポワロは)トミーやタペンスと同じ世界の住人なのだ。ということは、トミーとタペンスがポワロを知ったのは、クリスティの小説ではなく、ポワロの活躍を記録した彼の親友、アーサー・ヘイスティングズの著作ではないだろうか。

灰色の脳細胞を駆使する名探偵が実在する――トミーとタペンスは、そんな驚くべき世界に暮らしているのだ。したがって、「探偵小説を参考に探偵業を営む」という一見ふざけた思いつきも、二人が生きる世界では、意外と妥当な発想ではないだろうか？

検印
廃止

訳者紹介 東京外国語大学英米語学科卒業。フリードマン「もう年はとれない」「もう過去はいらない」「もう耳は貸さない」、ボックス「発火点」「越境者」「嵐の地平」「熱砂の果て」、クリスティ「秘密組織」、パーキン「小鳥と狼のゲーム」など訳書多数。

二人で探偵を

2024年2月9日　初版

著　者　アガサ・クリスティ

訳　者　野口百合子（のぐちゆりこ）

発行所　（株）東京創元社
代表者　渋谷健太郎

162-0814/東京都新宿区新小川町1-5
電　話　03・3268・8231-営業部
03・3268・8204-編集部
URL　http://www.tsogen.co.jp
DTP　工友会印刷
晩印刷・本間製本

乱丁・落丁本は、ご面倒ですが小社までご送付ください。送料小社負担にてお取替えいたします。

ISBN978-4-488-10552-5　C0197